Wilhelm Hauff

Das Bild des Kaisers

Novelle

Wilhelm Hauff

Das Bild des Kaisers
Novelle

ISBN/EAN: 9783744798051

Hergestellt in Europa, USA, Kanada, Australien, Japan

Cover: Foto ©Andreas Hilbeck / pixelio.de

Weitere Bücher finden Sie auf **www.hansebooks.com**

𝕻itt 𝕻ress Series

DAS BILD DES KAISERS.

NOVELLE

VON

WILHELM HAUFF.

EDITED

(WITH AN INTRODUCTION, ENGLISH NOTES, ETC.)

BY

KARL BREUL, M.A., Ph.D.

UNIVERSITY LECTURER IN GERMAN.

EDITED FOR THE SYNDICS OF THE UNIVERSITY PRESS.

CAMBRIDGE:

AT THE UNIVERSITY PRESS.

1889

Cambridge:

PRINTED BY C. J. CLAY, M.A. AND SONS,
AT THE UNIVERSITY PRESS.

PREFACE.

THE text of the present edition is based on a careful comparison of various previous editions[1] which in many cases differ slightly though the various readings are of no great importance. The short sketch of the chief features of Napoleon's career is merely intended to enable the student to understand the allusions of the novel and to give him a general idea of the course of events. To give on a few pages an adequate description of Napoleon's plans and achievements is an impossibility, and a brief enumeration of his successes and disasters is all that could be reasonably aimed at. Any more detailed information should be obtained from books of history based on recent research, such as Professor Seeley's 'A Short History of Napoleon the First' (London, 1886) to which the present editor is indebted for much valuable information. According to the purpose of the book Napoleon's domestic policy, his legislation etc. have been almost entirely passed over, nor has it appeared expedient to give here a general estimate of the man, the general and the sovereign—which would have swelled the Introduction to an undue extent. On the other

---

[1] The first edition of the present novel appeared in 1828 in the Taſchenbuch für Damen under the title Des Kaiſers Bild and in the same year it was published along with other novels of Hauff in a volume under the title Novellen von Wilhelm Hauff. Both editions however were inaccessible to the editor of this book.

hand it is hoped that no passage of the text requiring historical explanation has been overlooked. To more than the satisfaction of this practical need the sketch of Napoleon's Life has no pretensions.

The chapter on the Etymological Comparison of the German and the English Language which was added to the previous editions of *Lessing and Gellert's Fables* (Pitt Press Series, 1887), and *Dr Wespe* (P. P. S. 1888) has been omitted in this book, as it is easily accessible to all who take an interest in comparing somewhat more closely and methodically the phonology of the two most important Teutonic languages.

The Notes to the text are addressed to various classes of readers. The chief aim in writing them has been to explain any real difficulty occurring in the text and to give a brief and accurate account of all points of special interest. They are not meant to render the use of grammar and dictionary superfluous. Mere translation of passages of ordinary difficulty has as a rule been avoided, and such words as are to be found in every ordinary dictionary and about the meaning of which there can be no doubt, have not been given. Whitney's dictionary (London, 1884) has been mostly taken as a standard. Ordinary constructions, which are explained in all German Grammars, have also, as a rule, not been discussed at any length. References to Grammars have been omitted, as there is no standard grammar to refer to. The indexes of most of the English Grammars of the German language (e.g. Brandt, Whitney, Eve, Aue) will enable the student to find his way and to obtain the necessary information.

The space thus saved in the notes has been devoted to some points in which neither grammar nor dictionary affords sufficient help. In many notes the composition or derivation of words has been fully explained and illustrated by similar word-formations. Some few instances of form-association (often called 'false analogy') or popular etymology occurring in the text have been pointed out in the notes. The homonyms as well as synonymous words and phrases have been carefully discussed. Our acquaintance with a foreign language consists, to no small extent, in a familiarity with the synonyms and the various ways of saying the same thing. This acquaintance cannot be obtained from the ordinary dictionaries, and it is therefore hoped that the notes which explain the different meanings of words and phrases and trace their history will not be unwelcome to earnest students of the German language.

The notes on German pronunciation have been largely increased, as experience has shown how little attention is often paid to this very important point. No one can be said to have in any degree a satisfactory acquaintance with a modern language who does not pronounce it properly. Many hints concerning the pronunciation of certain words have been inserted, the placing of the stress in Teutonic and foreign words and in compounds has been generally discussed. Only the general *rhythm of the phrase* has not been taken into consideration, which, although of the greatest importance for a correct pronunciation, yet would have gone beyond the purpose of the present notes. This is to be left to the oral teaching of the master and to the gradual training of the ear of the pupils to catch the rhythm of a foreign sentence. In the notes on pronunciation it has not been thought advisable to adopt any one of the various systems of phonetic transcription. To attempt such a thing in a book like the present would certainly cause many misunderstandings and probably do more harm than good. The case would be different if there existed one generally adopted system which was known to the vast majority of students, but as long as this is not the case beginners should not be puzzled by phonetic transcription of speech-sounds.

The notes referring to the earlier part of the text are naturally fuller than those on the later chapters. The reader who carefully works through them will find that, though he may have to proceed somewhat slowly at the beginning, his progress will be all the more rapid and easy towards the end, as more and more difficulties will have been removed by the earlier notes. Some notes are, however, not written at all for beginners, for whom it is under-stood that the master will make a selection from the more elementary notes and leave the more advanced ones to more advanced pupils. It is, however, hoped, that as far as possible all the assistance that is really needed has been supplied, and that those who have gone through the notes carefully will acquire a solid knowledge of the chief pecu-liarities of the German language, which they will need only to extend in order to arrive at a thorough understanding of the German idiom. Some peculiarities of Hauff's Swabian dialect have been dwelt on in the notes, but these are on the whole not very numerous in the present book and not nearly so frequent as in *Lichtenstein.*

An English translation of the present novel has been published by Faber, but it is full of the most absurd mistakes.

My warmest thanks are due to the Rev. J. W. Cartmell, Fellow and Tutor of Christ's College, for most valuable assistance in revising the manuscript and of seeing the proofs through the press.

K. B.

CAMBRIDGE,
December, 1888.

INTRODUCTION.

I. HAUFF'S LIFE AND WORKS.

WILHELM HAUFF,

BORN 1802, DIED 1827.

WILHELM HAUFF was born at Stuttgart, Nov. 29th, 1802[1]. Both his father and his grandfather were men of education and refinement, and from them he inherited a taste for study and literature. He had the misfortune to lose his father when he was only seven years old, but he was carefully brought up by a tender and prudent mother. From her he in part inherited the faculty of story-telling which she— like Frau Rath Goethe—did her best to develop in her son. At school (at Tübingen and later on at Blaubeuren) he got a great reputation for his gift of reciting, but did not distinguish himself in the ordinary school-work, which at that time chiefly consisted in the study of the Greek and Latin classical authors. But he delighted in reading the classical literature of his native country, especially the writings of Goethe and Schiller, and

LIFE.

---

[1] More detailed information about Hauff's life may be obtained from Gustav Schwab's sketch which is prefixed to the edition of Hauff's collected works in ten vols. (Vol. 1.) and from his cousin and friend Grüneisen's funeral sermon printed in the same volume. An engraving of a bust of Hauff (by Wagner) is contained in the same volume, and an interesting anonymous sketch of him in Könnecke's excellent 'Bilderatlas zur Geschichte der Deutschen Nationallitteratur' (Marburg: Elwert, 1887) on page 280.

gave himself up with passionate zeal to the perusal of works
of imagination. To gratify his desire for reading he had
at his disposal the splendid library of his grandfather, where
he found a large collection of foreign classics. Before he had
attained the age of 14 he had devoured in this way, besides
the German literature of his time, the novels of Smollett,
Fielding and Goldsmith, which were, however, subsequently
displaced in his favour by the historical novels of Sir Walter
Scott. In this way he learned much more at home than he did
at school, and when he left the latter his character was much
more developed, his mind riper, his taste more highly educated
than that of most boys of his age, although he was decidedly
behindhand in his knowledge of the classical languages. At
school he had made some experiments in German verse which
did not receive much approval from his masters, who in fact
altogether underrated him. In his elder brother he found his
best friend and playfellow. With him he acted scenes from
history of which they had read, their favourite period being the
sixteenth century, the time of transition from the middle-ages
to modern times. From this period he afterwards selected the
groundwork of his historical novel *Lichtenstein* which is full of
local interest for Swabian readers. Thus while quite at an
early age playing with his brother, arranging scenes, inventing
interesting situations and speeches suitable for the occasion, he
exercised his remarkable gift for vivid representation, skilful
arrangement and grouping of events, and acquired the art of
composing a natural and easy-flowing dialogue. In 1820 he
became a student at Tübingen, and naturally a wider field for
observation presented itself to him. During four years he gave
himself up to the study of Theology, Philosophy and Literature
in that old and famous seat of learning. He seems to have
thoroughly enjoyed the time which he spent there; the town
and its surroundings being as pleasant as the circle of friends
in which he moved. His health, which had been delicate during
his school-days and during the first months of his academical
life, became considerably improved. At Tübingen he did not
write anything of importance and none of his friends seems to

have divined the literary ability which he subsequently displayed. He wrote only for his nearest friends, not with a view to publication, and in his writings he showed a vein of humour which, as in the case of Lessing and Goethe, did not shrink from ridiculing follies of his own as well as of others. After he had finished his University course he became for two years (1824—26) private tutor (*Hauslehrer*) to the children of the Freiherr von Hügel at Stuttgart. In this refined and amiable family he was introduced to a higher circle of society and had ample opportunities for extending his knowledge of human life and character. It was for his pupils at Stuttgart that he composed during his leisure hours his well-known fairy stories, of which the first series was published in 1826 and the two others in the two following years. The ice being once broken his other literary productions succeeded each other with extraordinary rapidity. In 1826 he gave up his tutorship in order to devote all his time to his literary work. He travelled through France, Holland and the North of Germany, and then settled in his native town as editor of a literary magazine, Cotta's *Morgenblatt*. Early in 1827 he married a cousin of his to whom he had been long attached. In the same year he visited the Tirol in order to become acquainted with the country, as he was planning an elaborate historical novel of which the Tirolese revolt of 1809 was to be the subject. This design of his was however not destined to be carried into effect. Soon after his return home a nervous fever attacked him, which put a sudden end to a life so full of hope before he had completed his 25th year, Nov. 18th, 1827. The news of the victory of Navarino (Oct. 20th) over the Turks which he received on his death-bed was the last great joy of his life.

Hauff was a noble soul, a clear, graceful and ingenious writer. He is not always very deep, but he does not lack a sort of aesthetic refinement which enabled him to triumph over the licentious and mawkish novels of Clauren. His natural disposition was gay, his spirit lively, ready to receive impressions from every side, and he had a sound and vigorous judgement. His heart was full of enthusiasm for all that was good, but at the same time he was ready to criticise boldly and to punish by his keen wit and satire all that was bad. His short life was happy throughout: he was happy in love and friendship, he saw his genius universally acknowledged, and found himself esteemed and beloved by all who knew him. In his poem *Auf Wilhelm Hauff's frühes Hinscheiden* Ludwig Uhland, the most famous Swabian poet, speaks of Hauff's life as *jung, frisch, farbenhell* and calls it a *reicher Frühling, dem kein Herbst gegeben.*

The style of Hauff's writings is easy-flowing, natural and *Language and Style.* euphonious. The language is not always free from South German peculiarities nor even occasional grammatical mistakes, to which attention has been drawn in the notes of this book. But in all his writings there are numerous idiomatic expressions, many of them having a conversational or familiar character, which render his writings particularly interesting to students of the German language.

Hauff's chief importance consists in his prose-writings. WORKS. *a.* PROSE WRITINGS. His style is mainly epic; his lyric poems are of less importance, and he did not write any dramas. His prose writings are partly purely imaginary, partly they are sketches (*Skizzen*), partly novels. His reputation was established by his *Märchen* and by his historical novel *Lichtenstein.*

The *Märchen* belong to the purely imaginary class and 1. *Purely imaginary.* exhibit true poetical genius. The subject matter of many of them is not original, but Hauff allowed his imagination free play in moulding the material which he found ready to hand and diffused over the whole the peculiar charm of his language. They are really less 'popular' than the well-known fairy-tales which were collected so to say from the lips of the people by the brothers Grimm; they cannot be compared with Andersen's fairy-tales for imaginative power, but they are still much in favour throughout the whole of Germany and fully deserve their reputation. They first appeared (1826—28) in a *Märchenalmanach.* Another very ingenious imaginary work is his *Phantasien im Bremer Raths-*

keller (1827), the outgrowth of his tour to the North of Germany.

Hauff's *Skizzen* (4) do not pretend to be of great importance but show in their small compass all his chief qualities as an author: kindly humour, occasional *2. Sketches.* bitter satire, witty and good-natured representation of human life and character. The first of them *Die Bücher und die Lesewelt* is the most interesting on account of its importance for judging Hauff's relation to Sir Walter Scott.

Hauff's novels belong to two different classes. Some are chiefly modern *conversational* novels, written in a light and elegant style, and representing the life of *3. Novels.* the higher classes of society. To these belong *Die Bettlerin vom Pont des Arts* (1828) and others of less importance. An earlier novel of this kind which attracted much attention in its time is *Der Mann im Monde* (1826), intended to be a satire against the frivolous Clauren, whom he succeeded in rendering ridiculous and contemptible by imitating and exaggerating his way of writing and by attacking him directly in a bitter pamphlet which was appended to the novel. Other novels are more or less *historical,* most of them being moreover of a special local interest. Both *Jud Süss* (1827) and *Lichtenstein* (1826) treat of a period of Swabian history. The latter novel, in which the influence of Sir Walter Scott is clearly visible, is especially popular in Swabia, as it treats very vividly and with much patriotic warmth of feeling of one of the most interesting periods of the history of Würtemberg, viz. of the life and times of Duke Ulrich. Although the plot of the novel is a pure invention, the historical character of the time has been very faithfully exhibited. Here he introduced a man of the lower class as one of the principal characters and aimed at imitating the language of the soldiers and of the peasantry, the latter in the dialect of the 'Schwäbische Alp'. It has already been remarked that another historical novel of greater compass was planned but never written.

The present novel *Das Bild des Kaisers* belongs more to the latter than to the former category. It is historical in so

H. *b*

far as it endeavours to give a true idea of the state of Swabia
Das Bild   about the year 1826 (cf. note to 93, 27). The various
des Kaisers.   feelings with which Napoleon was regarded by
people in the South of Germany are skilfully represented.
The North German and especially the Prussian views are
maintained by a young Prussian nobleman. The democratic
and revolutionary tendencies of the time before the revolution
of 1830 are also brought into play. The contrast between
those who admire and those who detest the memory of
Napoleon is, however, not the only one which calls forth our
interest. In his novel Hauff also pleads the cause of his
Swabian countrymen against the prejudices of many North
Germans. To this topic the first chapter of the novel is almost
entirely devoted, and we cannot fail to sympathise with Hauff's
sincere efforts to be just to both parties and to do his best
to bring about a better understanding and a greater sympathy
between the North and South Germans. His visit to the
North of Germany had perhaps suggested the leading ideas
of the novel, which has even from this point of view not yet lost
its peculiar interest.

Hauff's lyrical productions are most of them now forgotten.
b. LYRICS.   Two of his songs have, however, become truly
               popular on account of their simple and heartfelt
tone and are sung all over Germany. These are *Soldatenliebe*
(*Steh' ich in finstrer Mitternacht*) and *Reiters Morgengesang*
(*Morgenroth, leuchtest mir zum frühen Tod?*).

Hauff belongs to the literary group of the so-called 'Swabian
Hauff a   poets', the most important of whom are besides him
'Swabian   Uhland, Schwab, Kerner and Möricke. One often
poet'.   hears them called *Schwäbische Schule* but they always
protested against being classed as a separate 'School' and
regarded 'Nature' as their only mistress. (Cf. Kerner's poem
Die schwäbische Dichterschule.) All of them were highly
cultivated men, Uhland a great scholar and a professor at
Tübingen. Most of them were united by bonds of friendship;
all looked up to Uhland. All of them cultivated lyric poetry in
the first instance: Uhland, Kerner and Möricke are celebrated

for their songs, Uhland and Schwab for their ballads. Uhland was the only dramatist. Epic poetry was not much cultivated by the Swabian poets, but Schwab has written some fine cycles of romances, and it is in the prose epic, the novel, that Hauff is especially distinguished.

He was one of the first to introduce the *historical* novel into Germany, and in doing so he was directly *Hauff and* influenced by Scott. Somewhat later Willibald *the histori-* Alexis wrote his North German historical novels, *cal novel.* treating scenes from the history of Brandenburg and Prussia with as true patriotic feeling as Hauff showed in his Swabian stories. Down to the time of Goethe and Schiller no novels of this kind had appeared in Germany, Goethe's 'Wilhelm Meister', 'Die Wahlverwandtschaften' and other works being rather philosophical and psychological. But after the war of deliverance the interest in the past of the German nation had been mightily roused, and the historical novel which now covers so large a field in modern German literature, whether it be national (Laube, Scheffel, Freytag, Dahn, Wolff) or international (Eckstein, Taylor, Ebers, Hamerling), can be easily traced back to the patriotic national novel as written in the earlier part of this century by Alexis and Hauff.

II. A SHORT SKETCH OF NAPOLEON'S LIFE.

NAPOLEON BONAPARTE (originally Buonaparte) was born at Ajaccio the capital of Corsica according to the generally accepted opinion on August 15th, 1769, although modern historians are inclined to think that he adopted the birthday of his brother Joseph and was really born on Jan. 7th, 1768. His father was a poor Corsican nobleman, politically an adherent of France. Napoleon received from the very beginning a thoroughly military training, which no doubt had a great influence on his character. In 1779 he was admitted to the military school at Brienne, where he remained for more than five years, secluded himself from most of his comrades and turned his attention chiefly to the study of history and mathematics. After having passed his final examination at the military school at Paris he obtained his commission as lieutenant. At first he was a great Corsican patriot, or at least feigned to be such—but when he did not succeed in gratifying his ambition by advocating the cause of Corsican liberty he went into the opposite camp, chose France for his adopted country, and attempted even to seize the citadel of Ajaccio with the intention of surrendering it to the French. He became a thorough Frenchman and a thorough republican. He had witnessed at Paris the downfall of the monarchy and saw clearly that the anarchy which ensued would give ample opportunity to his ambition. He became acquainted with the younger Robespierre and was soon highly appreciated by him. He first attracted the attention of the Parisian leaders when in 1773 he succeeded in taking Toulon, which had withstood the Jacobin reign of Terror, and in forcing the English fleet to leave the harbour. He was thereupon appointed general of brigade, and soon exchanged civil strife for foreign aggression by joining the army of Italy as general of artillery and inspector general. He was, however, soon after involved in the downfall of the Robespierres and suspended from his military functions. But this turn of ill fortune did not last long. A revolt broke out in Paris on Vendémiaire 13 (Oct. 5th), 1795, which Napoleon suppressed with what Carlyle calls "the whiff of grapeshot." The Convention hereupon appointed him Commander of the army of the Interior. The important position obtained in this way was much strengthened by Napoleon's marriage with Josephine de Beauharnais, the widow of a general killed during the Terror holding a prominent place in Parisian society. Early in 1796 he became commander of the army of Italy.

With this appointment a new epoch of his life began. The Italian campaign stands at the opening of his grand European career, it displayed his military talents in the most striking manner. He succeeded in separating his enemies, the Austrians and the Sardinians, and by his extraordinary quickness and energy, aided by the enthusiasm of his troops, he won a series of brilliant victories which soon brought the campaign to a close. The preliminaries of peace were signed at Leoben in Styria (to which place Napoleon had advanced) on April 18, 1797, and were afterwards confirmed by the treaty of Campo Formio on Oct. 17. By this treaty Austria ceded Flanders, the left side of the Rhine and Lombardy to the French, receiving in return Istria and Dalmatia, with the other continental possessions of the Venetian Republic, which though a neutral state Napoleon had unscrupulously invaded and overthrown. In 1798 Napoleon was charged with the command of the army which was to invade England, but he soon became aware of the impracticability of the undertaking, and consequently proposed to the Directory to change the expedition into an invasion of Egypt. His ambition and desire for restless activity, the hope of obtaining easily and quickly brilliant success in the East, and of striking a fatal blow at England's naval power in the Mediterranean, the calculation that his absence from France would soon be felt and induce a desire for his return—all urged him to a most hazardous expedition, which resulted in utter failure. After having taken Malta and gained some victories over the Mamelukes he was compelled to retire from Syria. In the mean time his fleet had been dispersed by the English under Nelson at Aboukir, and consequently his retreat was barred. When, however, he heard of the critical situation of the Directory and the misfortune of the French arms in Italy and on the Rhine, he secretly left his army and returned to France, taking with him only a few of his best officers. At any other time such a fiasco must have proved fatal to Napoleon's reputation, for he had really accomplished nothing. He had failed altogether in his designs against England. Even the temporary advantage which he had gained by the occupation of Malta was soon lost, for the island was taken by the English, in whose hands it has ever since remained. From this time seems to date the great hatred which Napoleon entertained against England throughout the whole of his life and which directly or indirectly was the source of all his later wars, and finally of his ruin. It was fortunate for him when he returned from Egypt that all eyes were fixed on the events which were taking place in Paris and on the French frontier. Napoleon was hailed as the man who would save the republic from dissolution. The Directory did not dare to call him to account for deserting his army in Egypt, and he now resolved to get the supreme power into his own hands. By means of the conspiracy of Brumaire 18 (Nov. 9), 1799, and many acts of lawless violence the government of the Directory was abolished and a provisional executive was instituted. This executive consisted of three consuls, of whom Napoleon was one. The three consuls had equal authority, but after a short time Napoleon was appointed First Consul for ten years, and though he had two nominal colleagues he exercised the full power of an absolute monarch. He gave away many influential posts to adherents of his, rewarded old friends and won over new ones, organised a severe control of the press and a total suppression of public opinion and political parties, allowed many royalists to return to the country, and put an end to the civil war in La Vendée. The whole state was organised like a great machine, the entire command of which lay in the hands of the First Consul. The French nation, weary of internal conflict, allowed all these changes to take place without much resistance, the more so as Napoleon gratified the national ambition by new victories over foreign enemies. At this time England, under the ministry of Pitt, had by means of heavy subsidies stirred up against France the so-called Second Coalition, of which Austria and Russia were the principal members. While Moreau kept the Austrians in check in the south of Germany, Napoleon relieved the French army of Italy, which was hard pressed by the Austrian general Melas. He completely surprised his enemies by unexpectedly crossing the Alps. He passed the Great St Bernard between May 15 and 20, 1800, while other divisions crossed the Little St Bernard and the Mont Cenis, and an auxiliary detachment from Moreau's army went over the St Gotthard. In the battle of Marengo, fought on June 14, which at first promised well for the Austrians, they were eventually utterly defeated.

They gave up the greater part of North Italy, and after the defeat of the Archduke John by Moreau at Hohenlinden the emperor concluded the peace of Lunéville on Feb. 9, 1801. Napoleon succeeded also in coming to terms with Russia, and even in concluding the peace of Amiens with England in 1802. He returned to Paris in triumph, established the order of the Legion of Honour, rewarded his faithful adherents by donations and lucrative appointments, made his peace with the pope and established his position so firmly that he ventured to have himself proclaimed Consul for life. His opponents were partly quelled by a reckless and lawless terrorism, partly imprisoned and banished, or even put to death without even the form of a trial, like the unfortunate Duke of Enghien. Jacobins as well as Royalists were struck by the iron hand of the dictator, and the terrified Senate offered in 1804 to make the supreme power hereditary in Napoleon's family. The First Consul accepted the offer, and on May 20, 1804, he was proclaimed Emperor of the French, and in December crowned in Notre Dame by the pope Pius VII. In May 1805 he crowned himself at Milan with the iron crown of the Lombard kings. In Italy he again —as in 1798—proceeded in a most violent and arbitrary manner, annexing and transforming states without the slightest consideration.

After having achieved so much his great desire was to humiliate England. With this view, after having occupied Hanover in 1803, he proceeded to a new scheme of invasion and gathered for the purpose a fleet at Boulogne. In the meantime Pitt had roused a Third Coalition against his violent proceedings, which was joined by Russia, Austria, and Sweden. This relieved Napoleon of the shameful necessity of confessing that he had found a landing in England impossible on account of the inadequacy of his navy. With his excellent army ready at his command he threw himself with surprising quickness on the allies in the south of Germany, scattered an Austrian army in Bavaria, where 20,000 men under General Mack capitulated at Ulm, entered Vienna in triumph, and completely defeated the combined Austrian and Russian forces at Austerlitz (Dec.

1805). Austria hastened to make her peace with Napoleon at Pressburg, giving up to him Italy and the supremacy in Germany. He then made his step-son Eugen Beauharnais king of Italy, his brother Joseph king of Naples, his brother Louis king of Holland, etc. and by a family compact was himself made head of the Bonaparte family, so that all its members with their possessions became his vassals. In Germany he established, in July 1806, the Confederation of the Rhine, in which the minor states of Germany were united under his protectorate. Bavaria and Würtemberg were raised into kingdoms. The whole west and south of Germany lay at Napoleon's feet. But a new enemy rose in the North. Prussia had hitherto been on better terms with Napoleon than Austria, and had become rather isolated among the German states by the attitude of reserve which she had maintained. She had, however, never met with the slightest gratitude from Napoleon, whose new and high-handed proceedings in Germany were indeed an uncalled-for insult and menace to her. She suddenly mobilised her armies and became the ally of Russia, which had refused to accept the conditions of peace which Napoleon offered after his victory at Austerlitz. But before the Russians could come to their aid Napoleon flung himself on the Prussians and crushed their armies in the terrible battles at Jena and Auerstädt (Oct. 1806). He entered Berlin in triumph just as before he had entered Vienna, and from thence he issued the famous 'Berlin Decree,' directed against his old and most dangerous enemy, England, and intended to inflict a fatal blow upon her by ruining her commerce. English goods were to be seized everywhere and the harbours of neutrals to be closed against English ships under penalty of war with France. The terms of this decree show how entirely Napoleon relied on sheer force to accomplish his ends. The measure was almost equivalent to the annexation of all the neutral states, and as a matter of fact it really did much to bring about his ruin. More and more it became apparent that Napoleon strove after the absolute supremacy in Europe. After having fought against Russia the bloody but undecided battle of Eylau—the first great battle in which

Napoleon was not victorious—and having at last defeated her at Friedland (June, 1807), he met the emperor Alexander at Tilsit and there settled the conditions of peace. He flattered the emperor with the hope of the supremacy over the North and the East of Europe, and, by agreeing to abandon Poland to Russia, won him entirely over to his side. Alexander in return sacrificed Prussia to Napoleon. The Prussian kingdom was reduced to less than half its former size, and the king was forbidden to keep more than 42,000 soldiers, an army which Napoleon thought he could easily crush whenever he chose.

Napoleon was now at the zenith of his power. He ruled absolutely over the west and middle of Europe. England alone remained unconquered, and the Continental System could not be carried out without a larger navy than he as yet possessed. He therefore endeavoured (after the English had forestalled him in appropriating the Danish navy) to make himself the master of Portugal and Spain, in order to obtain the help of the fleets of these two countries. In 1807 he occupied Portugal because she objected to the Continental System and did not bar her harbours to English ships. In 1808 he interfered with regard to the Spanish succession, but in so violent a manner that he entirely alienated the Spaniards, who had hitherto followed his career with some degree of sympathy. He invaded Spain, and made his brother Joseph king against the wish of the nation. He had always strangely underrated the force of national feeling and had ruthlessly violated it everywhere. Here for the first time—as afterwards in Russia and Germany—he learned what an enormous power lies in the patriotic feeling of the mass of the people. Spain was never quite subdued, the religious feeling of the people, united with their national pride, kept up an obstinate resistance to the armies of his generals, and when an English army under Sir Arthur Wellesley, afterwards Duke of Wellington, was sent to Portugal in 1808, a prolonged struggle ensued, which ultimately resulted in the deliverance of the whole Peninsula from the French yoke (1813). In the mean time at the great assembly at Erfurt (Oct. 1808) Napoleon confirmed his alliance with Alexander and appeared surrounded by kings and princes.   From hence he hurried back to France and then to Spain, where he re-established on the throne his brother Joseph, who had been compelled to leave Madrid, and forced the English under Sir John Moore to retreat, but was called back by the news of the outbreak of a new Austrian war.   After a great defeat at Aspern (May, 1809) his rapidity and energy once more got the better of the Austrians, whom he defeated at Wagram (July) and forced to conclude the Peace of Vienna in October, 1809.   The course of the Spanish war, which was on the whole unfavourable to the French, the revolt of the Tirolese, and several attempts at a revolt in Germany, might have warned him of the rising national feeling and of the desire which was becoming more and more universal, to shake off his oppressive yoke.   In Prussia especially a reorganisation was quietly but surely taking place. The University of Berlin was established, Fichte revived the national feeling by his Reben an die deutsche Nation, and Stein and Scharnhorst reformed the administration and the army.   But Napoleon either did not see all this or feigned not to see it. The limits of what was possible became less and less distinct in his mind, and his desire to take revenge on England became more and more vehement.   He ruled over lands and countries with absolute despotism.   The possessions of the pope were in 1809 united with France, and when the pope remonstrated he was led away from Rome and imprisoned in France.   Holland and the German North Sea Coast were annexed in 1810 in order to make his continental system work more effectually. The Napoleonic empire in 1809 extended from the Baltic to the Ionian islands, and was divided into 130 departments.   About 100 millions of men, the vassal states included, acknowledged his sway.   In the hope of having a direct heir to whom he might bequeath this vast empire, Napoleon divorced his first wife Josephine, who had borne him no children, and married in 1810 as his second wife an imperial princess, Marie Louise, the daughter of the Emperor of Austria.   In 1811 she bore him a son, who received the title of King of Rome immediately after his birth.   Napoleon now felt assured that the empire of

Charlemagne was securely vested in his family, and his pride henceforth knew no bounds.

It would have been wise of Napoleon if he had taken pains to preserve the Russian alliance. But in his often incomprehensible and inconsiderate arrogance he had in various ways contrived seriously to offend Alexander and almost to drive him into the opposite camp. Towards the end of 1810 the alliance of Tilsit seemed to have come to an end. Alexander refused to adopt Napoleon's policy towards neutral states, to which Napoleon answered by the annexation of Oldenburg, which was governed by a prince of the Russian house. Russia in return increased the restrictions on French trade, at the same time modifying those on colonial wares. The whole continental system of Napoleon was endangered by these proceedings of Russia, and war became inevitable. With his usual energy Napoleon wished to seek the enemy in his own country, again—as in the Egyptian expedition—underrating the difficulties of the undertaking, the dangers of being cut off from home, and the severity of the climate, and failing to understand the perilous consequences of provoking the hatred of the nation at large. With one of the most splendid armies the world had ever seen, amounting to more than 600,000 men, he set out on his expedition in May, 1812, from which he returned almost alone in December. The Emperor of Austria and the King of Prussia had been compelled to place large contingents of their troops at his disposal. With the 'Grand Army' he crossed the Niemen, and proceeded with the central portion of it straight on in the direction of Moscow, the heart of Russia. So anxious was he to push on that he made no attempt to bring about the restoration of Poland, which would have been a great help to him in the ensuing war. The Russian troops being in a vast minority (175,000 men) receded gradually, devastating all the country within their reach. Smolensk was taken in August, and the Russian army under Kutusoff was defeated not far from Moscow in the bloody battle of Borodino on the Moskwa (September), whereupon Napoleon entered the now deserted Moscow on September 14th, 1812. But to his great disappointment Alexander, who was advised by Stein and Sir Robert Wilson, refused to negotiate. Fires kept breaking out in Moscow, partly laid by the Russians themselves before the evacuation, and the situation of Napoleon, who lingered in the town for five weeks, became daily more and more perplexing. At last he saw the impossibility of coming to an understanding with the Czar and of remaining any longer in Moscow. He gave the order for retreat. But it was too late. The Russian winter set in with unusual severity, no provisions in the case of retreat had been made, and the splendid army, the instrument which had hitherto never failed in Napoleon's hands, perished of frost, hunger and disease, unceasingly harassed by attacks from the pursuing Russians and Cossacks. The fights at the crossing of the Berezina (Nov. 25 till 28) completed the dissolution of the *Grande-Armée*, of which only 15,000 men tottered into Vilna on December 6th, about half-a-million of men on the French side having perished or disappeared in Russia. As he had done in the Egyptian campaign, Napoleon left the wreck of his army, fled on a carriage put on the sledge of a peasant, revealed part of the truth to the amazed world in his 29th bulletin of December 3rd, and hurried by Warsaw and Dresden to Paris, promising the Poles in Warsaw to be back at the Niemen in the spring of 1813 with an army of 300,000 men. The Prussian and Austrian contingents had escaped destruction, having been posted partly in the Baltic provinces, partly on the Polish frontier. When the Russians pressed on, the thought occurred to General York, the commander of the Prussian contingent in the Baltic, that the time had now come to throw off the detested yoke of the French and to deliver Prussia from the Napoleonic tyranny. He consequently separated his troops from the French, and without waiting for the permission of his king in this critical moment, he signed on December 30th 1812, the convention of Tauroggen with the Russian general Diebitsch, by which he promised to cease all hostilities against the Russians.

This defection of the Prussian army was of the greatest

importance. It gave the signal for the rising of Prussia, and soon of the greater part of Germany against Napoleon. The Russians were everywhere welcomed as the friends of the country, the Prussian 'Landwehr' was set on foot, a new spirit of devotion and patriotism had come over the whole nation. It was universally felt that now or never the chains must be broken. The King of Prussia sanctioned York's proceeding, united himself with the Czar, and summoned his people to arms. Austria and the Middle German states still sided with Napoleon, but the Confederation of the Rhine was broken up. It was like the coming spring after a long and cruel winter. Everybody prepared to sacrifice his all for the deliverance of the fatherland. Thus the so-called 'War of Deliverance' broke out in 1813. At first Napoleon seemed to have the upper hand. With his usual rapidity and energy he took the field again in April with about 300,000 men, as he had promised, and proceeded at once to act on the offensive. As long as he had only to deal with Russia and Prussia, the army of the latter being as yet in a very unprepared state, he maintained on the whole his superiority. This phase of the war came to an end by an armistice in June. Soon after Sweden joined the coalition, and England promised pecuniary aid. But in the second phase of the war Austria joined the allies, and by the great battle of Leipzig (called in German *die Völkerschlacht bei L.*) on October 18th Napoleon was practically expelled from the German soil. The third phase of the war consisted of an invasion of France and occupation of Paris by the allied Powers (1814), which brought about the downfall of the Napoleonic empire on April 11th, 1814. Napoleon having finally abdicated for himself and his son was appointed sovereign of the Isle of Elba. His wife and child, to whom he seemed to be entirely indifferent, did not accompany him. The government of the Bourbons was re-established. Louis XVIII., the brother of Louis XVI., returned to Paris and gave a new constitution to the land. In the first Treaty of Paris the boundaries of France were on the whole reduced to what they were in 1792.

In order to arrange the affairs of Europe the allies and

almost all the representatives of the European Powers assembled at Vienna and held a General Congress, but soon differences between the Powers, which had been checked only by the necessity of making common cause against the common enemy, began to make themselves felt. At Paris the Bourbons became after a short while extremely unpopular, and Napoleon, following the development of affairs with the greatest attention, and seeing the general dissatisfaction, resolved to try his fortune once more. He secretly set sail from Elba, landed in France, was at first received very coolly, but soon enthusiastically welcomed everywhere. The troops which were sent against him joined his standard, and he entered Paris in triumph on March 20th, 1815. On the news of Napoleon's arrival King Louis XVIII. had fled from Paris and left France. The plenipotentiaries, who were still assembled in Vienna, issued a declaration calling him 'an enemy and disturber of the peace of the world.' The coalition was reconstituted, and war began once more. Napoleon's ally, Murat, was defeated by the Austrians and expelled from Naples, and afterwards, in an attempt to retake the town, was taken prisoner and shot. In the meantime Napoleon had invaded Belgium with a strong and well-disciplined force. Here he was met by two armies—forming the right wing of the forces of the coalition—the one consisting of English, Dutch and German troops under Wellington, the other being the Prussian army under Blücher. After the preliminary fights of Ligny and Quatrebras, in the former of which Napoleon obtained some passing advantage, he was entirely defeated on the 18th of June near the village of Waterloo, not far from Brussels, by the united forces of Wellington and Blücher. The troops under Wellington kept up a stubborn resistance during the whole of the day, until the Prussians under Blücher arrived by forced marches on the scene, and the French were utterly routed. The battle is called by the English the battle of Waterloo, by the Germans Waterloo or Belle Alliance, by the French the battle of Mont St Jean (cf. notes to 104, 8 and 105, 12). The victorious allies entered Paris for the second time after Napoleon had again abdicated, and the second treaty of Paris (Nov. 1815) restored at last to the world the longed-for peace. After his abdication Napoleon had taken refuge at Rochefort on board the English ship Bellerophon. The allied Powers decided that his presence in Europe could no longer be tolerated with safety, and consequently he was conveyed to the island of St Helena, where he died in 1821 surrounded by a few faithful friends.

Das Bild des Kaisers.

I.

In dem Cabriolet des Eilwagens, der zweimal in der
Woche von Frankfurt nach Stuttgart geht, reisten vor eini=
gen Jahren an einem der schönsten Tage des Septembers 5
zwei junge Männer. Der eine von ihnen war erst eine
Station hinter Darmstadt eingestiegen und hatte dem frü=
heren Passagier schon beim ersten Anblick durch sein schmuckes
Äußere und den freundlichen Gruß, womit er sich neben
ihn setzte, die Furcht, der Zufall möchte ihm eine unange= 10
nehme Nachbarschaft geben, völlig benommen. Der Fort=
gang der Reise bewies, daß er nicht unrichtig geurtheilt
hatte, wenn er seinen Reisegefährten für einen wohlgezoge=
nen, anständigen Mann hielt. Was er sprach, war, wenn
nicht gerade heiter, doch offen und verständig; nicht selten 15
sogar überraschten den Reisenden leicht hingeworfene Äuße=
rungen, Gedanken seines Nachbars, die von feiner Bildung,
gesellschaftlicher Erfahrung und einer Belesenheit zeugten, die
er denn doch hinter dem etwas groben Jagdrock und der un=
scheinbaren Ledermütze nicht gesucht hätte. Überhaupt däuchte 20
es diesem Reisenden, er müsse, je weiter er im Süden vor=
drang, desto öfter und nicht ohne Beschämung dem Lande

H. X

und den Bewohnern Vorurtheile abbitten, die man in der
Ferne vom Hörensagen, besonders in einem Alter von vier-
undzwanzig Jahren, so leicht annimmt.

Wie anders war ihm dieses Land im Brandenburgischen
5 geschildert worden! Manche Reisende hatten zwar diese Bergstraße, dieses Neckarthal gelobt, doch erschien dann ihre Beschreibung matt und klein gegen die Wunder der Schweiz,
zu welcher sie auf dieser Straße geeilt waren. Über die
Bewohner war aber in seiner Heimat nur eine Stimme.
10 Hier, bald hinter Darmstadt, fangen die Schwaben an, erzählte man dem jungen Reisenden in Berlin, mit einem mit-
leidigen Blick auf die Karte, mit einem noch mitleidigeren
auf ihn, der diese Länder besuchen wolle. Da geht alles
gesellschaftliche Leben, alle Bildung aus; ein rohes, unge-
15 sittetes Volk, das nicht einmal gutes Deutsch sprechen kann.
Und leider, nicht nur die untersten Klassen leiden an diesem
Mangel, auch die besseren Stände haben einen Anstrich von
eingeschränktem, ungalantem Wesen, und reden so elendes
Deutsch, daß sie vor Fremden, um nicht erröthen zu müssen,
20 französisch sprechen: das war der Reisepfennig, den man
ihm nach Schwaben mitgab, und in dem jungen und ro-
mantischen Kopf des jungen Brandenburgers hatten diese
Sagen sich endlich während der schönen Muße, die ihm die
Sandkunststraßen und die schnapsenden Postillons seines
25 Vaterlandes gönnten, so sonderbar gestaltet, daß er sich selbst
wie einer jener wohlerzogenen jungen Herren in einem
Scottischen Roman erschien, die von den wehmüthigen Erinnerungen an die feinsten Cirkel, an Theater und alle Ge-
nüsse der großen Welt erfüllt, von London aus reisen, um
30 das Hochland und seine barbarischen Bewohner zu
besuchen.

Doch als die herrliche Welt jener Berge voll Obst und
Wein und jene gesegneten Thäler sich vor seinen Blicken
aufthaten, als die schönen Dörfer mit ihren rothen Dächern,
mit ihren reinlichen, fröhlichen Menschen seinem erstaunten
Auge sich zeigten, als da und dort zwischen prachtvollen 5
Buchenwäldern eine alte Burg und ein Schloß mit schim=
mernden Fenstern auftauchte, da fiel er beinahe in das an=
dere Extrem; er strömte über von Lob und Bewunderung
und bemitleidete die arme, flache Mark, ihren kahlen Sand=
boden, ihre mageren Tannen und ihre bleichen Bewohner, 10
von welchen vielleicht Tausende aus dem Leben gingen,
ohne nur eine jener üppigen Trauben gesehen zu haben,
die hier in unendlicher Fülle durch das grüne Laub schim=
merten, und ein schwacher Trost für seinen Patriotismus
war, daß die Natur seine Landsleute durch höhere Einsicht, 15
eine wohllautendere Sprache und feinere Bildung in etwas
wenigstens entschädigt habe.

Der junge Mann an seiner Seite schien übrigens, ob=
gleich man seiner Sprache den südlichen Accent anhörte,
die Gesetze des Anstandes nicht minder gut zu verstehen als 20
der Brandenburger; zum mindesten verrieth keine seiner
Fragen Neugierde, über dessen Stand, Vaterland und Rei=
sezweck etwas zu erfahren; er benahm sich zuvorkommend,
aber würdig, schien geneigter zu antworten als zu fragen,
und übernahm es, ohne sich dadurch belästigt zu fühlen, 25
den Fremden über Namen und Geschichte der Burgen und
Städte, die ihm auffielen, zu unterrichten.

So ruhig und kalt übrigens der Mann im Jagd=
kleid über diese Dinge Aufschluß gab, so waren es doch
zwei Punkte, über welche er wärmer und länger sprach. 30
Einmal, als sein Nebensitzer über die gute Gesellschaft in

Schwaben einige seiner sonderbaren Begriffe preisgab, sah
ihn der Grüne mit Verwunderung an, fragte ihn auch, ob
er vielleicht auf einem andern Wege schon früher in
Schwaben gewesen sei, und als jener es verneinte, erwi-
5 derte er:

„Ich weiß, man macht sich hin und wider, besonders
in Norddeutschland, sonderbare Begriffe von uns. Ob mit
Recht, mögen Sie selbst entscheiden, wenn Sie einige Zeit
in unserer Mitte verweilt haben. Doch möchte ich Ihnen
10 rathen, zuvor etwas unbefangener die mögliche Quelle solcher
Urtheile zu betrachten. Ich gebe zu, daß eine gewisse nachtheilige Ansicht über mein Vaterland seit Jahrhunderten
besteht; zum mindesten sind die Schwabenstreiche nicht erst
in unseren Tagen bekannt geworden. Doch scheint ein
15 großer Theil dieser aberwitzigen Dinge aus einer gewissen
Eifersucht der Volksstämme hervorzugehen, und aus der
Kleinstädterei, die von jeher in unserm lieben Deutschland
herrschte. In Schwaben zum Beispiel erzählt man alle jene
Sonderbarkeiten, die andere uns aufbürden, von den Öst-
20 reichern; daß aber dieses Vorurtheil selbst in neueren Zeiten,
selbst durch die Fortschritte der Cultur und das regere gesellige
Leben nicht geschwächt wurde, hat zwei wichtige Gründe,
die größere Schuld aber liegt nicht auf der Seite von Süddeutschland.“

25 „Bitte!“ rief der brandenburgische Reisende etwas un-
gläubig, „ich sollte doch nicht denken —“

„Man beurtheilt unsere Sitten nach meinen Landsleuten, die man in Norddeutschland sieht. Wenn nun diese
auch die vernünftigsten Menschen wären, es würden ihnen
30 doch zwei Mängel anhängen, die sie in Ihren Augen in
Nachtheil setzen. Einmal die Sprache —“

„Bitte!" erwiderte sein Gefährte verbindlich. „Nicht alle,
Sie zum Beispiel drücken sich allerliebst aus."

„Ich drücke mich aus, wie ich denke, und so macht es
ein guter Theil meiner Landsleute auch; weil wir aber
die Diphthongen anders aussprechen als Ihr, die Endsil-
ben entweder nach unserer alterthümlichen Form ändern,
oder im Sprechen übereilen, klingt Euch unsere Sprache
auffallend, hart, beinahe gemein. Die meisten Schwaben,
die Sie bei sich sehen, sind junge Männer, die von der
Universität kommen und die Anstalten in Norddeutschland
besuchen, oder Kaufleute, die ihr Handelsweg dahin führt.
Diesen Menschen legen nun Ihre Landsleute durchaus ihren
eigenen Maßstab an und thun sehr unrecht daran. In
Ihrem Lande wird den äußeren Formen und dem Benehmen des Knaben und des Jünglings einige Aufmerksamkeit geschenkt, er wird sehr bald in die geselligen Kreise gezogen; bei uns findet dies vielleicht erst um acht oder zehn
Jahre später statt."

„Nun das ist es ja gerade, was ich sagte," entgegnete
jener; „diese Formen gewinnt keiner durch sich selbst, und
dies ist also ein Fehler Ihrer Erziehung —"

„Vorausgesetzt, daß jene Formen wirklich so trefflich, daß
sie das sind, was dem zukünftigen Bürger eines Staates vor
allem als nützlich und nothwendig einzuimpfen ist."

„Das soll es ja nicht; aber so auf dem Wege mitnehmen
kann er sie doch wohl," meinte der Fremde.

„Wenn er sie nur so mitnimmt, verliert er sie auch gelegentlich," erwiderte der Schwabe. „Doch das ist nicht
der Punkt, wovon wir sprechen. Ich behaupte nur, man
hat in Norddeutschland unrecht, unsere Sitten und unsere
Gesellschaft nach Leuten zu beurtheilen, die der Gesellschaft

eigentlich noch nicht angehört hatten, die vielleicht in die
Welt geschickt wurden, um ihre Sitten abzuschleifen. Oder
wollten Sie nach einigen jungen Gelehrten, die gerade aus
der Stubirstube zu Ihnen kamen und sich vielleicht unge-
5 schickt in Sprache und Manieren zeigten, die Landsleute
dieser Menschen beurtheilen?"

„Gewiß nicht, aber gestehen Sie selbst, man hört doch
selbst von der guten Gesellschaft in Schwaben so sonderbare
Gerüchte, von ihren Sitten und Gebräuchen, von ihren
10 Frauen und Mädchen."

„Vielleicht kaum so sonderbar," versetzte der Jäger lächelnd, „als man bei uns von den Sitten Ihrer Damen
hört; denn unsere Mädchen stellen sich die norddeutschen
Damen gewiß immer mit irgend einem gelehrten Buch in
15 der Hand vor. Die zweite Quelle des Irrthums über
mein Vaterland sind aber Ihre reisenden Landsleute und
die eigenthümlichen Verhältnisse unseres Familienlebens.
In Norddeutschland fällt es nicht schwer, in Familienkrei-
sen Zutritt zu bekommen, durch einen Bekannten zehn
20 zu erwerben. In Schwaben ist es anders: man ist heiter,
gesellig unter sich, der Fremde wird als etwas Fremdes
angestaunt, aber eher vermieden als eingeladen, doch werden
Sie für diese scheinbare Kälte immer eine Entschädigung
finden. Ihre Landsleute öffnen die Thür, aber selten das
25 Herz; meine Schwaben sind vorsichtiger, aber sie schließen
sich an den, welchen sie liebgewonnen, mit einer Herzlichkeit an, die Sie bei künstlich verfeinerten Sitten umsonst
suchen."

„Und also liegt eine zweite Quelle unserer Vorurtheile,"
30 fragte der Fremde, „darin, daß meine Landsleute eigentlich
gar nicht in Ihren Kreisen einheimisch wurden?"

„Gewiß!" sagte der Nachbar. „Lernen Sie, wenn Ihnen das Glück wohl will, in die Kreise unserer bessern Stände zu kommen, lernen Sie uns näher kennen, lassen Sie sich nicht durch Ihre eigenen Ansichten über Leben und Sitte durchaus leiten, und Sie werden ein gutes, herzliches Völkchen finden, gebildet genug, um, wenn man nur die rechte Saite anschlägt, sich mit den Gebildetsten zu messen, vernünftig genug, um die Grenzen guter Sitten fest zu halten und das Lächerliche der Unsitte zu belächeln."

Der Fremde aus der Mark lächelte. „Er liebt sein Land," dachte er, „und er vertheidigt es mit Wärme, weil er es nicht sinken lassen will, oder Besseres nie gesehen hat." Er entschuldigte bei sich die warme Vertheidigung des Schwaben, aber dennoch konnte er es sich nicht versagen, einen kleinen Triumph über jenen zu feiern. Er machte ihn mit der Geläufigkeit der Zunge und jener Übung, über ein Nichts schnell und vieles zu sprechen, — die man im Norden unseres Vaterlandes häufiger als im Süden treffen soll — auf andere große Vorzüge aufmerksam, welche die nördlichen Provinzen Deutschlands vor den südlichen voraus haben. Er zählte immer zwanzig Schriftsteller und Dichter seiner Heimath gegen einen im Süden, und der Schwabe konnte endlich dem Schwall seiner Beredsamkeit nur dadurch Einhalt thun, daß er, als sie um eine Ecke der Landstraße bogen, auf die erhabnen Ruinen von Heidelberg hinwies; der Fremde betrachtete sie staunend und mit Entzücken. Ihre röthlichen Steinmassen waren von der sinkenden Herbstsonne noch höher geröthet, und der Abend ließ die Bäume und Gesträuche, die in den verfallenen Mauern wachsen, im dunkelsten, wundervollsten Grün erscheinen. Durch die hohen, offenen Fensterbogen blickte der schwärzliche Wald hervor,

den Gipfel des Berges umzog jener duftige Schleier, welcher
allen Gegenständen so eigenen, geheimnißvollen Reiz verleiht,
und von oben herab spiegelten sich die röthlichen Abend-
wölkchen und der dunkelblaue Himmel in den Fluthen des
5 Neckars.

„Und haben Sie solche Poesie in der Mark?" fragte
der Jäger mit gutmüthigem Lächeln.

Der Fremde schien es nicht zu hören, unverwandt hingen seine Blicke an diesem reizenden Schauspiel; er mochte
10 fühlen, daß es sich an solchen Stellen über Poesie nicht
gut streiten lasse.

Nach diesem Vorfall kehrte übrigens auf dem Gesicht
des Jägers die vorige Ruhe und Unbefangenheit zurück;
er stritt über keinen Gegenstand, schien sogar über manche
15 Dinge sich behutsam auszudrücken.

Als aber das Gespräch unter den beiden Reisenden,
da die hereinbrechende Nacht ihre Aufmerksamkeit auf die
Gegend hemmte, auf einige neuere Ereignisse und auf Politik kam, schien es dem jungen Mann aus der Mark, ob-
20 gleich er die Züge seines Nachbars nicht mehr gut unter-
scheiden konnte, sein Athem gehe schneller, seine Rede werde
wärmer, kurz, man habe einen Punkt der Unterredung ge-
troffen, welcher für den Schwaben von hohem Interesse
sei. Man sprach von der Gestalt und der inneren Kraft
25 Deutschlands. Mit einer gewissen Erbitterung zog jener
eine Parallele zwischen Jetzt und Sonst, die nicht gerade
zum Vortheil der neueren Zeit ausfiel. Der Fremde, dessen Grundsätze im Ganzen nicht mit diesen Ansichten übereinstimmen mochten, gab ihm dennoch, nicht ohne einiges
30 Selbstgefühl, die letzten Sätze zu. Unglücklicher Weise fing
er seinen Satz: „Ich bin ein Preuße" an, und reizte

dadurch unwillkürlich den Unmuth des jungen Mannes
noch mehr auf. Denn dieser vergaß nun jede Rücksicht der
Klugheit; mit einer Beredsamkeit, die an jedem andern Orte
dienlich gewesen wäre, suchte er seine Meinung durchzu=
führen, und nichts war ihm zu hoch, das er nicht mit sei= 5
nem eigenen Maßstab gemessen hätte. Der Preuße, der
solche Leute nur vom Hörensagen und unter dem gefähr=
lichen Namen „Köpenicker" kannte, erschrak über diese Äu=
ßerungen. Konnte nicht der Postillon, konnte nicht ein
Passagier im Bauche des Wagens diese Reden vernommen 10
haben! Spandau, Köpenick, Jülich und alle möglichen
festen Plätze schwebten vor seiner aufgeregten Phantasie,
und das beste Mittel, seinen Nachbar zum Stillschweigen
zu bringen, schien ihm, wenn er sich in die Ecke drückte
und sich schlafend stellte. 15

2.

Als die beiden Reisenden am Morgen nach dieser ge=
fährlichen Nacht erwachten, sahen sie in geringer Entfer=
nung die Türme von Heilbronn aus dem Nebel tauchen.
„Hier endet meine Fahrt," sagte der Herr im grünen Rock, 20
indem er auf die Stadt deutete, „und Ihnen danke ich
es," setzte er mit einem freundlichen Blick auf seinen Nach=
bar hinzu, „daß ich diesmal diesen Wagen ungern verlasse.
Wie angenehm wäre mir noch ein Tag in Ihrer Gesell=
schaft vergangen!" 25
„Dies ist mein Loos schon seit vierzehn Tagen gewe=
sen," erwiderte der Brandenburger. „Der enge Raum
macht nachbarlich; Menschen, welche vielleicht in einer grö=

ßern Stadt, ſelbſt wenn ſie Zimmernachbarn geweſen wären,
Jahre lang unter ſich kein Wort gewechſelt hätten, treten
ſich nahe durch den ſo natürlichen Drang nach Mittheilung.
Der Platz an meiner Seite wechſelte öfter, als in einer
5 Schlacht, doch darf ich mir Glück wünſchen, Sie wenigſtens
ſo lange zu meinem Nachbar gehabt zu haben, denn ſo bin
ich auf die angenehmſte Weiſe in Ihr Vaterland eingeführt
worden."

„Werden Sie länger in Würtemberg verweilen?"

10 „Ich beſuche Verwandte meiner Mutter," erwiderte der
Fremde; „je nachdem ſie und die Reſidenz mir gefallen,
werde ich länger oder kürzer verweilen."

„Wir werden uns ſchwerlich wiederſehen," ſagte der
Grüne, „ich wüßte wenigſtens nicht, was mich nach Stutt=
15 gart treiben ſollte. Vergeſſen Sie aber nie, was ich Ihnen
über den Charakter meiner Landsleute ſagte. Können Sie
nach ihrer Denkungsart, nach ihren Sitten ſich ein wenig
richten, ſo werden Sie überall geſucht und willkommen ſein.
Unſern Damen ſind Sie dann als Fremder nur um ſo
20 intereſſanter und unſern Männern — nun da kömmt es
immer auf den Cirkel an, in welchem Sie leben; nur
müſſen Sie," ſetzte er mit einem Lächeln hinzu, das zwiſchen
Ironie und gutmüthiger Freundlichkeit ſchwebte, „nie zu
deutlich und fühlbar machen — —"

25 „Nun?" rief der Fremde erwartungsvoll, als jener
innehielt.

„Daß Sie kein Deutſcher, ſondern ein Preuße ſind."

Das ſchmetternde Horn des Poſtillons und das Raſ=
ſeln des ſchweren Wagens auf dem Steinweg übertönte
30 die Antwort des Fremden. Den Paſſagieren ward in die=
ſer Stadt eine kleine Raſt vergönnt, und der Fremde

wollte feinen Nachbar vom Eilwagen noch einmal zum
Frühſtück einladen. Doch ſchon unter der Thüre des Poſt⸗
hauſes überreichte dieſem ein alter Reitknecht mehrere
Briefe; er riß den einen haſtig, erröthend auf, und ſein
Reiſegefährte bemerkte im Vorübergehen, daß es die Hand⸗ 5
ſchrift einer Dame ſei. Der Fremde trat etwas verſtimmt
in dem Wirtshaus ans Fenſter; er ſah den Jäger an⸗
gelegentlich mit ſeinem Diener ſprechen und bald darauf
führte man zwei ſchöne Pferde vor. In demſelben Au⸗
genblick trat der grüne Herr eilends in den Saal, ſeine 10
Augen ſuchten und fanden den Reiſegefährten, er trat zu
ihm, doch nur, um ſchnell, aber herzlich von ihm Abſchied
zu nehmen; und ſo konnte ihn der Brandenburger zu ſei⸗
nem großen Verdruß nicht einmal nach dem Haus und
der Familie Käthchens von Heilbronn fragen, eine 15
Frage, die er ſich unter ſeinen Reiſenotizen aufgezeichnet
und doppelt unterſtrichen hatte. Doch der Anblick des
Jägers, wie er ſich ſo leicht in den Sattel des ſchönen,
ſtolzen Pferdes ſchwang, wie er ſo majeſtätiſch über den
Markt hinſprengte, ſöhnten ihn mit der beinahe unhöflichen 20
Haſt aus, womit jener von ihm Abſchied genommen hatte.
Er geſtand ſich, ſelten eine ſo wohlgebaute Geſtalt mit
einem ſo ſchönen, ausdrucksvollen Geſicht vereint geſehen
zu haben.

„Wer war dieſer Herr im grünen Kleid?" fragte er 25
den Kellner, der am andern Fenſter dem Reiter nachblickte.

„Mit dem Namen kann ich nicht dienen," antwortete
jener; „ich weiß nur, daß man ihn „„Herr Baron""
nennt, daß ſein Vater einige Stunden von hier am Neckar
Güter hat, und daß ſie ſehr reich ſein ſollen; in die Stadt 30
kömmt er ſelten."

Nicht ganz zufrieden mit dieser Erklärung setzte sich der junge Mann wieder in den Wagen. Sein Vater, der früher einmal in diesem Lande gewesen war, hatte ihm so viel Sonderbares von schwäbischen Baronen erzählt, daß er in seinem liebenswürdigen und gewandten Reisegefähr= ten keinen solchen vermuthet hätte. Sein neuer Nachbar, der ihm gleich in der ersten Viertelstunde vertraute, daß er ein Hopfenhändler aus Baiern sei, machte ihm den Ver= lust, den er erlitten, nur um so fühlbarer, und da er am Hopfenbau wenig Unterhaltung fand, beschäftigte er sich damit, über den Charakter des jungen Mannes, der ihn verlassen hatte, nachzudenken, und dann noch einmal alle Erwartungen und Hoffnungen zu durchlaufen, die er sich von seinen Verwandten, zu welchen er reiste, gemacht hatte. Von dem Oheim versprach er sich für seine Unterhaltung wenig; er mußte nach seiner Berechnung ein vorgerückter Sechziger sein; mürrisch, ungesellig und eigensinnig hatte ihn sein Vater schon vor fünf und zwanzig Jahren ge= kannt; und solche Eigenschaften pflegten sich im Alter nicht zu verbessern. Desto mehr versprach sich der junge Mann von Fräulein Anna, seiner Cousine. Von einem seiner Freunde, der längere Zeit in Schwaben gelebt hatte, war sie ihm als eine Zierde dieses Landes genannt worden. Ein angenehmes, trauliches Verhältniß von fünf bis sechs Wochen schien ihm ganz wünschenswerth, und so eifrig war seine Berechnung der Mittel, die ihm zu Gebot standen, sich liebenswürdig zeigen, so gewiß war er sich des Eindrucks be= wußt, den seine Person, sein Wesen unfehlbar machen müsse, für so leicht zu erobern hielt er das Herz eines Fräuleins in Schwaben, daß ihm nicht einmal der Gedanke kam, die schöne Cousine Anna könne sich vielleicht schon versehen haben.

Er ließ sich, in der Residenz angekommen, sogleich nach
dem Hause führen, wo sein Oheim sonst gewohnt hatte,

> aber mit dem Donnerworte
> ward ihm aufgethan:
> die du suchest —   5

wohnen schon seit langer Zeit auf einem Landgut, sie wer=
den auch im nächsten Winter nicht zurückkehren, und selbst
dieses Haus gehört ihnen nicht mehr eigen.

Der Reisende aus Brandenburg war schnell entschlossen.
Er benützte diesen Tag, um sich die freundliche Stadt zu 10
betrachten, und eilte dann denselben Weg, welchen er her=
gekommen war, zurück, nach dem unteren Neckarthal, wo
der Landsitz seines Oheims lag. /

Je näher er dieser reizenden Gegend kam, desto ange=
nehmer war es ihm, daß er einige Wochen auf dem Lande 15
zubringen sollte. Er wußte aus eigener Erfahrung, daß
man auf dem Lande, abgeschnitten von den Zerstreuungen
der Stadt und jener Formen enthoben, die man dort für
schön und nothwendig, hier für überflüssig und lästig hält,
schnell bekannt und befreundet wird, daß man sich, auf eine 20
kleine Gesellschaft beschränkt, schneller nahe rückt. — Etwa
eine Stunde von dem Gut bog der Weg von der Haupt=
straße ab. Der Kutscher, den er gemietet hatte, deutete
auf einen Fußpfad, der in den Wald lief; der Fahrweg
wende sich um den ganzen Berg her, sagte er, doch auf 25
diesem Pfad könne man zu Fuß in bei weitem kürzerer Zeit
zum Schloß Thierberg hinaufgelangen. Der junge Mann
stieg aus; er war bisher auf einem Bergrücken gefahren,
sah nun eine mäßige, mit Wald bewachsene Anhöhe vor
sich, und schloß, weil er gehört hatte, das Schloß seines 30
Oheims liege im Neckarthal, man müsse von dieser Höhe

eine weite Aussicht in das Thal genießen. Er ließ den
Wagen weiter fahren und stieg den Seitenpfad hinan. Ein
Wald von prachtvollen Buchen nahm ihn auf. Nie hatte
er diesen Baum so kräftig, so majestätisch gesehen, zwischen
5 durch erblickte er hie und da Eichen und schöne Eschen und
zu seiner nicht geringen Verwunderung Waldkirschbäume
von ungewöhnlicher Höhe. Nach und nach wurde ihm das
Steigen schwerer; der Berg schien sich auf einmal steiler zu
erheben und er war oft versucht, die unbequeme Eleganz
10 zu verwünschen, in welche ihn sein berliner Schneider gekleidet hatte. Endlich hatte er den Gipfel erreicht, aber noch
öffnete sich keine Aussicht. Die Bäume schienen dichter zu
werden, je mehr sich der Pfad wieder senkte, und als sich,
um seine Ungeduld zu vermehren, der kleine Pfad in zwei
15 noch kleinere theilte, die nach verschiedenen Richtungen lie-
fen, schmälte er auf den Kutscher und auf seine eigene
Thorheit, die ihn verleitet hatten, in einem fremden Wald
sich zu verirren. Er schlug endlich den Weg rechts ein und
sah, nachdem er einige hundert Schritte gegangen war, zu
20 seiner großen Freude ein buntes Kleid durch das Laub
schimmern.

Er verdoppelte seine Schritte und war nicht wenig betroffen, als er plötzlich vor einer jungen Dame stand, die
im Schatten einer alten Eiche auf einer Bank saß. Sie
25 hatte ein Buch in der Hand, von welchem sie, als sein
Schritt in den abgefallenen Blättern rauschte, langsam und
ruhig ihre schönen Augen erhob; doch auch sie schien betroffen, als es ein junger, städtisch gekleideter Herr war,
den sie in dieser Einsamkeit vor sich sah; sie erröthete flüch-
30 tig, aber sie senkte ihren Blick nicht, der fragend an dem
unerwarteten Besuch hing. Der junge Mann verbeugte sich

einigemal, ehe er recht wußte, was er sagen sollte. „Ist
wohl das schöne Mädchen Cousine Anna?" war alles, was
er in diesem Augenblick zu denken und sich zu fragen ver=
mochte, und erst als er sich diese Frage schnell bejaht hatte,
trat er näher zu der jungen Dame, die indessen ihr Buch 5
schloß und von ihrem Bänkchen aufstand. „Bitte um Ver=
gebung," sagte er, „wenn ich Sie gestört haben sollte; ich
fürchte, von dem Wege abgekommen zu sein. Kann ich hier
nach dem Schloß des Herrn von Thierberg kommen?"

„Auf diesem Fußpfad nicht wohl, wenn Sie hier nicht 10
bekannt sind," erwiderte sie mit einer klangvollen Stimme;
„Sie haben oben einen Fußpfad links gelassen, der nach
dem Schloß führt." Sie verbeugte sich nach diesen Wor=
ten, und der junge Mann ging seinen Weg zurück; doch
kaum hatte er einige Schritte gemacht, so zog ihn ein un= 15
widerstehliches Gefühl zurück. Das schöne Mädchen stand
noch einmal von ihrem Sitz auf, als sie ihn zurückkehren
sah, doch diesmal schien Bestürzung ihre Wangen zu färben,
und eine gewisse Ängstlichkeit blickte aus ihren großen Augen.
Auf die Gefahr hin für unbescheiden zu gelten, fragte der 20
Reisende, ob er vielleicht die Ehre gehabt habe, mit Fräulein
von Thierberg zu sprechen?

„Ich heiße so," antwortete sie etwas befangen.

"Eh bien, ma chère cousine!" sagte er lächelnd, in=
dem er sich artig verbeugte; „so habe ich das Vergnügen, 25
Ihnen Ihren Vetter Rantow vorzustellen."

„Wie? Vetter Albert!" rief sie freudig. „So haben
Sie endlich doch Wort gehalten? Wie wird sich der Vater
freuen! Und was macht Onkel und die liebe Tante, und
wie sind Sie gereist?" So drängte sich eine Frage nach 30
der andern über die schönen Lippen, und Vetter Rantow

fand, verloren in sein Glück, eine schöne Muhme zu be=
sitzen, keine Worte, alle nach der Reihe zu beantworten.
Wie reizend, wie naiv klang ihm die Sprache! Er konnte
nicht sagen, daß sie gegen irgend eine Regel des Stils ge=
5 sündigt hätte, und doch däuchte es ihm, es seien ganz an=
dere Worte, ganz andere Töne, als die er in seinem Vater=
land gehört hatte. Er fühlte, er sei zu schnell gereist, als
daß er allmählich auf diesen Contrast vorbereitet worden
wäre.

10 „Dies ist mein Lieblingsspaziergang," sagte sie, indem
sie langsam neben ihm herging. „Zwar ist der Weg im
Thal noch angenehmer, der Neckar macht schöne Windun=
gen, alte Burgen schmücken die Höhen — und die unsrige
spielt dabei nicht die schlechteste Rolle, wenigstens was das
15 Alterthum betrifft — Dörfer und sogar ein Städtchen sieht
man Thal auf und ab; aber der Rückweg ins Schloß hinauf
ist dann so steil und mühsam, und auf der Straße gehen
mir zu viel Leute. Der Wald hier liegt nicht höher als
das Schloß, in einem halben Stündchen geht man herüber
20 und ist dann so köstlich einsam, als säße man in seinem
Boudoir bei verschlossenen Thüren."

„Bis dann der Zufall einen Vetter aus Preußen herein=
wehen muß, der die köstliche Einsamkeit stört," unterbrach sie
Rantow.

25 „Im Ganzen genommen," fuhr sie fort, „ist es im Schloß
gerade auch nicht geräuschvoll. Es ist so einsam als irgend
ein bezaubertes Schloß in Tausend und eine Nacht. Außer
der Dienerschaft und im hintern Flügel dem Amtmann, den
man nie zu sehen bekömmt, sind wir, der Vater und ich,
30 die einzigen Bewohner; ja die Einsamkeit im Schloß ist
oft so schrecklich und traurig, daß ich mich lieber in die

Waldeinsamkeit flüchte, wo das Rauschen der Bäume und der Gesang der Vögel doch noch einiges Leben verkünden."

3.

Überrascht stand der junge Mann stille, als sie aus dem dichten Holz durch eine Wendung des Weges auf 5 einmal dem Schloß gegenüberstanden. Die Bewohner des südlichen Deutschlands sind von Jugend auf an Anblicke dieser Art gewöhnt. Man trifft in Franken und Schwaben selten ein Thal von der Länge einiger Stunden, in welches nicht eine Burg oder zum mindesten ein gebrochener Turm 10 und ein halbes Thor herabschauten. Die natürliche Beschaffenheit des Landes, die vielen Berge und kleinen Flüsse, überdies die eigenthümliche Verfassung des zahlreichen Landadels begünstigten oder nöthigten in früherer Zeit zu diesen befestigten Wohnungen. Aber der Norden unseres Vater- 15 landes trägt weniger Spuren dieser alten Zeit; die weiten Ebenen boten keine so natürliche Befestigung, wie die Felsen und Gebirgsausläufer des Süden, und hatte auch hier und dort eine solche Veste im platten Land gestanden, so war sie nur desto schneller dem Verfall und der Zerstörung preis- 20 gegeben. Die Nachbarn theilten sich brüderlich in die theuren Steine, und ihr Gedächtniß verwehte der Wind, der über die Ebene hinstrich. Darum war es dem jungen Mann aus der Mark ein so überraschender Anblick, sich in solcher Nähe einer dieser alterthümlichen Burgen gegenüber zu sehen, um 25 so überraschender, da er durch diese düsteren, tiefen Thore als Gast einziehen, in jenem alterthümlichen Gemäuer wohnen sollte. Doch bald erfüllte kein anderer Gedanke mehr als

der malerische Anblick, der sich ihm darbot, seine Seele.
Der alte schwärzlichgraue Wartturm war auf der Mittags-
seite von oben bis in den Graben hinab mit einem Mantel
von Epheu umhängt. Aus den Ritzen der Mauer sproßten
5 Zweige und grüne Ranken, und um das Thor zog sich
ein breites Rebengeländer, dessen zarte Blätter und Fasern
sich mit sanfter Gewalt um die rostigen Angeln und Ketten
der Zugbrücke geschlungen hatten. Zur rechten Seite des
Schlosses hinderte der dunkle Wald die Aussicht, aber links,
10 an den hohen Mauern vorüber, tauchte das Auge hinab in
die Tiefe des schönen, fruchtbaren Neckarthals, schweifte hinauf,
den Fluß entlang, zu Dörfern und Weilern und weit über
die Weinberge hin nach fernen blauen Gebirgen.

„Das ist unser Thierberg!" sagte das Fräulein; „es
15 scheint, die Gegend habe einigen Reiz für Sie, Vetter, und
ich möchte Ihnen wahrlich rathen, recht oft aus dem Fenster
zu sehen, um vor unserer Einsamkeit und diesem häßlichen
alten Gemäuer nicht zu erschrecken!"

„Ein häßliches Gemäuer nennen Sie diese alte Burg?"
20 rief der Gast. „Kann man etwas Romantischeres sehen,
als diese Türme mit Epheu bewachsen, diesen Thorweg mit
den alten Wappen, diese Zugbrücke, diese Wälle und Graben?
Glaubt man nicht das Schloß von Brabwardine oder irgend
ein anderes aus Scottischen Romanen zu sehen? Erwartet
25 man nicht, ein Sickingen, ein Götz werde uns jetzt eben aus
dem Thore entgegentreten —"

„Für diesmal höchstens ein Thierberg," erwiderte das
Fräulein lachend, „und auch von diesen spukt nur noch
einer in den fatalen Mauern. Dergleichen Türme und
30 Zinnen liebe ich ungemein in einem Roman oder in Kupfer
gestochen, aber zwischen diesen Mauern zu wohnen, so einsam,

und winters, wenn der Wind um diese Türme heult und
das Auge nichts Grünes mehr sieht, als jenen Eppich dort
am Turm — Vetter! mich friert schon jetzt wieder, wenn
ich nur daran denke. Doch kommt, Herr Ritter, das Burg=
fräulein will Euch selbst einführen." 5

Der düstere, schattenreiche Hof, in welchen sie traten,
kühlte etwas die warme Begeisterung des Gastes. Er sah
sich flüchtig um, als sie hindurchgingen, und bemerkte, daß
der Platz für ein Turnier denn doch nicht groß genug
gewesen sein müsse, erschrak vor einem halb zerstörten 10
Turm, dessen Rudera drohend über die Mauer herein=
hingen, erstaunte über den scharfen Zahn der Zeit, der in
die dicke Mauer mächtige Risse genagt und dem Auge eine
freie Aussicht in das Thal hinab geöffnet hatte, und gab
in seinem Herzen schon auf den ausgetretenen Stufen der 15
Wendeltreppe, wo ein heftiger Zugwind durch schlecht ver=
wahrte Fenster blies, der Bemerkung seiner Cousine über
die Wohnlichkeit des Hauses vollkommen Beifall. Sechs
bis acht Hunde begrüßten in einer großen, mit Backsteinen
gepflasterten Halle das Fräulein mit freundlichem Kläffen 20
und Wedeln, und ein gefesselter Raubvogel, der in einer
Ecke auf der Stange saß, stieß ein unangenehmes Geschrei
aus und schwenkte die Flügel. „Das ist nun unsere
Antichambre, unser Hofgesinde," sagte Anna, indem sie
lächelnd auf die Thiere zeigte; „verwünschte Prinzen und 25
Prinzessinnen, die Sie entzaubern können. Doch lassen
Sie uns jetzt eintreten," setzte sie nach einer Weile ernster
hinzu, „in diesem Zimmer ist der Vater."

Sie öffnete eine hohe, schwere Flügelthüre, und durch
das altfränkisch ausstaffirte Gemach fiel der Blick des Jüng= 30
lings auf einen alten Mann, der in einer tiefen Fenster=

wölbung saß, wie es schien, in ein Zeitungsblatt vertieft. Bei
dem Gruß seiner Tochter sah er sich um, und als er den
Fremden erblickte und Anna seinen Namen nannte, stand
er auf und ging ihm langsam, aber festen Schrittes, ent=
5 gegen. Mit Bewunderung sah sein Neffe die hohe, gebie=
tende Gestalt, die ihn unwillkürlich an jenen Wartturm
dieser Burg erinnerte, den so viele Jahre nicht einzustürzen
vermochten, und dessen Alter nur der Epheu anzeigte, der
sich an ihm emporgeschlungen hatte. Zwar hatte die Zeit
10 in diese fünfundsechzigjährige Stirne Furchen gegraben, um
die Schläfe fielen dünne graue Haare und der Bart und
die Augenbrauen waren silberweiß geworden, aber das
Auge leuchtete noch ungetrübt, und der Nacken trug den
Kopf noch so aufrecht, wie in jugendlicher Kraft, und die
15 Hand gab einen beinahe kräftigeren Druck, als der Neffe
zu erwidern vermochte.

„Bist willkommen in Schwaben," sagte er mit tiefer,
kräftiger Stimme; „'s war ein vernünftiger Einfall meiner
Frau Schwester, daß sie Dich heraus schickte. Mach Dir's
20 bequem; setz' Dich zu mir ans Fenster, und Du, Anna,
bringe Wein."

So war der Empfang auf Thierberg. So herzlich und
offen er aber auch sein mochte, so konnte doch der junge
Mann mehrere Stunden lang ein gewisses unbehagliches
25 Gefühl nicht verdrängen. Er hatte sich den Oheim ganz
anders gedacht. Er glaubte, nach der Beschreibung, die ihm
sein Vater gemacht hatte, einen rauhen, aber fröhlichen alten
Landjunker zu finden, der seine Hasen hetzt, mit Laune
die Händel seiner Bauern schlichtet, von seinen Kleppern
30 gern erzählt und zuweilen mit seinen Freunden und Nach=
barn ein Glas über Durst trinkt. Er bedachte nicht, wie

fünfundzwanzig Jahre und eine so verhängnißvolle Zeit,
wie die, welche dazwischen lag, auf diesen Mann gewirkt
haben konnten. Das ruhige, ernste Auge des Oheims, das
prüfend auf seinen Zügen zu ruhen schien, die ungesuchten,
aber gründlichen Fragen, womit er den Neffen über sein 5
bisheriges Leben und Treiben ins Gebet nahm, das iro=
nische Lächeln, das hie und da bei einer Aeußerung des
jungen Mannes um seinen Mund blitzte, dies alles und
das ganze gewichtige Wesen des Alten imponirte ihm auf
eine Weise, die ihm höchst unbequem war. Er konnte sich 10
kein Herz fassen, den Oheim eben so traulich zu behandeln,
wie jener ihn, er kam sich vor wie ein angehender Staats=
diener, dem ein Minister Audienz gibt, und es war dies
zu seinem nicht geringen Verdruß das zweite Mal, daß er
sich über die Landjunker in Schwaben getäuscht sah. 15
Auch seine Base erschien ihm ganz anders, als er sie
gedacht hatte. Er fand zwar alle jene liebenswürdige Na=
türlichkeit, jenes unbefangene, ungesuchte Wesen, was man
ihm an den Töchtern dieses Landes gerühmt hatte, aber
diese Unbefangenheit schien nicht aus Unwissenheit, sondern 20
aus einem feinen, sichern Takt hervor zu gehen, und was
sie sprach, zeugte von einem so vortrefflich gebildeten Geist,
daß ihre Natürlichkeit nur darin zu bestehen schien, daß sie
alles Geistreiche, sei es witzig oder erhaben, wie etwas Na=
türliches, Angeborenes vorbrachte, daß es nie als etwas Er= 25
lerntes, als etwas Gesuchtes erschien. Am ärgerlichsten war
es ihm, daß sie ihn schon nach den ersten Stunden zu durch=
schauen schien. Die ausgesuchten Artigkeiten, die er ihr
sagte, zog sie ins Komische, den feineren Complimenten wich
sie auf unbegreifliche Art aus; wollte er ihr nur den zarten, 30
in Berlin gebildeten jungen Mann zeigen, so nannte sie

ihn gewiß immer Herr von Rantow. Und dennoch mußte
er sich gestehen, daß er nie so viel Harmonie der Bewe=
gung, der Miene, der Gestalt und der Stimme gesehen
habe. Ihr ganzes Wesen erschien ihm wie das Hauskleid,
das sie jetzt eben trug. Es war einfach und von beschei=
denen Farben, und dennoch kleidete es ihre feine, schlanke
Gestalt mit jener geschmackvollen Eleganz, die auch dem
anspruchlosesten Gewand einen geheimnißvollen Zauber ver=
leiht. Ein Toilettengeheimniß, worüber, so viel der junge
Mann sich erinnerte, noch nie ein Modejournal Aufschluß
gab, und das ihm mehr das Zeichen und Symbol einer
harmonischen Seele, als die Folge einer sorgfältigen Er=
ziehung zu sein schien.

Dieselbe Übereinstimmung glaubte er zwischen dem
alten Herrn und dem Gemache zu finden, in welches er
zuerst geführt worden war. Es war der verblichene Glanz
eines früheren Jahrhunderts, was ihm von den Wänden
und Hausgeräthen entgegen blickte. Die schweren gewirkten
Tapeten mit Leisten befestigt, die einst vergoldet waren
und deren Farbe jetzt ins Dunkelbraune spielte. Die
breiten Armstühle, mit ausgeschweiften, zierlich geschnitzten
Beinen, die Polster, mit grellen Farben künstlich ausge=
näht, mit Papageien, Blumentöpfen und den Bildern
längst begrabener Schooshündchen geziert. Wie manchen
Wintertag mochten seine Ahnfrauen über dieser mühsamen
Arbeit gesessen sein, die ihnen vielleicht einst für das Voll=
endetste galt, was der menschliche Geschmack je ersonnen,
und die jetzt ihrem Urenkel geschmacklos, schwerfällig, und
hätten sich nicht so ehrwürdige Erinnerungen daran ge=
knüpft, beinahe lächerlich erschien. Und doch kam ihm dies
alles, der ehrwürdigen Gestalt seines Oheims gegenüber,

wie durch Alterthum und langjährige Gewohnheit geheiligt
vor. Er sah, man sei in Thierberg erhaben über den
Wechsel der Mode, und wenn er hinzufügte, was ihm sein
Vater über die mancherlei Unglücksfälle und die mißlichen
Umstände, worin sich der Oheim befand, gesagt hatte, so 5
fühlte er sich beschämt, daß er diese Umgebungen nur einen
Augenblick habe grotesk finden können. Er fühlte, daß
er unverschuldeter Armuth, wenn sie sich in so ernstem
und würdigem Gewande zeige, seine Achtung nicht ver=
sagen könne. Ja, vor diesen Wänden, diesem Geräthe, und 10
vor dem unscheinbaren, groben Hausrock des Oheims erschien
er sich selbst, wenn er seinen Blick auf seine modische und
höchst unbequeme Tracht warf, wie ein Thor, beherrscht
von einem Phantom, das ein Weiser lächelnd an sich vor=
über gleiten läßt. 15

Dies waren die Eindrücke, welche der erste Abend in
Thierberg auf die Seele des jungen Rantow machte. So
ernst sie aber am Ende auch sein mochten, so konnte er doch
ein Lächeln nicht unterdrücken, als mit dem Schlage acht
Uhr, den die alte Schloßuhr zögernd und zitternd angab, 20
eine Flügelthüre am Ende des Zimmers aufsprang, ein
kleiner Kerl in einem verschossenen, bordirten Rock, der ihm
weit um den Leib hing, hereintrat, sich dreimal verbeugte
und dann feierlich sprach: "Le souper est servi."

"S'il vous plaît," sagte der Alte mit ernsthaftem Ge= 25
sicht und einer Verbeugung zu seinem Neffen, reichte seinen
Arm der schönen Anna und ging langsamen Schrittes dem
Speisezimmer zu.

4

Mit den Flügelthüren des Speisesaales und dem ersten
Blick, den er hinein warf, hatte sich übrigens dem Gast
aus Brandenburg ein weites Feld der Erinnerung geöffnet.
5 Von diesem gemalten Plafond, der die Erschaffung der
Welt vorstellte, von dem schweren Kronleuchter, den der
Engel Gabriel als Sonne aus den Wolken herabhängen
ließ, von den gelben Gardinen von schwerer Seide hatte
ihm seine Mutter oft gesprochen, wenn sie von ihrem vä-
10 terlichen Schloß in Schwaben und von dem ungemeinen
Glanz erzählte, welcher einst durch ihre hochselige Frau
Großmutter, die Tochter eines reichen Ministers, in die
Familie und in die schöneren Appartements zu Thierberg
gekommen sei. Schon seine Mutter hatte in ihrer Kindheit
15 diese Prachtstücke mit großer Ehrfurcht vor ihrem Alterthum
betrachtet, und seit dieser Zeit hatten sie zum mindesten
dreißig bis vierzig Jahre gesehen.

„Das ist der Familiensaal," sagte während der Tafel
der alte Thierberg, als er die neugierigen Blicke sah, wo-
20 mit sein Neffe dieses Gemach musterte. „Vor Zeiten soll
man es die Laube genannt haben, und meine Ahnherren
pflegten hier zu trinken. Mein Großvater selig ließ es
aber also einrichten und schmücken. Er war ein Mann
von vielem Geschmack und hatte in seiner Jugend mehrere
25 Jahre am Hof Ludwigs XIV. zugebracht. Auch meine
Frau Großmutter war eine prächtige Dame, und sie beide
haben das Innere des Schlosses auf diese Art eingetheilt
und decorirt."

„Am Hofe Ludwigs XIV.!" rief der junge Mann mit

Staunen. „Das ist eine schöne Zeit her; wie mancherlei
Gäste mag dieser Saal seit jener Zeit gesehen haben!"

„Viele Menschen und wunderbare Zeiten," erwiderte
der alte Herr. „Ja, es ging einst glänzend zu auf Thier= 5
berg, und unsere Gäste befanden sich bei uns nicht schlim=
mer, als bei jedem Fürsten des Reichs. Man konnte kein
fröhlicheres Leben finden, als das auf diesen Schlössern,
so lange unsere Ritterschaft noch blühte. Da galt noch
unser Ansehen, unsere Stimme. Man war ein Edelmann
so gut als der König von Frankreich, und ein Freiherr 10
war ein freier Mann, der nichts über sich kannte als seinen
gnädigen Herrn, den Kaiser, und Gott; jetzt —"

„Vater!" unterbrach ihn Anna, als sie sah, wie die
Ader auf seiner Stirne anschwoll, und wie eine dunkle
Röthe, ein Vorbote nahenden Sturmes, auf seinen Wan= 15
gen aufzog. „Vater!" rief sie mit zärtlichen Tönen, indem
sie seine Hand ergriff. „Nichts mehr über dies Thema.
Sie wissen, wie es Sie immer angreift!"

„Thörichtes Mädchen!" erwiderte der alte Herr, halb
unwillig, halb gerührt von der bittenden Stimme seiner 20
schönen Tochter. „Warum sollte ein Mann nicht stark
genug sein, nach Jahren von dem zu sprechen, was er
zu dulden und zu tragen stark genug war? Der Vetter
kennt nur unsere Verhältnisse, wie sie jetzt sind. Er ist
geboren zu einer Zeit, wo diese Stürme gerade am heftig= 25
sten wütheten, und aufgewachsen in einem Lande, wo die
Ordnung der Dinge längst schon anders war. Er kann
sich also nicht so recht denken, was die Vorfahren seiner
Mutter waren, und deßhalb will ich ihn belehren."

Der Freiherr nahm mit diesen Worten sein großes 30
Glas, auf dessen Deckel die Wappenschilde seines Hauses, aus

Silber getrieben, angebracht waren, und trank, um Kraft zu
seiner Belehrung zu sammeln, einen langen, tüchtigen Zug.
Doch Fräulein Anna sah an ihm vorüber den Gast mit be=
sorglichen, bittenden Blicken an. Er verstand diesen Wink
5 und suchte den Oheim von dieser Materie abzubringen.

„Es ist wahr,“ fiel er ein, noch ehe jener das Glas
wieder auf den Tisch gesetzt hatte, „in Preußen sind die
Verhältnisse anders und sind seit langer Zeit anders gewesen.
Aber sagen Sie selbst, kann man ein Land in Europa finden,
10 das meinem Vaterland gliche? Ich gebe zu, daß andere
Länder an Flächeninhalt, an Seelenzahl uns bei weitem
überwiegen, aber nirgends trifft man auf so kleinem Raum
eine so kräftige, durch innere Tugend imponirende Macht: es
ist das Sparta der neuen Zeit. Und nicht ein glücklicher
15 Boden oder ein milder Himmel bewirkten so Großes, son=
dern der Genius großer Männer hat ein Preußen geschaffen;
weil sie es verstanden, die schlummernden Kräfte zu wecken,
und dem Volke selbst zeigten, welche Stellung es einnehmen
müsse, weil sie Preußen geworden sind, ist auch ein Preußen
20 erstanden.“

Der alte Herr hatte seinem Neffen ruhig zugehört, bei
den letzten Worten aber zog sich sein Gesicht zu solcher
Ironie zusammen, daß der Brandenburger erröthete. „Der
Sohn meines Nachbars, des Generals von Willi, würde
25 sagen, wenn er Dich hörte: „„O Deutschland, Deutschland,
da sieht man, wie dein Elend aus deiner eigenen Zersplit=
terung hervorgeht! Sie wollen nicht mehr Griechen, son=
dern Platäer, Korinther, Athener, Thebaner und gar —
Spartaner heißen!““ Ich wünsche nur,“ setzte er lächelnd
30 hinzu, „daß die Spartaner nicht zum zweiten Mal einen
Epaminondas im Felde finden mögen. Die Schlacht bei

Leuktra war kein Meisterstück der Kriegskunst unserer modernen Spartaner."

„Unser Unglück bei Jena," sagte der junge Mann verdrießlich, „kann man weder dem Volk, noch dem Könige zuschreiben, und ich glaube, wir haben uns an Napoleon hinlänglich gerächt; wir haben nicht nur Deutschland wieder frei gemacht, sondern ihn selbst entthront."

„So? Das seid Ihr gewesen?" fragte der Oheim, „Gott weiß, ich that bis jetzt sehr unrecht, daß ich dieses Ereigniß der halben Million Soldaten zuschrieb, die man aus ganz Europa gegen ihn zusammenhetzte. Warst Du vielleicht selbst mit dabei, Neffe? Du kannst wahrscheinlich als Augenzeuge reden?"

Der Neffe erröthete und schickte einen ängstlichen Blick nach Anna, die ihr Lächeln kaum unterdrücken konnte. „Ich war damals noch auf der Schule," antwortete er, „und es hat mich nachher oft geärgert, daß ich nicht dabei war. Ich gebe zu, daß die Andern auch mitgeholfen haben, aber in allen Schlachten waren es nur die Preußen, die entschieden haben; denken Sie nur an Waterloo."

„Sei überzeugt, ich denke daran," erwiderte der alte Herr mit großem Ernst, „und denke mit Vergnügen daran. Wenn einer ein Feind jenes Mannes ist, so bin ich es; denn er hat uns und alles unglücklich gemacht, und das alte schöne Reich umgekehrt wie einen Handschuh. Aber das mit Deinen Landsleuten weißt Du denn doch nicht recht. Ich glaube schwerlich, daß Eure jungen Soldaten, wenn sie auch wirklich so begeistert waren, wie man sagt, so viele Stöße auf ihr Centrum ausgehalten hätten, als am achtzehnten Juni jene Engländer, die schon in allen Welttheilen gedient hatten."

„Nicht die Jahre sind es," sagte jener, „die in solchen Augenblicken Kraft geben, sondern das Selbstbewußtsein, der Stolz einer Nation und die Begeisterung des Soldaten für seine Sache; und die hat der Preuße vollauf."

5 „Ich habe in meiner Jugend auch ein paar Jahre gedient," entgegnete der Oheim; „Anno 85 bei den Kreistruppen. Damals waren die Soldaten noch nicht begeistert, darum kenne ich das Ding nicht. Nächstens wird mich aber mein Nachbar, der General, besuchen, mit diesem mußt Du
10 darüber sprechen."

„Wie dem auch sei," fuhr der Gast fort, „es freut mich innig, daß Sie über den Hauptpunkt, über den Unwillen gegen die Franzosen und im Haß gegen diesen Corsen, mit mir übereinstimmen. Bei uns zu Hause behauptet man,
15 daß er in Süddeutschland leider noch immer als eine Art Heros angesehen, und es ist lächerlich zu sagen, von vielen sogar als ein Beglücker der Menschheit verehrt werde."

„Sprich nicht zu laut, Freund," erwiderte der alte Herr, „wenn Du es nicht mit dieser jungen Dame hier gänzlich
20 verderben willst. Sie ist gewaltig napoleonisch gesinnt."

„Sie werden darum nicht schlechter von mir denken," sagte Anna hocherröthend, „weil ich einen Mann nicht geradehin verdammen mag, dessen unverzeihlicher Fehler der ist, daß er ein großer Mensch war."

25 „Großer Mensch!" rief der Alte mit blitzenden Augen, „großer Mensch! Was heißt das? Daß er den rechten Augenblick erspähte, um wie ein Dieb eine Krone zu stehlen? Daß er mit seinen Bajonetten ein treffliches Reich über den Haufen warf, seine herrliche natürliche Form zertrüm-
30 merte, ohne etwas Besseres an die Stelle zu setzen! Großer Mensch!"

„Sie sprechen so, weil —"

„Anna, Anna!" fiel er seiner Tochter in die Rede. „Meinst Du, ich spreche nur darum so, weil er uns elend machte? Weil er dieses Thal und den Wald mir entriß, weil er diese Menschen, die mir und meinen Ahnen als ihren Herren dienten, an einen Andern verschenkte? Weil die ungebetenen Gäste, die er uns schickte, das Bischen aufzehrten oder einsteckten, was mir noch geblieben war? Es ist wahr, an jenem Tage, wo man ein fremdes Siegel über das alte Wappen der Thierberge klebte, wo man mein Vieh zählte und schätzte, meine Weinberge nach dem Schuh ausmaß, meine Wälder lichtete und die erste Steuer von mir eintrieb, an jenem Tage sah ich nur mich und den Fall meines Hauses; aber ging es der ganzen Reichs= ritterschaft besser, mußten wir nicht sogar erleben, daß ein Mann von der Insel Corsica erklärte; es gebe keinen deut= schen Kaiser und kein Deutschland mehr?"

„Gott sei es geklagt!" sagte der junge Rantow, „und uns wahrhaftig hat er es nicht besser gemacht."

„Ihr, gerade Ihr seid selbst Schuld daran," fuhr der alte Herr immer heftiger fort. „Ihr hattet Euch längst losgesagt vom Reich, hattet kein Herz mehr für das Allge= meine, wolltet einen eigenen Namen haben und thatet Euch viel darauf zu gut. Ihr sahet es vielleicht sogar gern, daß man uns Schaft für Schaft entzwei brach, weil man uns fürchtete, so lange die übrigen Speere ein Band umschlang. Habt Ihr nicht gesehen, wieweit es kam, als man in Sparta jeden Griechen einen Fremden nannte? Verdammt sei dieses Jahrhundert der Selbstsucht und Zwietracht, verdammt diese Welt von Thoren, welche Eigenliebe und Herrschsucht Größe nennt!"

„Aber lieber Vater —" wollte das Fräulein besänf=
tigend einfallen, doch der alte Herr war bei seinen letzten
Worten schnell aufgestanden, und der kleine Mensch in der
thierbergischen Livree eilte auf seinen Wink mit zwei Kerzen
5 herbei.

„Gute Nacht," wandte er sich noch einmal zu seinem
Neffen; „stoße Dich nicht daran, wenn Du mich zuweilen
heftig siehst; 's ist so meine Natur. Schlafet wohl, Kinder!"
setzte er ruhiger hinzu, „wenn die Gegenwart schlecht ist,
10 muß man von besseren Zeiten träumen." Anna küßte ihm
gerührt die Hand, und die erhabene Gestalt des alten Herrn
schritt langsam der Thüre zu. Rantow war so betroffen
von allem, was er gehört und gesehen, daß es ihm sogar
entging, welche komische Figur der Diener machte, der seinem
15 Herrn zu Bette leuchtete. Die weite Staatslivree, die er
trug, hing beinahe bis zum Boden herab, und die langen
bordirten Aufschläge bedeckten völlig die Hände, welche die
silbernen Leuchter trugen. Er war anzusehen wie ein großer
Pilgrim, der einen Calvarienberg hinan auf den Knieen
20 rutscht. Um so erhabener war der Contrast des Mannes,
der ihm folgte; er erschien, als er durch den altfränkischen
Saal unter den Familiengemälden seiner Ahnen vorbei
schritt, wie ein wandelndes Bild der guten alten Zeit.

Als der alte Herr das Gemach verlassen hatte, stand
25 das Fräulein mit einer Verbeugung gegen ihren Gast auf
und trat in ein Fenster. Der junge Mann fühlte an ihrem
Schweigen, daß er diesen Abend Saiten berührt haben
müsse, die man anzutasten sonst vielleicht sorgfältig ver=
mied. Sie blickte hinaus in die Nacht und Rantow trat
30 an ihre Seite; er hatte oft erprobt, wie sich Mißverständ=
nisse leichter lösen, wenn man sie in einen Scherz kehrt,

als wenn man mit Ernst oder Wehmuth darüber spricht.
Mit solch einem Scherz wollte er Anna versöhnen; doch
als er zu ihr ans Fenster trat, war der Anblick, der sich
ihm darbot, so überraschend, daß kein heiteres Wort über
seine Lippen schlüpfen konnte. Das tiefe, schwärzliche und 5
doch so reine Blau, das nur ein südlicher Himmel im
Mondlicht zeigt, hatte er noch nie gesehen. Über Wald
und Weinberge herab goß der Mond seltsame Streiflichter
und im Thal schimmerten seinen Glanz nur die zitternden
Wellen des Neckars und die Spitze des dunkeln Kirchturms 10
zurück. Der falbe Schein dieses Lichtes der Nacht hatte
Annas Züge gebleicht und in ihren schönen Augen schwamm
eine Thräne. Jetzt erst, als Alles so still und lautlos war,
vernahm man aus der Ferne die gehaltenen Töne einer
Flöte, und diese Klänge verbanden sich so sanft mit dem 15
milden Schimmer des Mondes, daß man zu glauben versucht war, es seien seine Strahlen, die so melodisch sich auf
die Erde niedersenkten. Ein seliges Lächeln zog über Annas
Gesicht; ihr glänzender Blick hing an einer Waldspitze, die
weit in das Thal vorsprang und ihre tieferen Athemzüge 20
schienen der Flöte zu antworten.

„Wie prachtvoll ist selbst die Nacht in Ihrem Thal!"
sprach nach einer Weile der Gast. „Wie schön wölbt sich
der Himmel darüber hin, und der Mond scheint nur für
diesen stillen Winkel der Erde geschaffen zu sein." 25

Anna öffnete das hohe Bogenfenster. „Wie warm und
mild es noch draußen ist!" sagte sie, indem sie freundlich
in das Thal hinabschaute. „Kein Lüftchen weht."

„Aber die Bäume neigen sich doch her und hin," erwiderte er, „sie rauschen, gewiß vom Wind bewegt." 30

„Kein Lüftchen weht," wiederholte sie, und hielt ihr

weißes Tuch hinaus. „Sehen Sie, nicht einmal dieses leichte Tuch bewegt sich. Und kennen Sie denn nicht die alte Sage von den Bäumen? Nicht der Nachtwind ist es, der ihre Blätter bewegt, sie flüstern jetzt und erzählen sich, und wer nur ihre Sprache verstünde, könnte manches Geheimniß erfahren."

„Vielleicht könnte man dann auch erfahren, wer der Flötenspieler ist," sagte der Vetter, indem er Anna schärfer ansah; denn schon war er so eifersüchtig auf seine schöne Base geworden, daß ihm die süßen Töne vom Wald her und ihr Tuch, das sie noch immer aus dem Fenster hielt, in Wechselwirkung zu stehen schienen.

„Das kann ich Ihnen auch ohne die Bäume verrathen," erwiderte sie lächelnd, indem sie das Tuch zurücknahm. „Das ist ein munterer Jägerbursche, der seinem Mädchen einen guten Abend spielt."

„Dazu ist aber die Entfernung doch beinahe zu groß," fuhr er fort, „manche Töne werden nicht ganz deutlich."

„Im Dorf unten hört man es besser als hier oben," sagte sie gleichgültig und schloß das Fenster; „überdies sagt ja das Sprichwort: das Ohr der Liebe hört noch weiter als das des Argwohns."

„Schön gesagt," rief der junge Mann, „doch das Auge des Argwohns sieht weiter, als das der Liebe."

„Sie haben recht," entgegnete sie; „aber nur bei Tag, nicht bei Nacht."

Diese, wie es schien, ganz absichtlos gesagten Worte überraschten den jungen Mann so sehr, daß er beschämt die Augen niederschlug. Er warf sich seine Thorheit vor, daß er nur einen Augenblick glauben konnte, es sei ein Liebhaber dieses arglosen Kindes, der dort im Walde musicire.

„Und nun gute Nacht, Vetter," fuhr Anna fort, indem sie eine Kerze ergriff. „Träumen Sie etwas recht Schönes, man sagt ja, der erste Traum in einem Hause werde wahr. Hans! leuchte dem Herrn Baron ins rechte Turmzimmer! Und dies noch," setzte sie auf französisch hinzu, als der Diener näher trat: „vermeiden Sie mit meinem Vater über Dinge zu sprechen, die ihn so tief berühren. Er ist sehr heftig, doch gilt sein Zorn nie der Person, sondern der Meinung. Es war meine Schuld, daß ich Sie nicht zuvor unterrichtet habe, morgen will ich nähere Instructionen ertheilen. — Gute Nacht!"

Sinnend über dieses sonderbare und doch so liebenswürdige Wesen folgte der Gast dem Diener, und die dumpfhallenden Gänge und Wendeltreppen, das vieleckige, in wunderlichen Spitzbogen gewölbte Gemach, das alterthümliche Gardinenbette, so manche Gegenstände, die er sonst so aufmerksam betrachtet hätte, blieben diesmal ohne Eindruck auf seine Seele, die nur eifrig beschäftigt war, den Charakter und das Benehmen Annas zu prüfen und zu mustern.

5.

Als der Gast am folgenden Morgen nach einer sorgfältigen Toilette hinab ging, um mit seinen Verwandten zu frühstücken, konnte er sich anfänglich in dem alten Gemäuer nicht zurecht finden. Ein Diener, auf welchen er stieß, führte ihn dem Saal zu, und an den Gängen und Treppen, die er durchwandern mußte, bemerkte er erst, was ihm gestern nicht aufgefallen war, daß er im entlegensten Theil dieser Burg geschlafen habe. Auf sein Befragen gestand ihm der Diener, daß sein Gemach das einzige sei,

daß man auf jener Seite noch bewohnen könne, und außer
dem Wohnzimmer mit den gewirkten Tapeten, dem Schlaf=
zimmer des alten Herrn, dem Saal, dem kleinen Zim=
merchen in einem andern Turm, wo Fräulein Anna wohne,
sei nur noch das ungeheure Bedientenzimmer, das früher
zu einer Küche gedient habe, und die Wohnung des Amt=
manns einigermaßen bewohnbar; die übrigen Gemächer
seien entweder schon halb eingestürzt, oder werden zu Frucht=
böden und dergleichen benützt. Der stolze Sinn des Oheims
und die fröhliche Anmuth seiner Tochter standen in sonder=
barem Widerspruch mit diesen öden Mauern und verfal=
lenen Treppen, mit diesen sprechenden Bildern einer vor=
nehmen Dürftigkeit. Der junge Mann war, wenn nicht
an Pracht, doch an eine gewisse reinliche Eleganz in seiner
Umgebung selbst an den Treppen und Wänden gewöhnt,
und er konnte daher nicht umhin, seine Verwandten, die
in so großer, augenscheinlicher Entbehrung lebten, für sehr
unglücklich zu halten. Das romantische Interesse, das der
erste Anblick dieser Burg für ihn gehabt hatte, verschwand
vor dieser traurigen Wirklichkeit, und wenn er sich dachte,
wie die Mauerrisse und Spalten, durch welche jetzt nur
die warme Morgensonne herein fiel, den Stürmen des
Winters freien Durchgang lassen mußten, war ihm Annas
Furcht vor dieser Jahreszeit wohl erklärlich.

„Und ein so zartes Wesen diesen rauhen Stürmen aus=
gesetzt," sagte er zu sich, „ein so reicher und gebildeter Geist
ohne Umgang, vielleicht ohne Lectüre, einen ganzen Winter
lang in diesen Mauern vom Schnee und Wetter gefangen
gehalten, einsam bei dem ernsten, feierlichen alten Mann!
Und dieser ehrwürdige Alte, der einst bessere Tage gesehen,
durch die Ungunst der Zeit in unverschuldete Dürftigkeit

und Entbehrung versetzt!" Von so gutmüthiger Natur
war das Herz des jungen Mannes, daß er vor der Thüre
des Saales halb und halb den Entschluß faßte, um die
schöne Anna zu freien, sie in die Mark zu führen, oder
wenn ihm das Leben in Schwaben besser gefallen sollte, 5
mit ihr in die Residenz zu ziehen und für den Sommer
Thierberg wieder in Stand setzen zu lassen.

Der Alte empfing ihn mit einem herzlichen Morgen=
gruß und derben Händedruck, und Anna erschien ihm heute
noch freundlicher und zutraulicher, als gestern. Das Tage= 10
werk der Knechte wurde in seiner Gegenwart angeordnet
und mit Wonne sah er Anna eine Geschäftigkeit im Haus=
wesen entfalten, die er der feingebildeten jungen Dame
nicht zugetraut hätte. Auch über ihre eigenen Geschäfte
sprachen die Bewohner des Schlosses. Der Alte wollte 15
vormittags mit seinem Verwalter rechnen, Anna den Gast
unterhalten und einen Spaziergang mit ihm ins Thal
hinab machen. Nach Tisch wollte sie bei einigen Damen
in der Nachbarschaft Besuche abstatten, der Alte das Stück
Wald, das ihm noch eigen gehörte, mustern und Albert 20
sollte ihn begleiten. Der Abend sollte sie alle zum Spiel
vereinigen. So angenehm dem jungen Mann die Aus=
sicht war, einen ganzen Vormittag mit der schönen Cousine
zu verleben, so erschreckte ihn doch ein so langer Wald=
spaziergang mit dem ernsten Onkel, der alle Augenblicke 25
die sonderbarsten, vielseitigsten Kenntnisse verrieth, und
in so hohem Alter noch ein Wortgedächtniß hatte, vor
welchem jenem graute. "Wie, wenn er dich den ganzen
Nachmittag ausfragte, was du gelernt hast!" sagte er zu
sich. "Wie schnöde wird es dann an den Tag kommen, 30
welche Lehrstühle und Säle in Berlin du nicht besucht, und

wie schnell wird er ahnen, welche du besucht hast." Einiger
Trost für ihn war seine geläufige Zunge und ein wenig
Disputirkunst, das Einzige, was ihm von seinem Hofmei=
ster übrig geblieben war. Doch wie einen zum Galgen
Verdammten das Henkermahl noch erfreut, das ihm der
Nachrichter zu= und anrichten muß, so richtete sich seine
geängstigte Seele an der schönen Gegenwart auf. Und
welcher Himmel ging ihm erst auf, als der Onkel, nachdem
er schon Hut und Stock ergriffen hatte, sich noch einmal
zu seinem Neffen wandte. „Noch etwas!" sagte er zu ihm.
„So lange Thierberg steht, ist es Sitte, daß die nächsten
Verwandten gleicher Linie mit Du unter sich reden; ich
denke, Du wirst mit Anna keine Ausnahme machen, weil
Du hundert Meilen nördlicher geboren bist."

Anna lächelte und schien es ganz in der Ordnung zu
finden, aber mit freudeglühenden Wangen sagte der junge
Mann zu; dankbar blickte er dem alten Oheim nach, der
ihm in diesem Augenblick wie ein Bote der Liebe erschien.
Leider vergaß er dabei, daß dieses Du nicht das süße,
heimliche Du der Liebe sei, und daß ein so nahes Verhält=
niß zwar der Freundschaft förderlich, für die entstehende
Liebe aber ein Hinderniß sein könnte.

„Und Du wolltest mir gestern Abend noch Instructionen
geben," sagte er, indem er sich in das Fenster zu dem
Fräulein setzte. „Es ist mir angenehm, wenn Du mir
recht viel vom Onkel sagst, ich habe ihn mir durchaus
anders gedacht, und daher kam nun wohl gestern abend
mein Mißgriff."

„Wie hast Du Dir ihn denn gedacht?" fragte Anna.

„Nun, ich setzte mir aus dem, was Mutter und
Vater erzählten, ein Bild zusammen, das nun freilich nicht

paßt. Seit mein Vater Kammerjunker an Eurem Hofe
war und nachher die Mutter nach Preußen heimführte,
mögen es doch etwa dreißig Jahre sein. Damals war
wohl Onkel etwa fünf- bis sechsunddreißig Jahre alt, und
man nannte ihn noch immer den Junker, denn der Groß- 5
vater Thierberg lebte noch. Mein Vater beschreibt ihn
nun gar komisch, wenn er auf ihn zu sprechen kommt.
Er war hier im Schloß aufgewachsen, unter der Aufsicht
seines Herrn Papa und seiner Frau Mama. Die guten
Großeltern könnte ich malen. Sie müßten in den geblüm- 10
ten und ausgenähten Fauteuils sitzen, aufrecht und anständig frisirt; die Großmama in einem blauseidenen
Reifrock, der Großpapa in einem verschossenen Hofkleid. Sie
sind die regierende Familie in ihrem Land, der Amtmann
und der Pastor ihr Hofstaat. Der Erbprinz lernte hier 15
nicht viel mehr, als sich anständig verbeugen, die Hand
küssen, reiten und jagen, und die Prinzessinnen sollen ihn
an Bildung weit übertroffen haben. Die zwei Jahre Gar-
nisonsleben bei den Reichstruppen hatten ihn nicht gerade
verfeinert, und so soll er immer zur größten Lust der Ver- 20
wandten gedient haben, wenn er um die Zeit, da man
alljährlich die Remontepferde von Leipzig brachte, in die
Residenz kam. Meine Mutter wurde damals bei Onkel
Wernau erzogen und mein Vater kam täglich in das Haus.
Wenn dann Dein Vater im Herbst zu Besuch kam, ver- 25
hehlte er nicht, daß er nur gekommen sei, um die schönen
Remontepferde zu betrachten, zog den ganzen Tag bei Be-
reitern und in Ställen umher, freute sich, mit seiner großen Pferdekenntniß glänzen zu können, und unterhielt
abends die glänzende Gesellschaft bei Wernaus durch sein 30
sonderbares Wesen, das zwar nie linkisch oder unanstän-

tig, aber im höchsten Grad naiv, ungezwungen und komisch
war. Mein Vater sagte oft: „„Er war ein Bild der guten alten Zeit, nicht jener steifen Zeit, wo man den Hofton
und die Reifröcke in jedem Winkel des Landes affectirte,
5 sondern einer viel früheren. Er war das Muster eines
schwäbischen Landjunkers.““

Der junge Mann hielt inne in seiner Beschreibung,
als er sah, daß seine Zuhörerin lächelte. „Du findest
vielleicht diese Züge unwahr,“ sagte er, „weil sie auf heute
10 nicht mehr passen, und doch versichere ich —“

„Mir fiel nur,“ erwiderte sie, „als Du dies Bild
eines schwäbischen Landjunkers nanntest, jenes Buch ein,
das beinahe mit denselben Zügen einen Landjunker in —
Pommern schildert. Du versetzest nun dieses Bild in mein
15 Vaterland, in dieses Schloß sogar; sonderbar ist es übrigens, daß beinahe kein Zug mehr zutrifft. In dem gut-
gemalten Bild eines Jünglings muß man sogar die Züge
des Greisen wieder erkennen, doch hier —“

„Das wollte ich ja eben sagen; ich fand den Onkel so
20 ganz und durchaus anders, daß ich selbst nicht begreifen
konnte, wie er einst jener muntere, naive Junge habe sein
können.“

„Ich spreche ungern mit Männern über Männer, ich
meine, es passe nicht für Mädchen,“ nahm Anna das Wort;
25 „über meinen Vater vollends habe ich nie — beinahe
nie gesprochen,“ setzte sie erröthend hinzu, „doch mit Dir
will ich eine Ausnahme machen. Ich kenne zwar den
Vater nicht anders, als wie er jetzt ist; es ist möglich, daß
er vor dreißig Jahren etwas anders war, aber bedenke,
30 Vetter Albert, durch welche Schule er ging! Alles, alles,
was ihm einst lieb und werth war, hat diese furchtbare

Zeit niedergewühlt. Oder meinst Du, jene Verhältnisse,
so sonderbar und unnatürlich sie vielleicht erscheinen, seien
ihm nicht theuer gewesen? Wie oft, wenn die alten Herren
von der vormaligen Reichsritterschaft im Saal waren und
sich besprachen über die gute alte Zeit, wie oft hätte ich 5
da weinen mögen aus Mitleid mit den Greisen, die sich
nun so schwer in diese neuen Gestaltungen finden!"

„Aber ging es ganz Europa besser? Denke an Spanien,
Frankreich, Italien, Polen und das ganze Deutschland," er=
widerte der Gast. 10

„Ich weiß, was Du sagen willst," fuhr sie eifrig fort;
„man soll über dem Unglück und der Umwühlung eines
Welttheils so kleine Schmerzen vergessen; aber wahrlich, so
weit sind wir Menschen noch nicht. Auf diesen Standpunkt
erhebe sich wer kann, und ich meine, er wird auch in seiner 15
Großherzigkeit wenig Trost, weder für sich noch für das
Allgemeine finden. Und ich möchte überdies noch behaupten,
daß unter allen, die überall gelitten haben, vielleicht gerade
diese Ritterschaft nicht am wenigsten litt. Andere Wunden,
die man nur dem Vermögen schlägt, heilen mit der Zeit, 20
doch wo, nicht durch Revolution, sondern im Namen gesetz=
licher Gewalt, so alte, lang gewohnte Bande zersprengt,
und Formen, die auf ewig gegründet schienen, zertrümmert
werden, das eine Stück hierhin, das andere dorthin gerissen
— werden die theuersten Interessen in innerster Seele ver= 25
wundet. Wenn so die alten Hauptleute und Räthe der
Ritterschaft, einige Komture und deutsche Ritter um die
Tafel sitzen, so glaubt man oft Gespenster, Schatten aus
einer andern Welt zu sehen. Doch wenn man dann be=
denkt, daß dies alles, was sie einst erfreute, so lange vor 30
ihnen zu Grabe ging, und diese Titel von der jungen Welt

nicht mehr verstanden werden, so kann man mit ihnen recht traurig werden."

„Es ist wahr," bemerkte der Gast, „und man muß gerecht sein; sie wurden von früher Jugend in der Achtung und im ritterlichen Eifer für jene alten Formen erzogen, glänzten vielleicht eben im ersten Schimmer einer neuen Amtswürde, als das Unglück hereinbrach und alles auf- löste; und wie schwer ist es, alten Gewohnheiten zu ent- sagen, alte Vorurtheile abzulegen!"

„Um so schwerer," setzte Anna hinzu, „wenn man ein Recht und gesetzliche Ansprüche darauf zu haben glaubt. Hätte man jene Bande sanft gelöst, man würde sich nach und nach gewöhnt haben; so aber war es das Werk eines Augenblicks. Vermögen, Ansehen und Würden gingen zu- gleich verloren und mancher wurde geflissentlich gekränkt. So wurde der Unmuth über die Veränderungen zur Erbit- terung. Der Vater hat oft erzählt, wie sie ihm an einem Tage alle Familienwappen von den Wänden gerissen, das Vieh geschätzt, Pferde weggeführt, die Braupfannen versie- gelt und für Staatseigenthum erklärt haben; die Mutter war krank, der Vater außer sich gebracht durch höhnische Behandlung der neuen Beamten, und um das Unglück vollkommen zu machen, legten sie fünfundsiebenzig Franzosen in dieses Schloß, die nicht plündern, aber ungestraft stehlen durften, und wenn sie weiter zogen, nur eben so viel neuen Gästen Platz machten."

„Wahrhaftig!" rief Albert. „Ein solches Schicksal hätte wohl auch den fröhlichsten Junker ernst machen müssen!"

„Wie es ging, weiß ich nicht, nur so viel nahm ich mir aus Gesprächen ab, daß er seit jener Zeit ganz ver- ändert sei. Er hielt sich meistens zu Hause, las viel und stubirte manches. Er gilt jetzt in der Gegend für einen Mann, der viel weiß, und muß in manchen Fällen Rath geben. Doch um auf die Instructionen zu kommen, die ich Dir ertheilen wollte, so kannst Du sie aus dem, was ich Dir erzählte, selbst abnehmen. Berühre nie die frühern politischen Verhältnisse, wenn Du ihn nicht wehmüthig machen willst, sprich nie von dem Kaiser —"

„Von welchem Kaiser?" unterbrach sie der Vetter.

„Nun von Napoleon, wollte ich sagen; er sieht ihn als den Urheber aller seiner Leiden an, und wenn etwa der General in diesen Tagen kommen sollte, laß Dich in keinen politischen Discurs ein; sie sind schon so heftig an einander gerathen."

„Wer ist denn der General?" fragte Albert. „Hat nicht Dein Vater mich gestern aufgefordert, mit ihm über die neuere Kriegszucht zu sprechen?"

„Der General Willi ist unser Nachbar," erwiderte Anna, „und wohnt eine halbe Stunde von hier, den Neckar abwärts. Er gehört so sehr der neueren Zeit an, als der Vater der alten, und ich kann ihm seine Art zu denken eben so wenig verargen, als meinem Vater. Er machte in den früheren Feldzügen eine sehr schnelle Carriere, und der Kaiser selbst soll ihn im Feldzuge von 1809 beredet haben, unsern Dienst zu verlassen und in die Garde zu treten. Er war mit in Rußland, wurde bei Chalons gefangen und zog sich nachher gänzlich zurück. Hier hat er nun ein Gut gekauft, ist ein sehr vermöglicher Mann und lebt im Stillen seinen Erinnerungen. Du kannst Dir denken, daß ein Mann, der in solchen Verhältnissen seine schönsten Jahre lebte, wohl auch noch heute von der Sache, für welche er einst focht, eingenommen ist: er ist, was man so nennt, ein eigensinniger Napoleonist, und hat wenigstens so gut als irgend einer Grund dazu."

„Wenn er ein Franzose wäre," entgegnete Albert, „dann möchte es ihm hingehen. Aber für einen Deutschen schickt es sich doch wahrhaftig nicht. Es war keine Sache, für welche er focht, sondern ein Phantom."

„Streiten wir nicht darüber," fiel ihm Anna ins Wort. „Ich bin überzeugt, wenn Du diesen liebenswürdigen, edlen Mann kennen lernst, wirst Du ihm seinen Enthusiasmus vergeben."

„Wie alt ist er denn?" fragte jener befangen.

„Ein guter Fünfziger," erwiderte Anna lächelnd. „Mir aber scheint er, wie gesagt, für seine Gesinnungen ein so gutes Recht zu haben als der Vater. Wurde ja doch auch, was ihm groß und erhaben däuchte, zerstört und verhöhnt, und Du weißt, daß dies nicht der Weg ist, die Menschen mit dem Neueren auszusöhnen. Die beiden Herren haben große Zuneigung zu einander gefaßt, obgleich sie in ihren Meinungen so schroff einander gegenüber stehen. Oft kömmt es unter ihnen zu so heftigem Streit, daß ich immer einmal einen wirklichen Bruch der nachbarlichen Verhältnisse voraussehe. Ich glaube, wenn mehr Damen zugegen wären, würde es nie so weit kommen, aber leider hat auch der General vor einigen Jahren seine Frau verloren. Sie war eine treffliche Frau, und meine Mutter schätzte sie sehr; der Vater konnte es ihr aber nie vergeben, daß sie eine Bürgerliche war, und seine Schwester, die jetzt eben bei ihm ist, pflegt immer nur auf kurze Zeit einzukehren."

Der alte Thierberg, der in diesem Augenblick von seinem Amtmann zurückkam, unterbrach dieses Gespräch, das der junge Mann noch lange hätte fortsetzen mögen;

denn Base Anna erschien ihm, wenn sie lebhaft sprach,
wenn ihre Augen während ihrer Rede immer heller glänz=
ten, und ihre zarten Züge jede ihrer Empfindungen abspie=
gelten, immer reizender, liebenswürdiger zu werden, und
er glaubte aus dem Vergnügen, das ihr die Unterhaltung 5
mit ihm zu gewähren schien, nicht mit Unrecht einen gün=
stigen Schluß für sich ziehen zu dürfen.

6.

Von allen seinen früheren reichsfreiherrlichen Rechten
war dem alten Thierberg nur die Ernennung, oder wie 10
man es dort nannte, die Präsentation des Schulmeisters
übrig geblieben, und er verwünschte auch diesen letzten Rest
ehemaliger Größe und Gewalt, als er nachmittags zwei
Schulamtscandidaten mit dem Thierberger Prediger ins
Schloß treten sah. Er hieß seinen Neffen allein in den 15
Wald vorausgehen und versprach bald zu folgen. Der
junge Mann wanderte langsam jenen Weg hinan, wel=
chen ihn Anna zuerst geführt hatte. Oft stand er stille
und sah zurück auf diese alterthümliche Burg, und gern
verweilte sein Auge auf jenem Turm, in dessen Zimmer= 20
chen Anna wohnte. Wie liebte er dieses klare, ruhige, na=
türliche Wesen, gepaart mit so viel Anstand und mit so
feiner Bildung! Er konnte sich auf nichts Ähnliches besin=
nen. Oft wollten zwar in seiner Erinnerung die Damen
der Mark diesem Schwabenkind den Vorrang streitig machen. 25
Es däuchte dem jungen Mann, er habe elegantere Formen
gesehen, gewandter, zierlicher sprechen gehört, er rief sich jede
einzelne Schönheit, die ihn sonst bezauberte, zurück, aber er
bekannte, daß es gerade diese Unbefangenheit, diese Ruhe

sei, was ihm so überraschend, so neu, so liebenswürdig
erschien. „Sie ist zu verständig, zu ruhig, zu klar, um je-
mals recht lieben zu können," fuhr er in seinen Gedanken
fort, „aber schätzen wird sie mich, sie wird Interesse an
mir finden. Und gerade diese Klarheit, diese Art, über
das Leben zu denken, muß ihr andere, bessere Verhältnisse
längst wünschenswerth gemacht haben. Bequeme, elegante
Wohnung, eine geschmackvolle Garderobe, Wagen, Pferde,
Bediente, eine ausgesuchte Bibliothek, das sind die Dinge,
welche in einem solchen kalten Herzen die Liebe ersetzen; so
unbefangen sie ist, so weiß sie doch in ihrer Unbefangenheit die Dame recht wohl zu spielen, und wirklich — es
muß ihr als Frau von Rantow allerliebst stehen!"

Der junge Mann war unter diesen Träumen einer schönen Zukunft auf einer Höhe angelangt, wo er einen Theil
des reizenden Neckarthales überschauen konnte. Vorwärts
zu seiner Linken gewahrte er eine Waldspitze, die weit vorsprang und ihm die Aussicht auf den andern Theil des
Thales verdeckte. Er verglich sie mit der Lage des Schlosses, und fand, es müsse dieselbe Bergspitze sein, von welcher gestern jene süßen Flötenklänge herüber tönten. Von
dort aus, hatte ihm Anna gesagt, könne man einen weiten, freien Blick über das ganze Thal genießen, und rasch
beschloß er, nicht erst den Oheim abzuwarten, sondern im
Genuß einer herrlichen Aussicht auf jener Waldecke seinen
Gedanken nachzuhängen. Er hatte sich die Richtung gut
gemerkt, und nicht lange, so trat er auf diesen reizenden
Platz heraus. Das Thal schwenkte sich in einem schönen
Bogen an Thierberg vorüber um diese Bergecke. Rechts
und bei weitem näher, als Albert gedacht hatte, lag die
Burg, durch eine breite Waldschlucht von dieser Stelle ge-

trennt. Man konnte mit einem guten Fernglas deutlich
in die Fenster von Thierberg sehen, und der junge Mann
ergötzte sich eine Zeitlang an den Zügen des Pastors und
seines Oheims, die in eifrigem Gespräch an der Fenster=
brüstung standen. Auch Annas Turmfenster war geöff= 5
net, aber statt ihrer holden Züge sah man nur einen klei=
nen Orangenbaum, den sie an die Sonne gestellt hatte.
In der Mitte des Thales zog in kleineren Bogen der
Neckar hin, viele freundliche Halbinseln bildend, und in
kleiner Entfernung entdeckte das Auge des jungen Man= 10
nes ein neues Schloß, in dessen Fenstern sich die Mittags=
sonne spiegelte. Es war in gefälligem italienischem Stil
aufgebaut, die Säulen und der Balcon, schlank und zier=
lich, machten einen sonderbaren Contrast mit den dunklen,
schweren Mauern des Thierbergs zu seiner Rechten, und 15
wie diese Burg auf der Nordseite des Gebirges auf einem
steilen Waldberg hing, so ruhte jenes schöne Lustschloß auf
der Südseite gegenüber an einem sanften Rebhügel, dessen
reinlich und nett angelegte Geländer und Spaliere sich bis
an den Fluß herabzogen. Albert war in diesen reizenden 20
Anblick versunken und dachte nach über diesen Gegensatz,
welchen die beiden Schlösser, wie Bilder der alten und
neuen Zeit hervorbrachten, als feste Männertritte hinter
ihm durch das Gebüsch rauschten und ihn aus seinen Be=
trachtungen weckten. Er wandte sich um, und war viel= 25
leicht nicht weniger erstaunt, als der Mann, der jetzt durch
die letzten Büsche brach und vor ihm stand. — Es war
sein Gefährte vom Eilwagen. Er hatte eine Jagdtasche
übergeworfen, trug eine Büchse unter dem Arm, und zwei
große Windhunde stürzten hinter ihm aus dem Gebüsch. 30

„Wie? ist es möglich!" rief der Jäger, und blieb ver=

wunderungsvoll stehen. „Ich hätte mir noch eher einfallen
lassen, hier auf einen Adler, denn auf Sie zu stoßen!"

„Sie sehen, ich benütze Ihren Rath," erwiderte der
junge Mann, „ich durchspüre jeden Winkel Ihres Landes
5 nach schönen Aussichten —"

„Aber wie kommen Sie hieher?" fuhr jener fort, in=
dem er ihn aufmerksamer betrachtete. „Und Sie sind auch
nicht auf der Reise, wie ich sehe. Haben Sie sich in der
Nähe eingemiethet?"

10 Albert deutete lächelnd auf die alte Burg hinüber.
„Dort — und gestehen Sie," sagte er, „ich hätte keinen
schöneren Punkt wählen können."

„In Thierberg?" rief der Jäger mit steigendem Er=
staunen, indem er auf einen Augenblick leicht erröthete.
15 „Wie, ist es möglich, in Thierberg? Oder sind vielleicht
gar Thierbergs die Verwandten, die —"

„Die ich in der Stadt besuchen wollte und hier auf
ihrem Landsitz traf. Ich segne übrigens diesen Geschmack
meines Oheims," setzte Albert mit einer Verbeugung hinzu,
20 „da er mich aufs Neue in die Nähe meines angenehmen
Reisegesellschafters führte."

„So wären Sie vielleicht ein Rantow aus Preußen?"
fragte der Jäger aufs Neue.

„Allerdings," antwortete der Gefragte. „Aber wie
25 folgern Sie dies? Sind Sie vielleicht mit meinem Oheim
bekannt?"

„Ich besuche ihn zuweilen," sagte jener mit einem
langen Seitenblick auf das alte Schloß. „Ich bin gern
dort; doch beinahe hätte ich das Glück gehabt, Ihre Bekannt=
30 schaft noch früher zu machen. Ich reiste vor einem Jahr
in Ihre Heimat, und auf den Fall, daß mich meine Straße

über Fehrbellin geführt hätte, war ich mit einem Brief an Ihre Eltern versehen, mit einem Brief von Ihrem Oheim selbst. — Aber habe ich zu viel gesagt, wenn ich von den Reizen unseres Neckarthales sprach? Finden Sie nicht alles hier vereinigt, was man immer für das Auge wünschen 5 kann?"

"Ich dachte schon vorhin darüber nach," versetzte Rantow. "Wie verschieden ist der Charakter dieser beiden Berge zur Seite des Thales! Hier dieser dunkle Wald, mit Schluchten und Felsenrissen, durch welche sich Bäche herab- 10 gießen, die alte Burg, halb Ruine, auf diese jäh abbrechende Wand hinausgerückt. Jenseits die sanften, wellenförmigen Rebhügel, mit bläulichrother Erde und dem sanften Grün des Weinstocks. Und diese Contraste durch das lieblichste Thal, durch den Fluß vereinigt, der bald hierhin, bald 15 dorthin zu den Bergen sich wendet. Wahrhaftig, es müßte nichts Angenehmeres sein, als auf einer dieser grünen Halbinseln ein einsames Idyllenleben zu führen!"

"Ja," entgegnete der Jäger lächelnd. "Wenn der Fluß nicht in jedem Frühjahre austräte, und Damon, die Hütte 20 und seine Daphne zu entführen drohte! Aber waren Sie schon unten im Thal?"

"Noch nicht, und wenn etwa Ihr Weg hinabführt, werde ich Sie gern begleiten."

Der Jäger lockte seine Hunde und schlug dann einen 25 Seitenpfad ein, der in die Tiefe führte. Rantow, der hinter ihm ging, bewunderte den schlanken Bau, den kräftigen Schritt und die gewandten Bewegungen des jungen Mannes. Er war einigemal versucht zu fragen, wer er sei, wo er wohne. Aber es lag etwas so Bestimmtes, Überwiegendes 30 in seinem ganzen Wesen, daß er diese Frage immer wieder

auf eine bequemere Zeit verschob. Im Thal wandte sich
der Jäger stromabwärts. Kinder und Alte, die ihnen be-
gegneten, grüßten ihn überall freundlich und zutraulich.
Manche blieben wohl auch stehen und schauten ihm nach.
5 Oft stand er stille und machte den Fremden auf jeden schönen
Punkt aufmerksam, erzählte ihm von der Lebensart der Leute,
von ihren Sitten und ländlichen Festen.

Der Weg bog jetzt um den Berg, und plötzlich standen
sie dem neuen Schloß gegenüber, das Albert von der Höhe
10 herab gesehen hatte. „Welch' herrliches Gebäude!" rief er,
„wie malerisch liegt es in diesen Weinbergen! Wem gehört dieses Schloß?"

„Meinem Vater," erwiderte der Jäger freundlich. „Ich
denke, Sie setzen mit mir über und versuchen den Wein, der
15 auf diesen Hügeln wächst."

Gern folgte der junge Mann dieser einfachen Einla-
dung. Sie gingen ans Ufer, wo der Jäger einen Kahn
losband. Er ließ seinen Gast einsteigen und ruderte ihn
leicht und kräftig über den Fluß. Auf reinlichen mit fei-
20 nem Kies bestreuten Wegen, durch hohe Spaliere von Wein
gingen sie dem Schloß zu, dessen einfach schöne Formen
in der Nähe noch deutlicher und angenehmer hervortraten,
als aus der Ferne betrachtet. Unter dem schattigen Portal,
das vier Säulen bildeten, saß ein Mann, der aufmerksam
25 in einem Buche las. Als die jungen Männer näher kamen,
stand er auf und ging ihnen einige Schritte entgegen. Er
war groß, aufrecht und hager, und mochte etwa zwischen fünfzig
und sechzig Jahre alt sein. Ein schwarzes, blitzendes Auge,
eine kühn gebogene Nase, die dunkelbraune Gesichtsfarbe und
30 eine hohe, gebietende Stirne, wie seine ganze Haltung, gaben
ihm etwas Auffallendes, Überraschendes. Er trug einen

einfachen militärischen Oberrock, ein rothes Band im Knopf-
loch, und noch ehe er ihm vorgestellt wurde, wußte der
junge Rantow aus diesem allem, daß es der General Willi
sei, vor welchem er stand. Ihn selbst stellte der junge Willi
als Vetter der Thierbergs und als seinen Reisegefährten vor. 5

Der General hatte eine tiefe, aber angenehme Stimme;
er antwortete: „Mein Sohn hat mir von Ihnen gesagt.
Ihre Mutter kenne ich wohl, habe sie früher in der Residenz
gesehen. Als wir nach Schlesien marschirten, wurde ich
nach Berlin geschickt. Ich blieb vier Wochen bei der 10
Feldpost dort, und ritt während dieser Zeit mehreremal
nach Fehrbellin hinüber, Ihre Eltern zu besuchen.“

„Wahrhaftig!“ rief der junge Mann. „Ich erinnere
mich, mehrere französische und deutsche Offiziere damals in
unserem Haus gesehen zu haben. Es müßte mich alles 15
täuschen, Herr General, oder ich kann mich noch Ihrer
erinnern. Ihre Uniform war grün und schwarz, und einen
großen grünen Busch trugen Sie auf dem Hut. Sie ritten
einen großen Rappen.“

„Ach ja, die alte Leda!“ sagte der General. „Sie hat 20
treu ausgehalten bis an die Beresina. Dort liegt sie
zwanzig Schritte von der Brücke im Sumpf. Es war ein
gutes Thier, und in der Garde nannte man sie le diable
noir. — Grüne Büsche sagen Sie? — Richtig, ich diente
damals unter den schwarzen Jägern von Würtemberg. 25
Ein braves Corps, bei Gott! Wie haben sich diese Leute
bei Linz geschlagen!“

Sie waren unter diesen Worten bis unter das Portal
des Hauses getreten. Ein Buch lag dort aufgeschlagen, der
junge Willi sah es lächelnd an und sagte: „Zum sech- 30
ten Mal, mein Vater?“

H.   4

„Zum sechsten Mal," erwiderte jener, indem auch durch seine ernsten Züge ein leichtes Lächeln ging. „Sie sehen, Herr von Rantow, man zieht oft die Kinder nur dazu auf, daß sie ihre Eltern nachher wieder aufziehen. So kann er es nicht recht leiden, daß ich gewisse Bücher oft lese. Und doch ist es ein guter Grundsatz, nicht vielerlei Bücher, aber wenige gute öfter zu lesen."

„Sie haben recht," erwiderte Rantow. „Und darf ich wissen, welches Buch Sie zum sechsten Mal lesen?" Der General bot es ihm schweigend.

„Ah! die schöne Fabel von 1812," rief Albert, „der Feldzug des Grafen Ségur! Nun, ein Gedicht wie dieses darf man immer wieder lesen, besonders wenn man, wie Sie, den Gegenstand kennen gelernt hat."

„Sie nennen es Gedicht?" fragte der General. „Da Sie nicht aus Erfahrung sprechen können, ist wohl General Gourgaud Ihr Gewährsmann. Aber ich kann Sie versichern, in diesem Buch ist so furchtbare Wahrheit, so traurige Gewißheit, daß man das Wenige, was Dichtung ist, darüber vergessen kann. Die Figuren in diesem Gemälde leben; man sieht ihren schwankenden Marsch über die Eisfelder, man sieht brave Kameraden im Schnee verscheiden, man sieht ein Riesenwerk, jene große, kampfgeübte Armee, durch die Ungunst des Schicksals in viel tausend traurige Trümmer zerschlagen. Aber ich liebe es, unter diesen Trümmern zu wandeln, ich liebe es, an jene traurigen, über das Eis hinschwankenden Männer mich anzuschließen, denn ich habe ihr Glück und — ihr Unglück getheilt."

„Ich bewundere nur Deine Geduld, Vater," erwiderte der Sohn; „Du kannst diese französischen Tiraden, die, wenn man sie in nüchternes Deutsch auflöst, beinahe lächer-

lich erscheinen, lesen und immer wieder lesen! Ich erinnere
mich aus diesem berühmten Buch einer solchen Stelle, die
im Augenblick das Gefühl besticht, nachher, mich wenigstens,
lächeln machte. Die Armee hat sich in größter Unordnung
hinter Wilna zurückgezogen. Die Russen sind auf den Fer=
sen. Eine Zeitlang imponirt ihnen noch die Nachhut des
Heeres, aber bald löst sich auch diese auf, und die Ersten
der Russen, indem sie einen Hohlweg heraufdringen, mischen
sich schon mit den Letzten der Franzosen. Ségur schließt
seine Periode mit den Worten: „„Ach! Es gibt keine
französische Armee mehr!"" — „„Doch es gibt noch eine,""
fährt er fort; „„Ney lebt noch; er reißt dem Nächsten das
Gewehr aus der Hand,"" u. s. w. Kurz, der edle Mar=
schall thut in übertriebenem Eifer noch einige Schüsse auf
den Feind und repräsentirt gleichsam in sich selbst die halbe
Million Soldaten, die Napoleon gegen Rußland ins Feld
führte. Ist dies nicht mehr als dichterisch, ist dies nicht
lächerlich überstiegen?"

„Ich erinnere mich noch recht wohl jenes Moments,
und so grausam unser Schicksal, so gedrängt unser Rückzug
war, so ließ er uns doch einige Augenblicke frei, diesem
Krieger und seiner wahrhaft antiken Größe unsere Bewun=
derung zu zollen. Wenn Du bedenkst, wie es von großer
Wichtigkeit war, daß er mit wenigen Tapfern jenes Defilé
eine Zeitlang gegen den Feind behauptete, daß er und die
Seinen allerdings in diesem Augenblick noch die einzigen
wirklichen Combattanten waren, die den Russen die Spitze
boten, so wird Dich jener Ausdruck weniger befremden; ich
wenigstens danke es Ségur, daß er auch jenem erhabenen
Moment einen Denkstein setzte."

„Also ist jene Scene wahr?" fragte Rantow.

„Gewiß! Und eine schöne, großartige Idee liegt darin,
daß man weiß, wer von der großen Armee zuletzt gegen
die Russen schlug, daß es Ney war, welchen jener hohe
Ruhm, der ihm sogar aus diesem Rückzug sproßte, die
Handgriffe des gemeinen Soldaten nicht vergessen ließ.
Er war, wie Hannibal, der Letzte beim Rückzug."

„Was sagen Sie aber über jenen, welcher der Erste in
der Armee und der Erste beim Rückzug war?" bemerkte
Rantow. „Ich glaube, zwanzig Jahre früher hätte er jeden
Schritt mit seinen Garden vertheidigt —"

„Und zwanzig Jahre später vielleicht auch," fiel ihm der
General ins Wort, „und wäre vielleicht als Greis eines
schönen Todes mit seinen Garden gestorben. Anno 12,
werden Sie aber wohl wissen, war er Kaiser eines Landes,
von welchem er, ohne Nachricht, ohne Hülfe, auf so viele
hundert Meilen getrennt war. Was hielt ihn bei der
Armee, nachdem unser Unglück entschieden war? Glauben
Sie nicht, daß er etwas Ähnliches, wie den Abfall Ihres
York, geahnt hat? Mußte er nicht in Frankreich frische
Mannschaft holen?"

„Warum zog er gegen Asien zu Feld, der neue Alexander,"
sagte Rantow spöttisch lächelnd, „wenn er ahnte, daß das
Preußenvolk in seinem Rücken nur darauf laure, ihm den
Todesstreich zu geben? War dies die gerühmte Klugheit
des ersten Mannes des Jahrhunderts?"

„Glauben Sie, junger Mann," erwiderte der General,
„der Kaiser war erhaben über einen solchen Verdacht. Er
wußte, daß Ihr König ein Mann von Ehre sei, der ihn
im Rücken nicht überfallen werde; er wußte auch, daß Preu=
ßen zu klug sei, um à la Don Quixote die große Armee
allein anzugreifen."

„Preußen war nichts schuldig," rief der junge Mann
erröthend. „Man weiß, wie Bonaparte selbst seine Frie=
densbündnisse gehalten hat; man war nicht schuldig, zu
warten, bis es dem großen Mann gefällig sei, die Kriegs=
erklärung anzunehmen. Der Gefesselte hat das Recht, in 5
jedem günstigen Augenblick seine Fesseln zu zerreißen, und
sollte er auch den damit zertrümmern müssen, der sie ihm
anlegte."

„Nun, Vater," setzte der junge Willi hinzu, „das ist
es ja, was ich schon lange sagte, wenn ich den Aufstand 10
des ganzen Deutschlands in Schutz nahm. Wer gab den
Franzosen das Recht, uns in Ketten und Bande zu schla=
gen? Unsere Thorheit und ihre Macht! Wer gab uns das
Recht, ihnen das Schwert zu entwinden und die Spitze
gegen sie selbst zu wenden? Ihre Thorheit und unsere 15
Macht."

„Ich gebe zu," antwortete der General mit Ruhe,
„daß man im Volk, vielleicht auch unter Politikern, also
spricht und sprechen darf. Niemals aber darf der Soldat
diese Sprache führen, um eine schlechte That zu beschönigen. 20
Es gibt manche glänzende Verräthereien in der Geschichte;
die Zeiten, wo sie begangen wurden, waren vielleicht mit
der Gegenwart so sehr beschäftigt, daß man die Verräther
gepriesen hat; aber die Nachwelt, welche die Gegenstände
in hellerem Lichte sieht, hat immer gerecht gerichtet und 25
manchen glänzenden Namen ins schwarze Register geschrie=
ben. Auch die Sache des Kaisers wird die Nachwelt füh=
ren. So viel ist aber gewiß, daß zu allen Zeiten, wo es
Soldaten gibt, einer, der seine Fahne verläßt, immer für
einen Schurken gelten wird."/
30
„Ich gebe dies zu," erwiderte Rantow, „nur sehe ich

nicht ein, wie dies den übereilten Zug nach Rußland entschuldigen könnte."

„Meinen Sie denn, der Zustand Preußens sei uns so
unbekannt gewesen?" fragte der General. „Man wußte so
5 ziemlich, wie es dort aussah. Ich war von Mainz bis
Smolensk im Gefolge des Kaisers und namentlich in deutschen Provinzen oft an seiner Seite, weil ich die Gegenden
kannte, und manchmal in seinem Namen Fragen an die
Einwohner thun mußte. In den preußischen Stammpro-
10 vinzen fiel ihm und uns allen die Haltung und das Ansehen der jungen Leute auf. Das ganze Land schien von
Beurlaubten angefüllt, und doch waren es immer nur die
jungen Männer, die hier geboren und erzogen waren. Die
Haare waren ihnen militärisch geschnitten, ihre Haltung
15 war aufgerichtet, geregelt; sie standen selten wie faule,
müßige Gaffer da, wenn der Kaiser und sein Gefolge vor-
überzog. Nein, sie machten Front, wenn sie ihn sahen, die
Füße standen eingewurzelt, der linke Arm straff angezogen
und an die Seite gedrückt, das Auge hatte die regelrechte
20 Richtung und die rechte Hand machte ihren Soldatengruß.
Es waren dies keine Bauernbursche mehr, sondern Soldaten,
und der Kaiser wußte wenigstens, daß nicht die ganze
preußische Armee mit ihm ziehe."

„Er ließ einen gefährlichen, beleidigten Feind in seinem
25 Rücken," bemerkte Rantow.

„Ein gefährlicher Feind, Herr von Rantow, ist etwa
eine beleidigte Schlange, aber nicht eine Armee, nicht
Männer von Ehrgefühl. Das preußische Heer hatte sich
mit der großen Armee vereinigt, und sobald dies geschehen
30 war, stand sie unter dem Oberbefehl des ersten Kriegers
dieser Armee; in dieser Eigenschaft hatten wir weder von

ihnen noch von den Zurückgebliebenen etwas zu fürchten;
die Untergebenen band ihr Eid an ihre Fahnen, und die
Generale, die Repräsentanten dieser Fahnen, band ihre Ehre.
Wenn Sie die Sache aus diesem natürlichen Gesichtspunkt
betrachten wollen, so werden Sie am Betragen des Kaisers 5
bei Beginn jenes unglücklichen Feldzuges nichts Übereiltes
oder Unkluges finden."

„Das preußische Heer, das gezwungen mit ausrückte,"
erwiderte der junge Mann, „gehörte nicht diesem Kaiser
der Franzosen, sondern seinem rechtmäßigen König, und in 10
demselben Augenblick, als dieser sie ihrer Pflichten gegen
jenen ersten Krieger entband —"

„Konnten sie gegen uns selbst die Waffen richten,"
fiel der General ein; „da haben Sie vollkommen recht;
sie konnten ihre Carrés bilden, uns den Gehorsam weigern, 15
und, im Fall des Zwanges, Feuer auf unsere Colonnen
geben, sie konnten sich im Angesicht der Armee mit den
Russen vereinigen, sie durften dies alles thun —"

„Nun ja — das war es ja eben, was ich meinte —"

„Nein, Herr! Das war es nicht," fuhr jener eifrig 20
fort. „Nur erst, verstehen Sie wohl, nur dann erst,
wann ihr König sie ihres Eides entband, konnten sie den
Gehorsam verweigern, sie mußten es sogar, auch auf die
Gefahr hin, zu Grunde zu gehen. So lange dies nicht
der Fall war, handelten sie, wenn sie feindlich auftraten, 25
als Verräther an ihrer Ehre und sogar an ihrem König;
denn die Ehre des Königs, der die Befehlshaber gewählt
hatte, bürgte gleichsam für ihr Betragen."

„Nun, wenn ich auch dies von den Befehlshabern zu=
gebe," erwiderte Rantow, „so hat wenigstens die Armee 30
immerhin ihre Pflicht gethan."

„In diesem Fall nimmermehr!" rief der General. „Wenn der Chef keinen Befehl seines Herrn vorweisen kann, um seine Schritte zu entschuldigen, und dennoch seine Schuldigkeit nicht thut, oder sogar zum Verräther wird, und zum Verräther, nicht für sich allein, sondern mit einem ganzen Corps, so hat jeder Offizier, jeder Soldat hat das Recht, ihn vor der Front vom Pferd zu schießen!"

„Ei, Vater!" — rief der junge Willi.

„Mein Gott, dies denn doch nicht," rief zugleich der Fremde; „einen General en chef vom Pferd zu schießen!"

„Und wenn man es unterlassen hat," fuhr jener mit blitzenden Augen fort, „so hat man seine Pflicht versäumt. Aber ich kenne noch recht wohl jene schändliche Zeit und die Motive, die damals die Handlungen der Menschen lenkten; Wölfe und Tiger waren sie geworden, die menschliche Natur hatte man ausgezogen, Treue, Ehre, Glauben, alles verloren, und für Heroismus galt damals, was sonst für eine Schandthat gegolten hätte!"

„Nun, etwas Herrliches und Erhabenes, was sich damals offenbarte, werden Sie doch nicht läugnen können," sprach der Märker; „der allgemeine Enthusiasmus, womit das ganze Volk aufstand, war doch wirklich erhaben, ergreifend!"

„Das ganze Volk? — aufstand?" rief der General bitter lachend. „Da müßte Deutschland erst auferstehen, ehe die Deutschen aufstünden. Es war bei manchem ein schöner, aber unkluger Eifer, bei einigen Haß, bei vielen Übermuth, bei den meisten war es Sache der Mode; und Sie vergessen, daß Österreich, Baiern, Würtemberg, daß Schwaben und Franken nicht, wie Sie sagen, aufstanden, und denn doch auch zu Deutschland gehörten. Und Ihre

Enthusiasten selbst! Vor diesen wären wir gewiß nie aus
Sachsen gewichen!"

„Wenn es ihnen auch an jenen gerühmten Eigenschaf=
ten eines alten, gedienten Soldaten gebrach, wahrhaftig,
ihr Wille war schön, ihre Thaten groß, und ihre Einheit, 5
ihre Aufopferung ersetzte vieles —"

„Einheit? Aufopferung? Wir nahmen, es war schon
auf französischem Boden, einmal ein solches Individuum
gefangen. Es war ein junger, schön geputzter Mann.
Der Kaiser hatte von diesen Volontairs sprechen gehört, 10
man hatte ihm ihre Kleidung, ihre Haltung überaus komisch
beschrieben; er ließ daher den Gefangenen vortreten. Als
dieser den Kaiser erblickte, gerieth er in augenscheinliche
Verwirrung, dachte nicht mehr daran, daß er selbst Sol=
dat geworden sei und gegen den größten Krieger zu Feld 15
ziehe, sondern er nahm seinen Tschako am Schild, riß ihn
nach gewöhnlicher, bürgerlicher Weise vom Kopf, daß der
schöne Federbusch elendiglich in den Koth hing, und kratzte
mit dem Fuß hinten aus. Der Kaiser ließ ihn durch mich
fragen, ob er unter den deutschen Freiwilligen diene? Jener 20
aber verbeugte sich noch einmal und sagte: „„Ich bin
vom Frankfurter Corps der Rache."" Der Kaiser konnte
ein Lächeln nicht unterdrücken, und als er weiter ritt,
wandte er sich noch einmal um. Der Sohn der Rache
stand noch immer ganz verblüfft unter einem Haufen von 25
Franzosen, und jetzt erst schien er aus dem Traum zu er=
wachen, er mochte sich auf die schöne Zeile zurückwünschen.
Der arme Teufel sah aus, als wäre er ein Volontaire
malgré lui, als hätte er nur seinem Schatz zu Gefallen sich
in dem Corps der Rache einschreiben lassen. Und dieser 30
Rächer kehrte nicht mehr hinter den Ladentisch seines Vaters

heim. Ich sah ihn sechs Tage nachher, ohne Beine, sterbend
wieder, seine eigenen Landsleute hatten ihn in unsern
Reihen getödtet. Und von solchen Menschen verlangen Sie
Einheit, Aufopferung?"

5 Der Preuße hatte dem General unmuthig zugehört; es
kam ihm vor, als liege in den Zügen dieses Mannes Spott
und Verachtung einer Sache, die er immer als etwas Un=
geheures, Welthistorisches, Großartiges zu betrachten ge=
wöhnt gewesen war. Der junge Willi sah diese unange=
10 nehmen Gefühle, die mit der Ehrfurcht vor dem General
in Rantows Brust zu kämpfen schienen. Er nahm daher
schnell das Wort und sagte: „Du warst damals auf feind=
licher Partei, lieber Vater, Du sahst alles in einem andern
Lichte, und ich zweifle, ob nicht Eure jungen Conscribirten
15 sich auf ähnliche Weise benommen hätten. Aber wahr bleibt
es immer, und jedem unbefangenen Auge noch jetzt sichtbar,
daß damals ein erhabener, ungewöhnlicher Geist unter dem
Volke, hauptsächlich im Norden, wehte; die Mittelstände vor=
züglich haben gezeigt, daß sie einer bewunderungswürdigen
20 Kraftäußerung fähig seien, und darauf, so schlecht auch die
Zeiten sind, kann man noch immer einige Hoffnung gründen."

Rantow sah den jungen Mann bei den letzten Worten
befremdet an, als wüßte er sich diesen Satz nicht zu er=
klären; doch erfreut, seine eigenen Gesinnungen wiederholt
25 zu hören, wandte er sich wieder an den General. „Er hat
recht," sagte er, „auf feindlicher Seite konnten Sie das
rührende Bild dieser Aufopferung nicht so genau kennen
lernen. Aber die großen Worte unserer Redner, die feuri=
gen, aufrufenden Lieder unserer Sänger, die begeisternde
30 Aufopferung unserer Frauen, sie gaben, verbunden mit dem
Muth, der frommen Kraft und der gottgeweihten Hinge=

bung unſerer Jünglinge und Männer, Scenen, die eben
ſo erhaben als unvergeßlich ſind."

„Und wofür denn dieſes alles?" fragte der alte Soldat.
„Wozu ſo große Aufopferungen, was hat man damit erreicht
und errungen? Ließ ſich dies alles nicht vorausſehen?"   5

„Und was haben denn Sie, Herr General, auf jener
Seite erreicht und errungen? Das iſt einmal das Schickſal
alles menſchlichen Lebens und Treibens, daß man kämpft,
ſich hingibt, aufopfert, um am Ende nichts, oder wenig, zu
erreichen. Zwanzig Jahre haben Sie jenem Manne ge=   10
weiht, jenem Eigenſüchtigen, der nur ſich und immer nur
ſich bedachte. Jetzt liegt er auf einem öden Felſen, ſeine
Genoſſen ſind zerſtreut, aufgerieben — was, was haben
denn Sie gewonnen?"

„Ein Endchen rothes Band und die Erinnerung," ant= 15
wortete er lächelnd, indem er mit einer Thräne im Auge
auf ſeine Bruſt herabſah. Es lag etwas ſo Ergreifendes,
Erhabenes in dem Weſen des Mannes, als er dieſe Worte
ſprach, daß Rantow, erröthend, als hätte er eine Thorheit
geſagt, ſeine Augen von ihm abwandte und betreten den 20
Sohn anſah. Doch dieſer ſchien nicht auf das Geſpräch zu
merken, er blickte unverwandt und eifrig auf ein kleines
Gebüſch am Fluß, von welchem man eben das Plätſchern
eines Ruders vernahm; jetzt theilten ſich die Zweige der
Weiden, und ein ſchöner Mädchenkopf bog ſich lächelnd 25
daraus hervor.

7.

„Unsere schöne Nachbarin!" rief der General freundlich
und eilte auf sie zu, ihr die Hand zu bieten; die jungen
Männer folgten, und mittelst seiner trefflichen Lorgnette
5 entdeckte Rantow zu seinem nicht geringen Vergnügen, daß
es Anna sei, die hier so plötzlich, gleich einer Najade, aus
dem Fluß auftauchte. Der General küßte sie auf die Stirne
und bot ihr dann den Arm, sie grüßte seinen Sohn kurz
und freundlich, fragte flüchtig nach des Generals Schwe-
10 ster und verweilte dann mit einem Ausdruck der Verwunderung auf ihrem Gast. „Du hier, Vetter Albert?" rief
sie, indem sie ihm die Hand bot. „Nun das muß ich gestehen, für so klug hätte ich Dich nicht gehalten, Deinen
schönen Verstand in Ehren, daß Du sogleich die ange-
15 nehmste Gesellschaft in der ganzen Gegend auffinden würdest;
welcher Zauberer hat Dich denn hieher gebracht?"

„Mein Sohn," sagte der General, „hatte das Glück,
Ihren Vetter auf seiner kleinen Reise kennen zu lernen,
und fand ihn jenseits in Ihrem Forst —"

20 „Und lud mich ein, ihn hieher zu begleiten," fuhr Rantow fort, „wo ich schon wieder wie gestern das Unglück
hatte, zu streiten und immer heftiger zu widersprechen. Du
lächelst, Anna? Aber es ist, als brächte es hier das Klima
so mit sich; zu Hause bin ich der friedfertigste Kerl von
25 der Welt, habe vielleicht in zwei Jahren nicht so viel dis-
putirt, als hier in zwei Tagen, und wie käme ich vollends mit Herren, wie der Herr General oder mein Onkel,
in Streit?"

„Ist es möglich?" fragte der General, „mit Herrn von Thierberg, mit Ihrem Vater, Ännchen, kommt er in Streit? Ich dächte doch, da Sie mit mir in politischen Ansichten so gar nicht übereinstimmen, Sie müßten von Ihres Oheims Grundsätzen eingenommen sein."

„Nun, so ganz unmöglich ist eine dritte oder vierte Meinung doch auch nicht," bemerkte der junge Willi lächelnd; „ich bin gewiß nicht von Ihrem politischen Glaubensbekenntniß, und glaube, daß sich mit der Welt jetzt etwas machen ließe, wenn Ihr nicht fünfzehn Jahre früher mit Feuer und Schwert reformirt und die Menschen eingeschüchtert hättet; aber mit Herrn von Thierberg lebe ich deßwegen doch in ewigem Kampf, und wir beide haben unsere gegenseitige Bekehrung längst aufgegeben."

„Demagogen streiten gegen alle Welt," erwiderte ihm Anna lächelnd und doch, wie es schien, ein wenig unmuthig. „Sie sind ein Incurable in diesem Spital der Menschheit; haben Sie je gehört, daß ein solcher politischer Ritter von la Mancha, solch ein irrender Weltverbesserer, von Grund aus kurirt worden wäre?"

„Ich sehe, Sie wollen den Krieg auf mein Land spielen," sagte Robert, „Sie wollen, wie immer, meine Ansichten zur Zielscheibe Ihres liebenswürdigen Witzes machen, und doch soll es Ihnen nicht gelingen, mich aus der Fassung zu bringen, heute wenigstens gewiß nicht. Sie kennen wohl die schönen Eigenschaften Ihrer Fräulein Cousine noch nicht ganz, Rantow? Nehmen Sie sich um Gottes willen in acht, ihr zu trauen!"

„Freund," entgegnete Rantow, „in diesem Süddeutschland finde ich mich selbst nicht mehr; es ist alles ganz anders, man denkt, man spricht anders, als ich gewöhnt bin,

und so mag ich mir selbst kein Urtheil mehr zutrauen, am
wenigsten über Anna."

„General!" rief Anna, „Sie führen nachher hoffentlich
meine Vertheidigung gegen Ihren Herrn Sohn?"

5 „Nun merken Sie auf, Nantow!" sprach der junge
Willi; „daß dieses Fräulein die schönste im ganzen Neckarthal von Heidelberg bis Tübingen ist, behaupten nicht nur
alle reisenden Studenten, sondern auch sie selbst weiß es
nur allzu gut und hat sich ganz darnach eingerichtet; sie
10 ist aber dabei so spröde wie Leandra im eben angeführten
Don Quixote. Nach ihren politischen Ansichten, denn sie
ist gewaltig politisch, ist sie ein Amphibion. Sie hält es
bald mit der alten, bald mit der neuen Zeit. Sie ist gewaltig stolz, daß sie vier und sechzig Ahnen hat, auf ihrem
15 Stammschloß lebt, und daß schon Anno 950 ein Thierberg
einen Acker gekauft hat. Auf der andern Seite ist sie durch
und durch napoleonisch. Sie hat den ersten Lügner seiner
Zeit, den Moniteur, öfter gelesen, als die Bibel, trägt ein
Stückchen Zeug, das Montholon meinem Vater schickte, und
20 das angeblich von Napoleons letztem Lager stammt, in einem Ring, singt nichts als kaiserliche Lieder von Beranger
und Delavigne, und kurz — sie liebt eben jenen Mann mit
Enthusiasmus, der den Glanz ihrer vier und sechzig Ahnen
in den Staub geworfen hat."

25 „Sind Sie nun zu Ende?" fragte Anna, ruhig lächelnd,
indem sie ihren Ring an die Lippen zog. „Weißt Du aber
auch, Vetter, daß er den ärgsten Anklagepunkt, das schwär-
zeste Verbrechen in seinen Augen, aus Edelmuth verschwie-
gen hat? Nämlich das, daß ich kein sogenanntes deutsches
30 Mädchen bin, daß ich nicht jetzt schon in meinem Kämmer-
lein mich im Spinnen übe, wie es einer deutschen Maid

frommt, und keine Eichenkränze für die Stirne der künf=
tigen Sieger flechte. Weißt Du denn auch, wer dieser Herr
ist? Das ist ein Glied eines ungeheuren, unsichtbaren Bun=
des, der nächstens das Oberste zu unterst kehren wird; nun,
bei Euch soll es ja noch mehrere solcher Staatsmänner ge=
ben. Aber, Herr von Willi, wie ist mir doch, ist es denn
wahr, was man mir letzthin erzählte, daß unter Euren ge=
heimen Gesetzen eines ausdrücklich gegen junge Damen von
Adel gerichtet sei und also laute: „„Wenn ein biderber deut=
scher Jüngling um eine Jungfrau freit, die ehemals der abe=
ligen Kaste angehörte, und solche aus thörichtem Hochmuth
ihre Hand versagt, soll ihr Name öffentlich bekannt gemacht
und sie selbst für wahnsinnig erklärt werden.""

Das Pathos, womit Anna diese Worte vorbrachte, war
so komisch, daß der General und Rantow unwillkürlich in
Lachen ausbrachen; der junge Willi aber erröthete, und un=
muthig entgegnete er: „Wie mögen Sie sich nur immer
über Dinge lustig machen, die Ihnen so fern liegen, daß
Sie auch nicht das Geringste davon fühlen können? Ich
gebe zu, daß es Ihnen in Ihrem Stande, in Ihren Ver=
hältnissen, recht angenehm und behaglich scheinen mag, weil
Sie freiere Formen und natürlichere Sitten nicht kennen,
keine Ahnung davon haben. Warum aber mit Spott Gefühle
verfolgen, die wenigstens in Männerbrust mächtig und erhaben
wirken, und zu allem Schönen und Guten begeistern?"

„Wie ungezogen!" erwiderte Anna. „Sie haben mit
Spott begonnen, und meine Ahnen und den Kaiser der
Franzosen schlecht behandelt, und nehmen es nun empfind=
lich auf, wenn man über die Herrn Demagogen und ihre
Träume scherzt! Wahrlich, wenn nicht Ihr Vater ein so
braver Mann und mein getreuester Anhänger wäre, Sie

sollten es entgelten müssen. Doch zur Strafe will ich Sie
über das Gedicht eraminiren, das Sie mir für meinen
Vater versprochen haben." Sie nahm bei diesen Worten
Roberts Arm und ging mit ihm den Baumgang hin, und
5 Albert Nantow hätte in diesem Augenblick viel darum ge=
geben, an der Stelle des jungen Willi neben ihr gehen zu
dürfen, denn nie hatte ihm ihr Auge so schön, ihre Stimme
so klangvoll und rührend gedäucht, als in diesem Augen=
blick.

10 „Sie ist ein sonderbares, aber treffliches Kind," sagte
der General, indem er ihr lächelnd nachblickte. „Wenn sie
ihm doch alle seine Schwärmereien aus dem Kopfe reden
könnte! Aber so wird er nie glücklich werden; denken Sie,
Nantow, er hat oft Stunden, wo es ihm lächerlich, ja
15 thöricht erscheint, daß er in meinem bequemen Schloß
wohnt, und Nachbar Görge und Michel, die doch auch
„„deutsche Männer"" sind, nur mit einer schlechten Hütte
sich begnügen müssen. Das ist eine sonderbare Jugend,
das nennen sie jetzt Freiheitssinn! Und doch ist er sonst
20 ein so wackerer und vernünftiger Junge."

„Ein liebenswürdiger, trefflicher Mensch," bemerkte
Albert, indem er oft unruhige Blicke nach jenen Bäumen
streifen ließ, unter welchen Willi und Anna wandelten.
„Ich darf Ihnen sagen, daß ich über seine Gewandtheit,
25 über die feinen gesellschaftlichen Formen staunte, die er so
unbefangen entwickelt, er muß viel und lange in guten
Cirkeln gelebt haben; und dennoch so sonderbare, spieß=
bürgerliche Pläne!"

„Er war in London, Paris und Rom," sagte der
30 General gleichgültig, „und er lebte dort unter meinen Freun=
den. Ich glaube, Lafayette und Foy haben ihn mir verzogen."

„Wie! Lafayette, Foy, hat er diese gesehen?" fragte
Rantow staunend.

„Er war täglich in der Umgebung beider Männer,
und sie fanden an dem Jungen mehr, als ich erwarten
konnte. Da hörte er nun die Amerikaner und die Herren
von der linken Seite; und weil er manche der exaltirtesten
Schreier als meine alten Freunde kannte, glaubte er in
seinem jugendlichen Eifer, es müsse alles wahr sein, was
sie schwatzen, und fand sich am Ende geschickt, selbst mit
zu reformiren. Da ist er nun mit allen unruhigen Köpfen
in diesem ruhigen Deutschland bekannt. Keine Woche ver-
geht, ohne daß sie einen jener deutschen Radicalreformer,
mit langen Haaren, Stutzbärtchen, Beilstöcken und sonderbaren Röcken in meinen Hof bringt; sie nennen ihn
Bruder, und sind so wunderliche Leute, daß sie alle Briefe
an meinen Robert mit einem „„deutschen Gruß zuvor""
anfangen."

„Ich kenne diese Leute," bemerkte Albert mit wegwer-
fender Miene; „sie zeigen sich auch bei uns zu Hause. Aber
wie kann nur ein Mann von so glänzenden Anlagen für
ein anständigeres Leben und für die gute Gesellschaft, wie
Robert, mit so gemeinen Menschen umgehen, die im Bier
ihr höchstes Glück finden, rauchend durch die Straßen
gehen, in gemeinen Schenken umherliegen, und alles Noble,
Feine gering achten?"

„Gemein, lieber Herr von Rantow, habe ich sie noch
nie gefunden," erwiderte der General lächelnd, „was ich
unter gemein verstehe; daß sie rauchen, macht sie höchstens
für einen Nichtraucher unangenehm, daß sie Bier trinken,
geschieht wohl aus Armuth, denn meinen Wein haben sie
nicht verachtet, und von der bonne société denken sie gerade

wie ich; sie langweilen sich dort, und finden das Steife
gezwungen und das Gezierte lächerlich. Sonst fand ich sie
unterrichtet, vernünftig, und nur in ihrer Kleidung und
in ihren Träumereien dachte ich mit Anna an Don Quixote
5 und fand es komisch, daß sie sich berufen glauben, die
Welt zu erlösen von allem Übel."

Der junge Mann verbeugte sich stillschweigend gegen
den General, als wolle er ihm dadurch seinen Beifall zu
erkennen geben; bei sich selbst aber dachte er: Ich lasse
10 mich aufknüpfen, wenn er nicht selbst raucht, und lieber
Stettiner und Josty als Franzwein trinkt; doch einem alten
Soldaten kann man es verzeihen, wenn er roh und unhöflich
ist. Er sah sich zugleich wieder nach Anna um; das
Gespräch schien von beiden Seiten mit großem Interesse
15 geführt zu werden, die Gegenwart des Generals verhin-
derte ihn, von seiner Lorgnette Gebrauch zu machen, und
doch war sie ihm nie so nöthig gewesen, als in diesem
Augenblick, denn er glaubte gesehn zu haben, wie der
junge Willi Annas Hand ergriff, und — an seine Lippen
20 führte. Der General mochte die Unruhe und Zerstreuung
des jungen Mannes bemerken; er ging mit Nantow dem
Baumgang zu, und als Anna sie herankommen sah, ging
sie ihnen mit Willi entgegen. Des Generals Schwester,
eine würdige Dame, welcher Annas Besuch galt, kam in
25 diesem Augenblick herzu, und da in ihrer Gegenwart nichts
Politisches, das zum Streit führen konnte, abgehandelt
werden durfte, so zog es die Gesellschaft vor, ihrer Ein-
ladung zu folgen, und unter der Halle des Schlosses den
Wein des Generals und die schönen Früchte seiner Gärten
30 zu kosten. Man beschloß, daß der General und sein Sohn
morgen den Besuch auf Thierberg erwidern sollten, und

so schieden die beiden Willi, als ihre Gäste in den Kahn
stiegen, mit Ehrfurcht von Anna, mit der Herzlichkeit alter
Freunde von Rantow.

8.

Der Gast aus der Mark, obgleich er in jedem Damen- 5
kreis seiner Heimat mit jener Sicherheit aufgetreten war,
welche man sich durch Erziehung und gehöriges Selbstver-
trauen erwirbt, obgleich er sich in Berlin manches schwie-
rigen Sieges hatte rühmen können, fühlte sich doch nie in
seinem Leben so befangen, als an jenem Abend, wo er mit 10
Anna am Neckar hin nach Thierberg zurückkehrte. Tausend Zweifel plagten und quälten ihn, und jetzt erst, als
ihm der letzte Blick, den Anna dem jungen Willi zugewor-
fen hatte, zu feurig für bloße Achtung, zu zögernd für gute
Nachbarschaft geschienen hatte, jetzt erst fühlte er, wie mäch- 15
tig schon in ihm die Neigung zu seiner schönen Base geworden sei. Zwar, wenn er seine eigene Gestalt, sein aus-
drucksvolles Gesicht, sein sprechendes Auge, seine gewählte
und reiche Sprache, seine eleganten Formen, die Sicherheit
und Gewandtheit seines Geistes, kurz, wenn er alle seine 20
Vorzüge mit Robert Willis Eigenschaften maß, so glaubte
er sich doch ohne Anmaßung trösten zu können; fehlte doch
jenem, wenn er sich auch gut auszudrücken vermochte, jener
unnachahmliche Tonfall der Sprache, fehlte ihm, wenn man
ihm auch Anstand und Würde nicht streitig machen konnte, 25
jene letzte Vollendung und Feinheit eines modischen Wundervogels, jenes unnachahmliche Genie des Geschmackes, das

angeboren sein muß; es fehlt ihm, so schloß der Berliner mit
heimlichem Lächeln bei sich selbst, jenes Je ne sais quoi,
das den Geschöpfen Gottes das Siegel der Veredlung und
Vollendung aufdrückt, und auch den gewöhnlichsten Menschen
5 zu einem homme comme il faut macht! Aber Anna ist
hier auf dem Lande, ist in Schwaben aufgewachsen, fuhr er
fort, sie könnte, ehe sie mich sah, mit Robert Willi — „Anna,
eine Frage," sprach er ängstlich zu ihr, nachdem sie eine
geraume Weile still fortgewandelt waren, „und nimm doch
10 diese Frage nicht übel auf! Liebst Du diesen jungen Willi?
Stehst Du mit ihm in einem Verhältniß?"

Das Fräulein von Thierberg erröthete leicht über diese
Frage, und diese Röthe konnte eben so gut der Frage, als
dem Gegenstand gelten, den er berührte. „Wie kommst
15 Du auf diesen Einfall, Vetter?" erwiderte sie. „Und meinst
Du denn, wenn ich auch das Unglück haben sollte, diesen
Willi zu lieben, was mir übrigens noch nie in den Sinn
kam, ich würde etwa Dich zum Vertrauten in meinen
Herzensangelegenheiten wählen, weil ich Dich schon seit
20 zwei Tagen kenne? Mein Gott, Vetter," setzte sie schalk=
haft lächelnd hinzu, „was seid Ihr doch für närrische
Leute in Preußen!"

„Ich will mich ja durchaus nicht in Dein Geheimniß
drängen, hochedle und gestrenge Dame," sagte er, „aber
25 meinst Du denn, Dein langes und, wie es schien, inter=
essantes Gespräch mit ihm sollte mir nicht aufgefallen sein?
Meinst Du, ich glaube, Ihr habt nur von Versen ge=
sprochen?"

„Wenn ich nun sagte, wir haben nur von Versen ge=
30 sprochen," entgegnete sie eifrig, „so müßtest Du es doch
glauben. Leuten, die gerne Arges denken, fällt alles auf.

Diesmal übrigens hat sich Dein Scharfsinn nicht betrogen; das übrige Gespräch drehte sich auch noch um etwas Anderes als Verse, um ein Geheimniß, ein gar wichtiges Geheimniß."

„Also doch?" — rief der junge Mann, mit ungläubiger Miene. „Siehst Du, also doch?"

„Doch," antwortete sie lächelnd, „und weil Du so artig bist, will ich Dich auch mit ins Geheimniß ziehen, vielleicht kannst Du behülflich sein; er rieth mir selbst, es Dir zu entdecken."

„Wie?" entgegnete er bitter. „Meinst Du, ich sei nur deßhalb nach Schwaben gekommen, um Herrn von Willis Liebesboten an meine Base zu machen? Da kennst Du mich wahrhaftig schlecht; eher sage ich Deinem Vater die ganze Geschichte, und ich glaube nicht, daß er sich einen solchen Tugendbündler, einen solchen Weltverbesserer und Demagogen zum Schwiegersohn wählen wird."

Anna war verwundert stehen geblieben, als sie diesen heftigen Ausbruch seiner Leidenschaft vernahm. „Habe die Gnade und höre zuvor, um was man Dich bitten wird," sagte sie, und wie es schien, nicht ohne Empfindlichkeit; „so viel weiß ich aber, daß, wäre ich ein junger Herr, und überdies ein Berliner, ich mich gegen Damen ganz anders betragen würde." Bestürzt wollte Albert etwas zur Entschuldigung erwidern, aber mit freundlicherer Miene und gütigeren Blicken fuhr sie fort: „Du weißt und hast es heute selbst gehört, wie sehr der General seinen Napoleon liebt und verehrt. Nun ist nächstens sein Geburtstag, der zufällig auf einen berühmten Schlachttag des Kaisers fällt, und da will ihn sein Sohn mit etwas Napoleonischem erfreuen. Er hat sich durch einen Bekannten in Berlin

eine Copie jenes berühmten Bildes von David verschafft,
das Buonaparte zu Pferd noch als Consul vorstellt. Es
ist kein übler Gedanke, denn so nimmt er sich am besten
aus, er ist noch jung, mager, und das interessante, feurige
Gesicht unter dem Hut mit der dreifarbigen Feder, ist
malerischer, eignet sich mehr für die Darstellung eines
Helden, als wie er nachher abgebildet wird. Und dieses
Bild des Kaisers ist unser Geheimniß."

„Aber was soll ich hiebei thun?" fragte Albert, der
wieder freier athmete, da kein anderes, gefürchtetes Ge-
ständniß ihn bedrohte.

„Höre weiter; dieses Bild wird in diesen Tagen an-
kommen, und zwar nicht bei Generals, sondern bei uns.
In meinem eigenen Zimmer wird es bis am Vorabend
des Geburtstages bleiben, und dann müssen wir beide
dafür sorgen, daß der General, während das Bild hin-
übergeschafft wird, nicht zu Hause, oder wenigstens so beschäftigt sei, daß er nichts bemerkt. Während der Nacht
wird dann das Bild im Salon aufgehängt und bekränzt,
und wenn dann morgens der gute Willi zum Frühstück
in den Salon tritt, ist es sein Held, der ihn an diesem
feierlichen Tage zuerst begrüßt!"

„Gut ausgedacht," erwiderte Rantow lächelnd, „und
wenn es nur nicht dieser Held wäre, wollte ich noch so
gern meine Hülfe anbieten, doch — auch so werde ich
mitspielen; hast ja Du mich darum gebeten!" Sein Ton
war so zärtlich, als er dies sagte, daß ihn Anna überrascht
ansah. Er bemerkte es und fuhr, indem er ihren Arm
näher an seine Brust zog, fort: „Du kannst ja ganz über
mich gebieten, Anna, — ach! daß Du immer über mich
gebieten möchtest! Wie freut es mich, daß Du nicht schon

liebft, nicht schon versagt bist! Darf ich bei dem Onkel um Dich werben?"

In Anna schien es zu kämpfen, ob sie bei diesen Wor- ten wie über eine Thorheit lächeln, oder erzürnt weinen solle, wenigstens wechselte auf sonderbare Weise die Farbe 5 ihres schönen Gesichtes mit Röthe und Blässe. Sie zog ihren Arm schnell aus seiner Hand und sagte: „So viel kann ich Dir sagen, Vetter, daß uns hier in Schwaben nichts unerträglicher ist, als Empfindsamkeit und Koketterie, und daß wir diejenigen für Thoren halten, die nach zwei 10 Tagen schon Bündnisse für die Ewigkeit schließen wollen."

„Anna!" fiel ihr der junge Mann mit bittender Ge- berde ins Wort. „Glaubst Du nicht an die Allgewalt der Liebe? Wenn auch ihre Dauer unsterblich ist, so ist doch ihr Anfang das Werk eines Augenblicks, und ich —" 15

„Kein Wort mehr, Albert," rief sie unmuthig, „wenn ich nicht alles dem Vater sagen und ihn um Schutz gegen Deine Thorheit anrufen soll! Das wäre Dir wohl bequem," fuhr sie gefaßter und lächelnd fort, „um Deine Lange- weile in Thierberg zu vertreiben, einen kleinen Roman zu 20 spielen? Spiele ihn in Gottes Namen, wenn Du nichts Besseres zu thun weißt, mich wirst Du vielleicht trefflich damit unterhalten, nur verlange nicht, daß ich die zweite Rolle darin übernehme."

„O Anna!" sprach er seufzend. „Verdiene ich diesen 25 Spott? Ich meine es so redlich, so treu! Das Loos, das ich Dir bieten kann, ist nicht glänzend, aber es ist doch so, daß Du vielleicht zufrieden, glücklich sein könntest."

„Werde nur nicht tragisch," erwiderte sie. „Alles höre ich lieber, als solches Pathos. Spott verdienst Du auf 30 jeden Fall, und zum mindesten kann er Dich heilen. Komm,

sei vernünftig; begleite mich recht artig und wie es sich
ziemt nach Hause. Aber sei überzeugt, wenn noch ein ein-
ziges Wort dieser Art über Deine Lippen kömmt, so beschäme
ich Dich vor dem nächsten besten Bauer und rufe ihn
5 heran, und wenn Du im Schloß oben diese Thorheiten
fortsetzest, so werde ich nie mehr mit Dir allein sein." Der
Ton, womit sie dies aussprach, klang zwar bestimmt, muthig
und befehlend, doch schien ihr schalkhaftes Auge und ihr
lächelnder Mund dem strengen Befehl zu widersprechen,
10 und Rantow, den diese widersprechenden Zeichen verwirrten,
begnügte sich zu schweigen, zu seufzen, mit Blicken zu
sprechen, und einen erneuerten Kampf auf einen glück-
licheren Moment zu verschieben. Mit großer Besonnenheit
und Ruhe knüpfte sie ein Gespräch über den General an,
15 und so gelangten sie, weniger verstimmt, als man hätte
denken sollen, nach Thierberg. Der Alte ließ sich ihre
Ausflüge erzählen, und schien nicht unzufrieden, daß Albert
diese neue Bekanntschaft gemacht habe. „Es sind wackere
Leute, diese Willis, und das ganze Thal hat ihnen Wohl-
20 thaten zu danken. Es soll wenige hohe Offiziere von der
Bildung und den ausgezeichneten Kenntnissen des Generals
geben, und den Jungen habe ich selbst schon auf dem Korn
gehabt und gefunden, daß er tiefe, gründliche Kenntnisse
hat und mit Eifer Studien treibt, die man heutzutage
25 unter der jüngern Generation selten findet. Ein kluges,
gewandtes, feuriges Bürschchen; aber, aber — diese verschrobenen, überspannten Ansichten. Ich glaube, er würde
mich in meinem eigenen Hause anfallen, wollte ich sagen,
daß das Bauernpack immer Bauernpack bleibe, und wenn
30 man sie auch noch so frei von Lasten, noch so gelahrt machte,
daß die Bürgerlichen bei ihrem Leist bleiben, und nicht an

der erhabenen Figur des Staates künsteln und pinseln und
meißeln sollen. Aber das kommt nur daher, weil der alte
Thor unter seinem Stande geheirathet hat, da will nun der
Junge den Fehler gut machen, indem er die Vettern und
Basen und das ganze Verwandtschaftsgesindel seiner hoch= 5
seligen Frau Mutter, spießbürgerlichen Angedenkens, recht
hoch stellt!"

„Aber, Vater," bemerkte Anna, „daß er es aus diesem
Grunde thut, kannst Du doch nicht behaupten. Ich gebe
zu, er stellt uns alle insgesammt etwas tief und die 10
andern an unsere Seite, aber er ist ein Enthusiast, und
hat von Freiheit und Volksleben Begriffe, die sich nie
ausführen lassen."

„Lehre mich die Menschen nicht kennen, Kind!" sagte
der Alte lächelnd. „Eitelkeit ist der Grundtert in jedem, 15
die Variationen mögen heißen, wie sie wollen; aber was
sagst Du zu dem Vater, Neffe?"

„Bei uns würde man ihn steinigen, wollte er öffentlich
aussprechen, was ich heute habe hören müssen. Ja, in
einer Gesellschaft von Preußen sollte er einmal solch ein 20
Wort sagen, ich glaube, man würde weder sein Alter noch
seinen Stand berücksichtigen. Sein ganzes Gespräch ist ein
Triumphgesang der Vergangenheit und ein Fluch der Gegen=
wart. Ich glaube, er hält es für die größte Sünde, daß
wir das schmähliche Joch abgeschüttelt und die Übrigen, 25
vielleicht gegen ihren Willen, mit befreit haben. Eine
Schande, daß ein deutscher Mann etwas Solches nur
denken kann. Aber bei nächster Gelegenheit will ich ihm
sagen, wie sehr ich von Grund des Herzens seinen Kaiser
und alle Franzosen hasse." 30

„Das hat er von mir schon oft gehört," erwiderte Herr

von Thierberg; „mehr denn zwanzigmal, ich hasse sie alle, allesammt wie die Hölle!"

„Alle, Vater, alle?" fragte Anna mit Bedeutung.

„Nein, Du hast recht, Kind! Einen nehme ich aus, den ich täglich loben und preisen möchte. Hätte er nicht so verzweifelt gut französisch gesprochen, ich hätte geglaubt, er sei ein Engel vom Himmel. Leider war und blieb er nur ein Franzose."

„Und wer ist denn dieser Eine, den Sie so feierlich ausnehmen?" fragte Albert.

„Siehe, das ist eine wunderliche Geschichte," fuhr der Oheim fort. „Doch ich will sie Dir erzählen, es ist ein schönes Stück. Ich machte im Jahr 1800 eine Reise nach Italien mit meiner seligen Frau. Ehe wir uns dessen versahen, brach der Krieg aus, und da wir vernahmen, daß Moreau gegen Deutschland ziehe, beschloß ich, meine Frau bei einer befreundeten Familie in Rom zurückzulassen und allein, um desto schneller reisen zu können, nach Schwaben heimzukehren. Ich wählte, theils weil ich dort am wenigsten auf Franzosen zu stoßen hoffte, theils weil einer meiner Vettern die Besatzung in der kleinen Festung Bard commandirte, theils der Neuheit der Gegend wegen die Straße über den großen Bernhard, der bald nachher durch den Übergang des Consuls Buonaparte so berühmt wurde. Dort am Fuß des Berges, auf der Schweizerseite, überfielen mich fünf zerlumpte Kerls von der französischen Armee, die ich hier freilich nicht vermuthen konnte. Ich zeige ihnen meinen Paß, aber es half nichts, sie rissen mich und meinen Reitknecht, den alten Hans, den Du noch hier siehst, vom Pferd, zogen uns Rock und Stiefel aus, nahmen mir Uhr und Börse, und eben wollten sie auch meinen Mantelsack

untersuchen, als eine schreckliche Stimme hinter uns Halt
gebot."

„Die Räuber sahen sich um und ließen, wie vom Don=
ner gerührt, die Arme sinken, denn es war ein französischer
Offizier, der hinter uns zu Pferd hielt, und sie hielten, 5
man muß selbst dem Teufel Gerechtigkeit widerfahren lassen,
strenge Mannszucht. „„Wer sind Sie, mein Herr?"" fragte
er, nachdem er abgestiegen war. Ich erzählte ihm kurz meine
Verhältnisse und den Zweck meiner Reise. Er nahm mei=
nen Paß, sah ihn durch und fragte mich, ob ich solchen 10
den Soldaten gezeigt habe. Als ich es bejahte, wandte
er sich an die Bursche, die noch immer kerzengerade und
verlegen da standen; „„Seid Ihr Soldaten? Seid Ihr
Franzosen?"" rief er zürnend und sah, trotz seinem schlech=
ten Oberrock, sehr vornehm aus. „„Auf der Stelle kleidet 15
Ihr diesen Herrn und seinen Diener an, ordnet sein
Gepäck und geht dann, wohin Ihr beordert seid."" Noch
nie bin ich so schnell bedient worden. Ein junger Kerl
wollte mir gegen meinen Willen die Stiefel anziehen,
und bat mich mit Thränen im Auge, es zu erlauben. 20
Solchen Gehorsam habe ich nie in der Reichsarmee ge=
sehen. Ich sagte es auch dem Offizier, der sich, nachdem
wir fertig waren, zu mir ins Gras setzte und für seine
Landsleute Vergebung und Entschuldigung erbat. Ich sagte
ihm, daß dieser ganze Vorfall durch jenen schönen Anblick 25
von Disciplin aufgewogen werde. Ehe ich mich dessen
versah, waren wir in ein tiefes Gespräch über die Zeit=
ereignisse, und namentlich über das Schicksal des Adels
verwickelt. Ich stritt lebhaft für unsern alten Reichsadel,
aber kurz und bestimmt, und so artig als möglich, wußte 30
er meine besten Gründe zu widerlegen. Ich merkte wohl

aus allem, und er gestand es auch offen, daß er ein Ci-
devant sei. Er gestand auch zu, daß eine Republik in
neueren Zeiten etwas Schwieriges, beinahe Unnatürliches
sei, daß Institute wie der Adel nützlich, ja gewissermaßen
5 nothwendig seien, behauptete aber, daß der Adel überall
von Neuem geboren werden, und nur aus kriegerischem
Verdienst und Ruhm hervorgehen müsse.

„Wie?" fiel ihm Nantow ins Wort, „so allgemein
dachte man schon damals in jener Armee an das, was
10 nachher jener sogenannte Kaiser wirklich ausführte? Das
ist wunderbar!" — „Auch mir sind nachmals," erzählte der
alte Thierberg, „da Napoleon die Ehrenlegion und Do-
tationen schuf, oft die Worte meines guten Kapitäns ein-
gefallen. Diesen gewann ich in einer Stunde, die wir
15 zusammen sprachen, so lieb, als wäre er kein Franzose, als
wären wir langjährige Freunde. Endlich mahnte ihn die
Feldmusik eines ferne heranziehenden Regiments zum Auf-
bruch. Ich schenkte ihm meine silberne Feldflasche, die er
erst nach langem Streit und endlich lachend annahm; mir
20 gab er dafür eine kleine Ausgabe des Tacitus und eine
von den bunten Federn auf seinem Hut, womit sich damals
die republikanischen Offiziere schmückten. Die Bajonette
des Regiments blitzten über den nächsten Hügel herab, und
die Musiker begannen eben ihr „"Allons, enfants,"" als
25 er aufs Pferd stieg; er gab mir noch einige Verhaltungsregeln, drückte mir lächelnd die Hand, und unter dem
„"Marchons, ça ira!"" setzte er den Berg hinan. Noch
heute steht dieser liebenswürdige, interessante junge Mann
vor meinen Augen, wie er den Fuß der Alpe hinanritt,
30 der Wind in seinem Mantel, in seinen Federn wehte, und
er grüßend noch einmal sein geistreiches Gesicht nach mir

umwandte. Damals, aber nur einen Augenblick lang, und
ich weiß heute noch nicht warum, schlug mein Herz für
diese Franzosen, und so lange ich die Musik hören konnte,
sang ich das Allons, enfants und das Marchons, ça ira
mit. Nachher freilich schämte ich mich meiner Schwäche, 5
haßte dieses Volk nach wie vorher, und nur mein Retter
in der Noth, mein Kapitän, steht in meinem dankbaren
Gedächtniß."

„Allerdings ein wunderbarer Fall," sagte Rantow, als
der Alte nicht ohne tiefe Rührung geendet hatte; „artige 10
und honette Leute gab es zwar immer unter diesen Truppen,
aber die gute Disciplin war ungleich seltener. Ich hätte
mögen den Schrecken jener fünf Soldaten sehen."

„Nun Hans," sagte Anna zu dem Diener, der aufmerksam und gespannt zuhorchte, „Du hast sie ja gesehen." 15

„Ich sag' Ihnen, gnädiges Fräulein, wie aus Stein
gemeißelt standen sie vor dem Kapitän und schämten sich,
und Augen hat er auf sie dargemacht, wie der Lindwurm
auf den Ritter Sanct Georg. Als die Franzosen nachher
zu uns herauskamen, bin ich oft halbe Tage lang an der 20
Landstraße von Heidelberg gestanden, und habe sie Regiment für Regiment defiliren lassen, aber der Kapitän war
nie dabei; der ist wohl schon lange todt."

„Ehre und Segen mit seinem Andenken, wo er auch
sein möge," sprach der alte Thierberg. „Ist er gestorben, 25
so hat er doch alles, was nachher in der Welt Ungerechtes
und Frevelhaftes geschah, nicht mehr mitmachen müssen.
Vielleicht hat er sich auch vom Dienst zurückgezogen, als
der Dictator sich zum Kaiser machte, denn mein braver
Kapitän, der so nobel dachte, kann kein Freund des über- 30
müthigen Corsen gewesen sein."

Anna lächelte, aber sie mochte das Lieblingsthema ihres
alten Vaters, die Geschichte „vom besten Franzosen" nicht
durch eine Apologie jenes großen Sohnes einer kleinen
Insel stören.

₅

9.

Man hatte sich heute früher getrennt als gestern und
Albert, den der Schlaf noch nicht besuchen wollte, stand
unter dem Bogenfenster seines alterthümlichen Zimmers
und schaute in das Thal hinab. Er dachte nach über alle
₁₀ Worte seiner schönen Cousine, er fand so viel Stoff, sie
anzuklagen und sich zu bedauern, daß er das erste Mal
in seinem Leben im Ernste sich selbst sehr schwermüthig
erschien.

Dieses eine Mal, nach so vielen flatterhaften und flüch-
₁₅ tigen Geschichten, war er sich recht klar und deutlich be-
wußt, ernstlich zu lieben; niemals zuvor hatte er einem
Gedanken an ein häusliches Verhältniß, an das Glück der
Ehe Raum gegeben, und nur erst diesem fröhlichen, unbefangenen Geschöpf war es gelungen, seine Ansichten über
₂₀ seine Zukunft ernster, seine Gefühle würdiger zu machen.
Er wunderte sich, gerade da zurückgewiesen zu werden, wo
er es wirklich redlich meinte, es befremdete ihn, gerade in
jenen Augen als flüchtig und kokett zu erscheinen, die ihn
so unwiderstehlich angezogen, gefesselt hatten; er schämte
₂₅ sich, daß bei diesem natürlichen Kind seine sonst überall
anerkannten Vorzüge ohne Wirkung bleiben sollten; er sah
darin ein böses Vorzeichen, denn seine bisherige Erfahrung

hatte ihn gelehrt, daß die Überraschung, daß der erste Ein=
druck entscheiden müsse.

Aus diesen Gedanken weckte ihn eine Flöte, die wie am
gestrigen Abend süße Töne vom Wald herüberhauchte.
Aufs Neue erwachte in ihm der Gedanke, daß diese Sere= 5
nade wohl Anna gelten könne. Er sah schärfer nach dem
Wald hinüber, und, er irrte sich nicht, es war jene Wald=
ecke, die er heute besucht hatte, woher die Töne kamen.
Schnell warf er seinen Mantel über, eilte hinab, und bat
den alten Hans, ihm das Thor zu öffnen; er gab vor, auf 10
einem Platz im Wald, unweit des Schlosses, ein Taschen=
buch zurückgelassen zu haben, dem der Nachtthau schaden
könnte. Die Flötenklänge, die immer weicher und schmelzen=
der wurden, dienten ihm zum Führer nach jener Waldecke;
immer eifriger drang er durch das Gebüsch, denn er hatte 15
einen Blick nach der Burg hinübergeworfen und gesehen,
daß ein weißes Tuch von Annas Fenster wehte. Schon
sah er die Umrisse des Flötenspielers, schon rief er: „Halt,
Freund Musicus, ich werde die zweite Stimme spielen," da
schlug dicht neben ihm ein Hund an, und als er erschreckt 20
auf die Seite sprang, stürzte er über die Wurzeln einer
alten Eiche unsanft zur Erde.

Als er sich nach einer Weile wieder aufgerichtet hatte,
und auf den Platz zutrat, wo der Mann mit der Flöte
gesessen hatte, fand er weder von ihm noch von dem Hund 25
eine Spur, wohl aber hörte er tief unten am Berg die
Büsche rauschen und das Gesträuch knacken. Beschämt
wandte er sich ab und sah nach dem Schloß hinüber. Ein
heller Schein war an Annas Fenster, aber es war kein
Tuch, wie er geglaubt hatte, sondern der Mond, der in 30
den Gläsern sich spiegelte. Er warf sich seine Unbesonnen=

heit, feine Haft und Eile, fein Mißtrauen, feine Eiferfucht
vor. Er fuchte für das Entweichen des Flötenfpielers
die gewöhnlichen und profaifchen Gründe auf, er wollte
Anna unfchuldig finden, und dennoch wurde er nicht
5 ruhig.

So ftand er in dem Anblick der vom Mondlicht über=
goffenen Burg da, als er plötzlich mit einem Schrei des
Schreckens auffuhr, denn eine kalte Hand rührte an die
feinige. Er fah fich um, und eine dunkle Geftalt ftand
10 vor ihm. Ehe er noch fragen, fich nur faffen konnte, fühlte
er, daß man ein Papier in feine Hand gedrückt habe, und
zugleich ftürzte fich diefes geheimnißvolle Wefen in den
Wald, doch war es nicht fo ätherifcher Natur, daß es nicht
im Forteilen das Geftränch zerknickt und Zweige abgeftoßen
15 hätte. Albert wurde es ganz unheimlich an diefem Ort.
Sein aufgeregtes Blut, die tiefe Stille der Nacht, das
fchaurige Dunkel der Buchen, und gegenüber die altergraue
Burg, ihre Fenfter vom Monde fo fonderbar beleuchtet,
daß er geheimnißvolle Schatten in den hohen Gemächern
20 hin= und herfchleichen fah — es war ihm fo bange, daß er
fchnell feinen Weg zurückeilte, daß er im Wald laut auf=
trat, nur um fich felbft in diefer unheimlichen Stille zu
hören.

Die Laterne des alten Hans warf ihm ein tröftliches
25 Licht aus dem Thor entgegen. Eilends ließ er den Alten
mit der Lampe voran nach feinem Zimmer gehen, er ent=
rollte das Papier und erfchrak vor einem fremden Unglück,
denn die wenigen Zeilen lauteten:

„Dein Brief traf mich erft heute, die Antwort ein
30 andermal. S. Z. N. und noch drei andere wurden heute
frühe verhaftet und nach der Feftung geführt. Ich weiß

nicht, ob Du Dich schuldig fühlst, aber vernünftig wäre
es, wenn Du Dich auf die Beine machtest. In Deiner
Lage kann es nicht schaden. Ich schicke diese Zeilen an
den gewöhnlichen Platz; Gott gebe, daß sie Dich treffen.
Was Du auch thun wirst, Robert, sei discret und nenne
mich nie."/

Wer der unglückliche Flötenspieler gewesen sei, sah jetzt
Albert deutlich; doch zu großmüthig, um aus dieser Ver-
wechselung einen Vortheil ziehen zu wollen, faßte er rasch
den Entschluß, den jungen Willi zu retten. Aber fremd
und unbekannt in dieser Gegend, däuchte es ihm unmöglich, dies allein auszuführen. Er schickte schnell den alten
Hans nach dem Turm, wo Anna wohnte; er ließ sie
dringend bitten, ihm nur auf zwei Minuten in einer sehr
wichtigen Sache Gehör zu geben. Er folgte dem Alten
bis an die Thüre des Saales, und dort blieb er in dem
großen weiten Gemach allein, um seine Cousine zu erwarten. Zu jeder andern Zeit hätte der Anblick, der sich ihm
hier darbot, mächtig auf seine Seele wirken müssen. Ein
ungewisses Licht schimmerte durch die Fenster und fiel auf
die Gemälde seiner Ahnen. Ihre Gestalten schienen lebendiger hervorzutreten, ihre Gesichter waren bleicher als
sonst, und die ausgestreckte Hand einer längst verstorbenen
Frau von Thierberg schien sich zu bewegen. Dazu rauschten
die Bäume und murmelte der Fluß auf so eigene Weise,
daß man glauben konnte, dieses Geräusch gehe von den
Gewändern der Verstorbenen aus.

In diesen Augenblicken aber hatte er nur ein Ohr für
die immer leiser schallenden Tritte des alten Dieners; sein
Auge hing erwartungsvoll an der Thüre, sein Herz pochte

H. 6

unruhig einer Gewißheit entgegen, die keine erfreuliche sein
konnte.

Bald tönten die Schritte wieder den Corridor herauf;
er strengte sein Ohr an, ob er nicht auch den leichten Tritt
5 seiner Base vernehme, die Thüre öffnete sich, und sie erschien
mit Hans und ihrem Mädchen; er sah ihrer Kleidung
und ihren Augen an, daß sie noch nicht geschlummert
hatte. Noch ehe sie ihn fragen konnte, reichte er ihr schnell
das Billet und sagte französisch in wenigen Worten, wie er
10 es erhalten habe. Eine hohe Röthe flammte über das schöne
Gesicht, so lange er sprach, sie wagte es nicht, die zarten
Augenlider aufzuschlagen; doch kaum hatte sie einen Blick
auf die Zeilen geworfen, so erbleichte sie, sah ihn mit
großen Augen erschrocken an und zitterte so heftig, daß sie
15 sich an dem Tisch halten mußte.

„Ich muß sogleich hinübereilen," sagte er näher tretend,
„und nur darum habe ich Dich rufen lassen, daß Du mir
ein Mittel angebest, wie ich durch den Fluß komme. Ich
möchte bei den Domestiken nicht gern Aufsehen erregen.

20 „Zu Pferd, schnell zu Pferd," rief sie haftig, indem sie
bebend seine Hand ergriff; „schwimm hinüber, und dann
schnell nach Neckareck."

„Aber bei Nacht?" erwiderte er zaudernd. „Ich kenne
die Stellen nicht, wo man durchkommen kann, der Fluß ist
25 tief und reißend."

„Führe mir des Vaters Pferd heraus, Hans!" wandte
sie sich an den erschrockenen Diener. „Schnell, Du beglei=
test mich, ich will selbst hinüber!"

„Führe es heraus, Alter, aber für mich!" fiel Rantow
30 unmuthig ein. „Wie magst Du mich so verkennen, Anna?

Du wirst mir den Weg zu einer Stelle zeigen, wo ich durch den Neckar kommen kann."

„Nein, so geht es nicht!" sagte sie beinahe weinend und sank auf einen Stuhl nieder. „Du wirst nicht hin=überkommen. Führe ihn durchs Dorf hinab, Hans, mach 5 unsern Kahn los und schiffe den Vetter hinüber. Du mußt zu Fuß hinüber, Albert, in einer halben Stunde kannst Du dort sein. O Gott! ich habe es ja schon lange geahnt, daß es so kommen würde! Sag' ihm, er soll nicht zögern, ich wolle ihn überall lieber wissen, als in einem 10 Kerker!"

Der junge Mann drückte ihr schweigend die Hand und winkte dem Alten, zu gehen. Nie zuvor hätte er sich für fähig gehalten, so schönen Hoffnungen so schnell zu entsagen; aber der Gedanke an die schöne, kummervolle Anna, die er 15 bis jetzt nur lächelnd gesehen hatte, spornte ihn zu immer schnelleren Schritten, und so mächtig ist in einem Herzen, das die Selbstsucht noch nicht ganz umsponnen hat, das Gefühl, in einem entscheidenden Moment Hülfe oder Ret=tung zu geben, daß er in diesem Augenblick in dem jungen 20 Willi nur einen Unglücklichen, und nicht Annas Gelieb=ten sah.

Am Ufer schloß der Alte schnell den Kahn los und bat den Gast, sich ruhig niederzusetzen; aber dennoch konnte Albert diesem Gebot nicht völlig Folge leisten, denn als 25 sie ungefähr die Mitte des Neckars erreicht hatten, hörte man deutlich den Hufschlag von Pferden und das Rollen eines Wagens von der Landstraße her, die sich jenseits dem Ufer näherte. Er richtete sich auf, trotz dem Schelten des Alten und dem unruhigen Schaukeln des Kahns, und sah 30 im Schein einiger Laternen einen Wagen mit vier Pferden,

6—2

von einigen, wie es schien, bewaffneten Reitern begleitet,
vorüberfahren. „Ist dies eine Hauptstraße?" fragte er den
alten Hans. „Kann dies vielleicht ein Postwagen sein,
der dort fährt?"

5 „Hab' hier noch nie einen gesehen," erwiderte jener
mürrisch; „und um einen Postwagen zu sehen, möchte ich
kein kaltes Bad im Neckar wagen."

„Schnell! wo geht man nach Neckareck, nach dem Gut
des Generals?" fragte Albert, welcher besorgte, er möchte
10 zu spät gekommen sein. „Spute Dich, Alter!"

„So lassen Sie mich doch den Kahn erst wieder an-
schließen!" sagte Hans. „Doch, wenn Sie Eile haben,
nur hier links immer die Straße fort, sie führt gerade auf
das Schloß zu; ich will schon nachkommen."

15 Der junge Nantow lief mehr als er ging; der Alte
keuchte mühsam hinter ihm her, aber so oft er ihn erreicht
hatte, lief jener wieder schneller, als würde er verfolgt.
Endlich sah er das Schloß mit seinen weißen Säulen durch
die Nacht schimmern; es fiel ihm ängstlich auf, daß viele
20 Fenster erleuchtet waren, und als er näher kam, sah er
deutlich Menschen an den Fenstern hin und her laufen.
Der Schrecken dieser Nacht und die ungewöhnlich schnelle
Bewegung hatten seine Kräfte beinahe erschöpft; aber dieser
beunruhigende Anblick trieb ihn zu noch rascherem Laufen,
25 in wenigen Minuten langte er an dem Schloß an, aber
er mußte sich an die Pforte lehnen und nach Athem suchen,
ehe er eintrat.

Der Erste, dem er an der erleuchteten Treppe begegnete,
war der Gardist, ein alter französischer Kriegsgefährte des
30 Generals, der jetzt mehr den Haushofmeister als den Diener
spielte. Er schien bleicher als sonst und schlich trübselig

die Treppe herab. „Wo ist Euer junger Herr?" rief
Albert haſtig. „Führt mich ſchnell zu ihm."

"Sacre bleu!" antwortete der Garbiſt erſtaunt, als er
den jungen Mann erkannte. „Weiß es Fräulein Anna
ſchon? O la pauvre enfant!".   5

„Wo iſt Robert?" rief Rantow drängender.

"Il est prisonnier!" erwiderte er traurig. „Auf die
Feſtung gebracht comme ennemi de la patrie, comme
démocrate; vier dragons de la gendarmerie haben ihn
escortirt, o, mein armer Monsieur Robert!"   10

„Führet mich zum General!" ſagte Rantow, als er
dieſe Nachricht hörte.

"Monsieur le Général est sorti."

„Wohin?" rief der junge Mann, unwillig darüber, daß
er jedes Wort dem alten Soldaten abfragen mußte.   15

„Mit ſeinem Sohn à la capitale, zu fragen, was
Monsieur de Willi verſchuldet."

Als Rantow ſah, daß hier nichts mehr zu thun ſei,
ſuchte er einen andern Bedienten auf und ließ ſich die
näheren Umſtände der Verhaftung erzählen. Er hörte, 20
daß ſpät abends, in Roberts Abweſenheit, ein Commiſſär
angekommen ſei, der nach einer kurzen Rückſprache mit dem
General die Papiere des jungen Willi unterſucht und
theilweiſe verſiegelt habe. Darauf ſei Robert nach Hauſe
gekommen und habe ſich gutwillig darein ergeben, dem 25
Commiſſär zu folgen; er habe ſeinem Vater das Wort
darauf gegeben, daß man ihn unſchuldig finden werde; das
Letztere hatte der General einem Bedienten befohlen, am
nächſten Morgen dem Herrn von Thierberg und ſeiner
Familie zu ſagen; er habe ſich dann zu Pferd geſetzt und 30
ſei, nur von einem Bedienten begleitet, vom Schloß weg-

geritten. Der junge Willi selbst hatte weder nach Thierberg
noch sonst wohin Aufträge zurückgelassen.

So viel erfuhr Albert, und diese Nachrichten waren
nicht dazu geeignet, ihn auf dem Rückweg freudiger zu
5 stimmen. Er konnte auf den Trost, welchen Robert seinem
Vater gegeben, keine große Hoffnung bauen, und vor allem
war ihm vor dem Augenblicke bange, wo er die schmerzliche
Kunde der trauernden Anna bringen sollte.

10.

10 Es waren seit jener traurigen Nacht mehrere Wochen
verstrichen; sie däuchten der armen Anna eben so viele
Monate. Das Laub der Bäume fing schon an, sich zu
bräunen, der Herbst mit seinem fröhlichen Gefolge war in
das Thal eingezogen, Gesang und Jubel schallte von den
15 Rebhügeln, schallte antwortend aus dem Fluß herauf,
welcher Kähne, mit Trauben schwer belastet, abwärts trug.
Als würde einem verwegenen, in diesen Bergen eingedrun-
genen Feind ein Gefecht geliefert, so krachte Büchsen- und
Pistolenfeuer aus den Weinbergen, doch nicht das Wuth-
20 geschrei zurückgeworfener Colonnen, sondern das Jauchzen
einer freudeberauschten Menge stieg auf, wenn die Gewehre
recht laut knallten, oder wenn die vorspringenden Ecken
der Bergreihen die tiefere Stimme eines Pfundböllers
zehnfach nachriefen.

25 Mit verschiedenen Empfindungen sahen die Bewohner
des Schlosses Thierberg diesem fröhlichen Treiben von einer
alterthümlichen Terrasse des Schlosses zu. Der junge

Nantow blickte unverwandt und mit glänzenden Augen
auf dieses Schauspiel, das ihm eben so neu als anziehend
erschien. Er hatte in seiner Heimat, im Kreise vertrauter
Freunde oft bemerkt, wie der Wein, diese Himmelsgabe,
die Wangen freundlicher färbte, die Zungen löste, und zu 5
traulichem Gespräch, wohl auch zum Gesang, selbst die
Ernsteren fortriß; doch nie hatte er gedacht, daß eine noch
rauschendere Freude, ein höherer Jubel mit der Bereitung
des fröhlichen Trankes sich verbinden könnte. Wie poetisch
däuchte ihm dieses lebhafte Gemälde! Welch frische, natür= 10
liche Bilder zeigte ihm sein Opernglas! Diese Gruppen
hatte der Zufall geordnet, und doch schienen sie ihm reizen=
der, als was die Kunst je erfunden. „Siehe," sagte er
zu Anna, die, den schönen Kopf auf den Arm gestützt, ihm
gegenüber saß und zuweilen einen ernsten Blick über das 15
Thal hingleiten ließ, „siehe dort gegenüber jenen Alten
mit den silbergrauen Haaren; wie viele solche Herbste
mag er schon gesehen haben! Wahrlich, ich könnte an der
Gruppe um ihn her seine Lebensgeschichte studiren. Der
blonde Knabe, der ihm eben die große Traube brachte, ist 20
wohl sein Enkel; den jungen Burschen, der mit der Pritsche
die Mädchen neckt und durch seine Scherze von der Arbeit
abhält, indem er sie anzutreiben scheint, halte ich für seinen
jüngern Sohn; siehe, jenes Mädchen hat seinen Schlag
derb erwidert, sie ist wohl das Liebchen des muntern 25
Burschen, denn sie lachen alle und verspotten ihn. Dieser
gebräunte, breite Mann von vierzig, der so eben den
ungeheuern mit Trauben gefüllten Korb auf seine Schultern
hob, ist wohl der ältere Sohn und des blonden Knaben
Vater. So hast Du die vier Altersstufen, die sie wohl 30
alle ohne viel Aenderung durchlaufen mögen."

„Gewiß, ohne viele Änderung und ohne viel Vergnügen,"
bemerkte der alte Herr von Thierberg, der gleichgültig hin-
blickte; „das ewige Einerlei seit vielen hundert Jahren. Der
Kleine dort wird jetzt bald in die Schule getrieben und von
5 seinem Schulmeister täglich geprügelt, gerade wie vor Zeiten
sein Großvater. Der junge Bursche wird bald Soldat, oder
auf ein paar Jahre Knecht in der Stadt. Kömmt er dann
nach Hause, und der Vater ist todt, so bekommt er sein
kleines Stückchen Erbe und glaubt heirathen zu müssen;
10 und hat er vier Kinder, so werden sie, wenn auch er einst
stirbt, das armselige Erbe unter sich theilen, und gerade
viermal ärmer sein, als er. So treibt es sich herauf und
herab; zu dem Pulver, das sie heute verschießen, haben sie
ein ganzes Jahr gespart, um doch auch einen Tag zu
15 haben, an welchem sie sich betäuben können; und das nennen
sie lustig sein! Das nennen die Städter ein Fest, ein
malerisches Volksvergnügen!"

„Nein! Sie sehen es zu düster an, Oheim!" entgegnete der Gast. „Mir scheint, ich gestehe es, eine wunder-
20 volle Poesie in diesem Treiben zu liegen. Diese Menschen
sind so behende, so lebendig, so regsam. Stellen Sie einmal
meine Märker hierher, wie unbeholfen und ungeschickt sie
sich benehmen würden! Ich schäme mich heute noch der
Unerfahrenheit, die ich letzthin zeigte; ich nahm in einem
25 Ihrer Weinberge einem hübschen Mädchen das gebogene
Messer ab und versprach, sie zu unterstützen; als ich die
erste Traube abgeschnitten hatte und sie in das Körbchen
legte, betrachtete das Mädchen nur den Stiel der Traube
und sagte lächelnd: „„Er hat wohl noch nicht oft Trauben
30 geschnitten;"" und siehe, ich hatte, statt schief zu schneiden,
gerade geschnitten. Nein! mir scheint diese Weinlese ein

fortdauernder Festtag der Natur, eine liebliche verkörperte
Poesie."

„Poesie?" erwiderte Anna, indem sie einen trüben,
wehmüthigen Blick auf die Berge gegenüber warf. „Eine
Poesie, die mir das Herz durchschneidet. Mir erscheint 5
dieses fröhliche Treiben wie ein Bild des Lebens. Unter
langem Jammer und Ungemach ein Tag der Freude, der
durch seine hellen, freundlichen Strahlen das öde Dunkel
umher nur noch deutlicher zeigt, aber nicht aufhellt! O,
kenntest Du erst das Leben dieser Armen näher! Wenn 10
Du sie beim ersten Erwachen des Frühlings sehen könntest!
Jeder Winter verwüstet ihre steilen Gärten; der Schnee
löst sie auf und reißt ihre beste, fruchtbarste Erde mit sich
hinab. Aber rastlos zieht Jung und Alt heraus. Die
Erde, die ihnen das Wasser nahm, tragen sie wieder hinauf 15
und legen sie sorglich um ihre Reben her. Vom frühesten
Morgen, in der Gluth des Mittags, bis am späten Abend
steigen sie, schwer beladen, die steilen, engen Treppen hinan.
Welche Freude, wenn dann der Weinstock schön steht,
aber wie bitter ist zugleich ihre Sorge, denn der kleinste 20
Frost kann ihre zarte Pflanze vernichten. Und fällt nun
der böse Thau oder eine kalte Nacht, wie schauerlich ist dann
ihr Geschäft anzusehen. Alle, selbst die kleinsten Kinder,
strömen noch vor Tag in den Weinberg. Dort legen sie
alte Stücke von Kleidern und Tüchern neben die Rebstöcke 25
und brennen sie an, daß der qualmende Rauch die zarte
Pflanze schützen möchte. Wie arme Seelen, ins Fegfeuer
verbannt, schleichen sie um die kleinen, zuckenden Feuer und
durch die Schleier, die der Rauch um sie zieht. Die Kleinen
rennen umher, sie können noch nicht berechnen, welches Un- 30
glück sie sehen, aber die Männer und Weiber wissen es

wohl; es ist eine kühle Morgenstunde, die das Werk langer, mühsamer Wochen zerstört und sie ohne Rettung noch tiefer in die Armuth senkt."

„Wahrhaftig, Du bist krank, Anna!" sagte der alte
5 Herr, indem er lächelnd zu ihr trat und, doch nicht ohne leise Besorglichkeit, seine Hand auf ihre schöne Stirne legte. „Du warst ja doch sonst so fröhlich im Herbst, gabst solchen bösen Gedanken niemals Raum und freutest Dich mit den Fröhlichen. Bist Du krank?"

10 Anna erröthete und suchte fröhlicher zu scheinen, als sie es war. „Krank bin ich nicht, lieber Vater," erwiderte sie, „aber ich bin doch alt genug, um sogenannte Herbst= gedanken haben zu dürfen. Man kann doch nicht immer fröhlich sein, und — mein Gott!" rief sie, indem sie er=
15 röthend aufsprang — „ist er es nicht? — seht dort! —"

„Willi?" rief Rantow verwundert, und wandte sich nach der Seite, wohin Anna deutete.

„Wer denn?" sagte der Alte, indem er bald seine zit= ternde und verwirrte Tochter, bald seinen Gast ansah. „Wie
20 kömmst Du nur auf Willi? Wer soll denn kommen? So sprechet doch!"

Aber in diesem Augenblick trat auch schon der, dem Annas Ausruf gegolten hatte, herein, es war der alte Gardist. Er war noch nicht ganz auf die Terrasse ge=
25 treten, als schon Anna, jede andere Rücksicht vergessend, zu ihm hinflog, seine Hand ergriff und eine Frage aus= sprechen wollte, zu welcher ihr der Athem fehlte. Der alte Soldat zog lächelnd seine Hand zurück, grüßte mit mili= tärischem Anstand und berichtete, in Form eines militärischen
30 Rapports, daß „der General noch diesen Abend zu Hause eintreffen und —"

„Ist er frei?" unterbrach ihn Anna.

„— und seinen Sohn mitbringen werde, der auf sein Ehrenwort und die Caution, die der Herr General gestellt habe, aus der Haft entlassen worden sei."/

In Annas Augen drängten sich Thränen, sie zitterte heftig und setzte sich nieder; der alte Thierberg, durch diesen Anblick überrascht, preßte die Lippen zusammen und blickte seine Tochter unwillig an, und Albert, der in den Zügen seines Oheims las, daß jener ein Geheimniß ahne, dessen Theilnehmer er bis jetzt allein gewesen war, fühlte sich befangen; er fürchtete für Anna, und erst in diesem Augenblicke wurde es ihm deutlich, daß es für ihn selbst besser gewesen wäre, sich nie in diese Angelegenheit zu mischen. „Ich lasse dem Herrn General danken und Glück wünschen," sagte nach einer peinlichen Pause Herr von Thierberg zu dem Grenadier und winkte ihm zu gehen. „Wünsche nur," fuhr er fort, indem er auf der Terrasse mit heftigen Schritten auf und ab ging, „wünsche nur, daß die paar Wochen Gefängniß eine gute Wirkung auf den Herrn Weltstürmer gehabt haben mögen! Ein paar Monate hätten nicht schaden können, wäre es auch nur gewesen, um das heiße Blut abzukühlen und die vorschnelle Zunge zu fesseln. Aber das alles ist das Erbtheil seiner hochweisen Frau Mama! Ein junger Mann von unbeflecktem Adel hätte sich so weit nicht verirrt; aber das gewinnt man bei solchen Heirathen; weil sie sah, daß man in unserem Cirkel ihre Abkunft nicht vergessen habe, hat sie ihrem Sohn solche tolle, republikanische Ideen eingeprägt und ihn zu einem Thoren, wo nicht zu einem verderblichen Menschen gemacht." Diese und andere Worte stieß er schnell und heftig aus, und plötzlich blieb er vor seiner Tochter stehen, sah sie mit grimmigen Blicken

an und sagte dann: „Ich glaube jetzt in der That, daß
Du kränker bist, als ich dachte; geh' auf Dein Zimmer! —
Ich werde mit dem Vetter diesen Abend allein speisen; geh'!"

Das arme Kind ging hinweg, ohne ein Wort zu sagen;
5 sie mochte die Natur ihres Vaters kennen und wissen, daß
jeder Widerspruch seinen Zorn steigere, sie mochte auch
fühlen, was in diesem Augenblick in seiner Seele vorgehe,
wo sie zu wenig Macht über sich besaß, um ihr Geheimniß
zu verbergen.

10 Als sie weggegangen war, schritt der Alte wieder eine
Zeitlang schweigend hin und her; dann trat er zu seinem
Neffen und fragte mit bewegter Stimme: „Was sagst Du
zu dem Auftritt, den wir da gesehen haben? Meinst Du
wirklich, es wäre möglich?"

15 „Ich kann Sie nicht verstehen, lieber Oheim."

„Nicht verstehen, Junge? So soll ich es denn selbst
in den Mund nehmen? Wisse — ich habe entdeckt, daß
Anna den — den von drüben — nun, daß sie den Sohn
des Generals liebt. — Du erwiderst nichts? Wie magst Du
20 so — so gleichgültig aussehen, wenn von der Ehre Deiner
Familie die Rede ist? Rede!"

„Ich kann nichts hierin sehen," entgegnete der junge
Mann trotzig, „was etwa der Thierberg'schen Ehre zu
nahe treten könnte. Der alte Willi ist von Adel, ist ein
25 berühmter General, ist reich —"

„Also abkaufen sollen wir uns unsere Ehre lassen, ab=
handeln? — Bursche, wenn Du nicht mein Neffe wärest
— Gott strafe mich, aber ich kenne mich selbst nicht, wenn
ich in Wuth bin. — Reich? Siehe, für so schlecht und
30 niederträchtig halte ich mein Kind selbst nicht, daß es daran
gedacht haben sollte. Sieh Dich um — so weit Du sehen

kannst, war einst alles — alles mein; ich habe nichts
mehr, als diese verfallenen Türme und eine Hufe Landes,
wie der gemeinste Bauer, aber auch dieses soll diese Nacht
noch hinfahren, in den Schuldturm soll man mich werfen,
mich auspfänden, mein altes Wappen entzwei schlagen, wenn 5
ich je zugebe —"

„Oheim!" fiel ihm der Neffe erbleichend ins Wort,
„bedenken Sie sich zuvor, ehe Sie einen solchen Frevel
aussprechen! Was kann dieser junge Mann dafür, daß sein
Vater reich ist? Beträgt er sich denn aufgeblasen? Macht 10
er Ansprüche auf seinen Reichthum? Ich sagte es ja vorhin
nur so in der Übereilung."

„Nein, das thun sie nicht, die Willis," antwortete
nach einer Pause der Alte. „Das ist noch ihre gute Seite.
Aber das macht ihn nicht besser. Seine Grundsätze sind 15
es, die ich hasse; er ist mein bitterster Feind!"

„Wie wäre dies möglich?" erwiderte Rantow beruhigend.
„Wie könnte er Ihr persönlicher Feind sein!"

„Was persönlicher Feind!" rief Thierberg heftiger. „Solche
Feindschaft kenne ich nicht, und mein Feind müßte ein anderer 20
sein, als dieser Knabe; aber ein Todfeind bin ich all diesem
Wesen, diesen Neuerungen, diesem Deutschthum, Bürgerthum,
Kosmopolitismus, und welche Namen sie dem Unsinn geben
mögen, und dessen treuester Anhänger eben dieser junge Mensch
da ist. Das ganze erste Viertel des neunzehnten Jahrhunderts 25
hatte den verdammten Geschmack dieses Unwesens, und man
wird sehen, wohin es im jetzigen kömmt, wenn diese Menschen
und ihre Gesinnungen um sich greifen; aber, so wahr Gott
lebt, man soll von dem letzten Thierberg nicht sagen können,
daß er in seinen alten Tagen einem dieser Weltverbesserer die 30
Hand zur Unterstützung gereicht hätte!"

„Aber, Oheim!" fiel Albert ein, dem es in diesem
entscheidenden Augenblicke keine Sünde däuchte, gegen seine
eigene Überzeugung zu sprechen, „gibt es denn in diesem
Jahrhundert auch nur eine Familie, die nicht, wenn man
sie einzeln durchginge, die verschiedensten Gesinnungen in
sich schlösse? Wird denn der einzelne Mann dadurch schlechter,
daß er eine andere Meinung hat, als wir? Ist nicht Protestant
und Katholik in den Augen des Vernünftigen gleich viel
werth? Denkt nicht der General selbst ganz verschieden von
seinem Sohn?"

„Laß mir den Glauben aus dem Spiel, Neffe!" ent=
gegnete jener. „Darüber zu richten geht weder Dich noch
mich an. Aber dieser General vollends, der meinen Tod=
feind als Schutzpatron anbetet, und diesen Buonaparte für
den heiligen Georg hält, der den Lindwurm des veralteten
Jahrhunderts tödtete; diesen in meiner Familie! Es
würde mich tödten!"

„Aber wissen Sie denn, ob auch der junge Willi ihre
Tochter liebt? Hat denn Anna irgend etwas gestanden?"

Der Alte sah seinen Neffen bei dieser Frage lange und
erschrocken an; dann fuhr er nach einigem Nachsinnen
gefaßter fort. „Nein! Einer solchen Schmach halte ich sie
nicht fähig; meinst Du, meine Tochter werde sich in
einen solchen — Menschen verlieben, ohne daß er sie zuvor
mit tausend Künsten dazu verlockte? Nein! Dazu ist sie
mir noch immer zu gut; aber — ich will mir Gewißheit
verschaffen!"

Er sprach es, und noch ehe ihn Nantow aufhalten
konnte, eilte der alte Mann hinweg, um seine Tochter zu
Rede zu stellen. Düster schaute ihm der Gast aus der
Mark nach. „Wahrlich, wenn die Actien so stehen, werde

ich weder Brautführer noch Hochzeitsgast in Thierberg sein,"
sprach er, „der Alte müßte sich denn durch ein Wunder in
einen Demagogen, oder der Demagoge in einen rechtgläu=
bigen Verehrer der alten Reichsritterschaft verwandeln."

II. 5

Es hatte dem General Willi nicht geringe Mühe
gekostet, von seinem Sohn das Unglück einer längern
Gefangenschaft abzuwenden. Sein Ansehen war zwar in
der Hauptstadt jenes Landes, welchem sein Gut angehörte,
durch den Wechsel der Verhältnisse und Meinungen nicht 10
gesunken; man verehrte in ihm einen Mann von hohem
Verdienst, militärischer Umsicht und Tapferkeit, und es gab
manche, die ihn wegen seiner treuen und ausdauernden
Anhänglichkeit an jenen Mann, der einst das Schicksal
Europas in der Rechten getragen, bewunderten; es gab 15
viele, die ihm, wenn sie auch diese Bewunderung nicht
theilten, doch wegen der Beharrlichkeit und Charakterstärke,
die er in den Tagen des Unglücks entfaltet hatte, wohl=
wollten. Dennoch mußte er sein ganzes Ansehen aufbieten,
manche Thüre öffnen, um seinem Sohn, auf dem der 20
Verdacht, mit Verdächtigen in Verbindung zu stehen,
lastete, nützen zu können.

Der General war ein Mann von zu großem Rechts=
gefühl, als daß er, wenn er seinen Sohn schuldig glaubte,
diese Schritte für ihn gethan hätte. Aber es genügte ihm 25
an der einfachen Versicherung seines Sohnes. „Ich theile,"
hatte er ihm gesagt, als er verhaftet wurde, „ich theile im
allgemeinen die Gesinnungen jener Männer, die man jetzt

zur Untersuchung zieht, aber — ich theile weder ihre Pläne, noch die Ansichten, die sie über die Mittel zum Zweck haben. Ich habe nur gedacht, nie gehandelt, habe mir selbst gelebt, nicht mit andern, und Beschuldigungen, welche
5 andere treffen mögen, werden nie auf mich kommen." So war es denn gelungen, den jungen Willi auf so lange frei zu machen, als nicht stärkere Beweise, die gegen ihn vorgebracht würden, seine Anwesenheit vor den Gerichten nothwendig machten, eine Schonung, die er nur der Für=
10 sprache seines Vaters und dem Vertrauen verdankte, das man in die Bürgschaft des Generals Willi setzte.

Sie konnten sich beide wohl denken, welches Aufsehen dieser Vorfall in der Umgegend von Neckareck gemacht haben mußte; hätten sie in einer Stadt gewohnt, so
15 würden sie sich wohl damit begnügt haben, ihren Bekannten von ihrer Rückkunft Nachricht zu geben; aber die Sitte auf dem Lande fordert größere Aufmerksamkeit für gute Nachbarn; man mußte fünf oder sechs Familien im Umkreis von drei Stunden besuchen, mußte ihre Neugierde über diesen Vor=
20 fall umständlich befriedigen; kurz, man mußte sich zeigen, wie man sich etwa nach einer überstandenen Krankheit bei den Bekannten wieder zeigt und für ihre Theilnahme Dank sagt. Als aber der General mit seinem Sohn am dritten Tag nach ihrer Rückkehr nach Thierberg aufbrach, war es
25 noch ein anderer Grund, als Höflichkeit gegen gute Nach= barn, was sie dorthin zog. Der junge Willi mochte in den einsamen Wochen seiner Gefangenschaft Zeit gefunden haben, über sein Leben und Treiben nachzudenken, er mochte gefunden haben, daß ihn jene politischen Träume, welchen
30 er nachgehängt hatte, nicht befriedigen könnten, daß es ein höheres, reineres Interesse gebe, wodurch sein Leben Be=

deutung und Gehalt, seine Seele Ruhe und Zufriedenheit
gewänne.

Der General lächelte, als ihm Robert sein Verhältniß
zu Anna entdeckte und die Wünsche auszusprechen wagte,
die sich mit dem Gedanken an die Geliebte verbanden. Er
lächelte und gestand seinem Sohn, daß er längst dieses
Verhältniß geahnet, daß er gewünscht habe, das unruhige
Treiben des jungen Mannes möchte eine festere Richtung
annehmen. „Ich kenne Dich,“ sagte er ihm, „wärest Du
zu jener Zeit jung gewesen, wo wir in Europa umherzogen,
um Krieg zu führen, so hätte Deine Phantasie mit aller
Kraft die großartigen Bilder des Krieges ergriffen, ich
hätte Dir den ersten Raum geöffnet, Du selbst hättest
dann Deine Laufbahn gemacht. Daß Du in diesen stillen
Feiertagen des Jahrhunderts nicht dienen willst, kann ich
Dir nicht übelnehmen. Des Umherschweifens in der Welt
bist Du satt, das Leben in den Salons genügt Dir nicht,
so bleibe bei mir; besorge an meiner Statt meine Güter,
ich kann dabei nur gewinnen; ich gewinne Zeit für mich
und meine Erinnerungen, gewinne Dich, und—“ setzte er
mit einem freundlichen Händedruck hinzu, „wenn Du anders
Deiner Sache gewiß bist, gewinne ich Anna.“

Sie besprachen dieses Kapitel auch auf dem Weg nach
Thierberg wieder, und Robert gab seinem Vater Vollmacht,
bei dem Alten um Anna für ihn zu werben. Sie ver-
hehlten sich nicht, daß eine nicht unbedeutende Schwierigkeit
im Charakter des alten Thierberg liegen könne. Ihre
Gesinnungen hatten so oft die seinigen beinahe feindlich
durchkreuzt. Man hatte sich wegen Meinungen so oft
gezankt, man war oft unzufrieden, beinahe verstimmt aus-
einander gegangen; aber sie trösteten sich damit, daß er

H.   7

doch nie persönliche Abneigung gezeigt habe, und die Vor=
theile, die für Thierberg aus dieser Verbindung hervorgin=
gen, erschienen so bedeutend, daß der General, als sie über
die Zugbrücke ritten, sich schon im Geiste als Vater der
5 schönen Anna zu sehen glaubte, und vertrauensvoll auf
das Thierbergische Wappen über dem alten Portal zeigte.
„Muth gewinnt, führen sie als Symbol im Wappen,"
flüsterte er seinem Sohn zu. „Das fügt sich trefflich, denn
weißt Du noch, was der Wahlspruch Deiner Ahnen
10 war?"

„Der Will' ist stark!" rief der junge Willi, freudig
erröthend. „Muth gewinnt — und der Will' ist stark!"

Im Schloßhof empfing Rantow die Angekommenen.
Er entschuldigte seinen Oheim mit einem kleinen gichtischen
15 Anfall, der ihn verhindere, die steile Treppe herabzusteigen
und seinen Gästen entgegen zu gehen. Er sagte dies schnell
und nicht ohne einige Verlegenheit, die er hinter einem
Schwall von Glückwünschen für Robert Willi zu verbergen
suchte. Nach den Verhältnissen, die gegenwärtig in den
20 alten Mauern von Thierberg herrschten, konnte nicht leicht
etwas störender wirken, als dieser Besuch. Man hatte
zwar den Vetter aus der Mark nicht mit in das Geheim=
niß gezogen. Der Vater schien es zu bereuen, daß er sich
nur so weit gegen seinen Neffen ausgesprochen habe, und
25 Anna hatte mit ihm seit einigen Tagen nie mehr über
Willi gesprochen, sei es auf ein Verbot ihres Vaters, sei
es aus Argwohn, er möchte dem Alten ihr Geheimniß ver=
rathen haben. Seit jenem Abend jedoch, wo die Rückkehr
Roberts angekündigt worden war, herrschte eine Spannung,
30 die um so drückender wurde, da die ganze Gesellschaft zwar
aus dreierlei Parteien, aber—nur aus drei Personen bestand.

Anna sprach wenig, hielt sich meist auf ihrem Zimmer auf, wohin Albert noch niemals eingeladen worden war. Der Alte war mürrisch, aufbrausender als sonst gegen seine Diener, gegen seinen Gast herzlich, wie zuvor, aber ernster und einsilbiger, gegen seine Tochter kalt und gleichgültig. Er trank, trotz der bittenden Blicke, die Anna zuweilen nach ihm hinzusenden wagte, mehr Wein, als gewöhnlich, schimpfte dann auf die ganze Welt, verschlief den Nach= mittag, und ließ sich abends den Amtmann holen, um ein Spiel mit ihm zu machen. Dann setzte sich Anna mit ihrer Arbeit in ein Fenster, ließ sich von dem Vetter etwas vor= lesen, aber Thränen, die hin und wieder auf ihre Hand herabfielen, zeigten dem jungen Mann, wie wenig ihr Geist mit dem beschäftigt sei, was er eben las. Der Anfall von Gicht, der über den Alten kam, machte die Sache wo mög= lich noch schlimmer. Man sah, wie er alle Kraft aufbot, seine Schmerzen zu unterdrücken, nur um der natürlichen Hülfe seiner Tochter weniger zu bedürfen, und wenn Fälle eintraten, wo er diese Hülfe nicht abweisen konnte, wenn das schöne Kind bleich und mit Thränen im Auge vor ihm kniete, um seine Beine in warme Tücher zu hüllen, da wandte er sich ab, pfiff irgend ein altes Liedchen, nannte sich einen Mann, der bald in die Grube fahren müsse, und fand es schön, daß doch ein Enkel der Thierberge zugegen sein werde, wenn man den Letzten dieses Namens beisetze.

Rantow wußte zwar, daß sein Oheim das Gastrecht gegen seine Nachbarn nicht verletzen werde, aber diese letzten Tage fielen ihm schwer auf die Seele, als er die Fremden die Treppe hinan führte, und er sah voraus, daß die beiden Willis gewiß nichts dazu beitragen würden, die Verstim= mung aufzulösen.

Der Empfang war übrigens herzlicher, als er sich gedacht hatte. Es gibt eine gewisse höfliche Freundlichkeit,
die man sich angewöhnen kann, ohne sich dessen bewußt zu
werden. Besonders auffallend erscheint diese Eigenschaft,
5 wenn sich Männer begrüßen, von welchen wir wissen, daß
sie keiner Heuchelei fähig sind, und die dennoch, sei es
durch Meinungen, sei es durch Verhältnisse, sich feindlich
gegenüber stehen. So schien es auch der alte Thierberg
nicht über sich vermögen zu können, sein gewohntes: „Ah!
10 schön! schön! Freut mich, Platz genommen!" diesmal mit
einem kälteren und förmlicheren Gruß zu vertauschen, und
die fünfhundertjährige Gastfreundschaft dieser Burg schien
die unwillkommenen Gäste in ihre schützenden Arme zu
schließen. Ein Blick von Anna hatte dem jungen Willi
15 gesagt, was hier vorgegangen sei. Er fand sie blaß, ihre
Stimme nicht so fest, wie sonst, es lag Kummer um den
holden Mund, und ihre Augen schienen weicher geworden
zu sein. Er pries im Stillen ihren richtigen Takt, daß sie
mehr zu dem General sprach, als zu ihm, denn er hätte,
20 von diesem Anblick ergriffen, nicht Fassung genug gehabt,
Gleichgültiges mit ihr zu reden. Rantow, der einen ganz
andern Auftritt erwartet hatte, wunderte sich, daß auch in
diesem „ehrlichen Schwaben," wo ihm sonst alles so offen
und ehrlich däuchte, vier Menschen, die sich so nahe standen,
25 ein so falsches Spiel unter sich spielen könnten, ihre Gedanken, ihre Leidenschaften unter einer so ruhigen Hülle
zu verdecken wüßten. Er sah staunend bald den jungen
Willi und den alten Thierberg an, die ganz ruhig und ab-
gemessen sich über die Ereignisse der letzten Wochen besprachen.
30 Bald hörte er auf das Gespräch zwischen dem General und
der Geliebten seines Sohnes, die dasselbe Thema, nur mit

Veränderungen, abhandelten, wobei übrigens Anna eine
solche Ruhe an den Tag legte, daß sie nie haſtig fragte,
von nichts mehr, als ſchicklich, ergriffen war. Der General wandte ſich im Geſpräch und ging mit ihr langſam im
Saal auf und ab. Er ſtellte ſich endlich, wie zufällig, in 5
einen tiefen Fenſterbogen, und Albert entging es nicht, daß
er ſich dort ſchnell zu dem ſchönen Mädchen herabbückte, ihr
etwas zuflüſterte, was eine tiefe Röthe auf ihre Wangen
jagte. Sie ſchien erſchrocken, ſie faßte ſeine Hand, ſie ſprach
leiſe heftig zu ihm, aber er lächelte, ſchien ſie zu beruhigen, zu 10
tröſten, und ſo ſtolz und zuverſichtlich war ſeine Stirne, waren
ſeine Züge, als müßte er in dieſem Augenblick ſeine Diviſion
ins Feuer führen, um den ſchwankenden Sieg zu entſcheiden.

Der Gaſt aus der Mark ahnete, daß dort in jenem Fenſterbogen ein Entſchluß gefaßt oder mitgetheilt worden ſei, der 15
auf Annas Schickſal ſich beziehe, und das Herz pochte ihm,
wenn er an den eiſernen Trotz ſeines Oheims dachte. Die
Diener hatten indeſſen Wein herbeigebracht, man ſetzte ſich in
eines der weiten Fenſter, und wenn nur die Gemüther der
fünf Menſchen, die um den kleinen Tiſch ſaßen, weniger 20
befangen waren, der ſchöne Tag, der Anblick des herrlichen
Thales, das vor ihnen lag, hätte ſie zu immer höherer Freude
ſtimmen müſſen.

Der General, dem es peinlich ſein mochte, daß das Geſpräch nach und nach zu ſtocken anfing, bat Anna um ein Lied, 25
und ein Wink ihres Vaters bekräftigte dieſe Bitte. Man
brachte ihre Guitarre herbei, der junge Willi ſtimmte die
Saiten, aber waren es die Worte des Generals, war es der
Anblick ihres Vaters, war es die lang erſehnte Nähe des
Geliebten, was ſie verwirrte, ſie erröthete und geſtand, daß ſie 30
in dieſem Augenblick kein paſſendes Lied zu ſingen wüßte.

Man schlug vor, man verwarf, bis Rantow beifiel, wie man einst in Berlin eine berühmte schöne Sängerin von einer ähnlichen Verlegenheit befreite. Er schnitt kleine Zettel und ließ jeden ein Lied aufschreiben. Dann faltete er die Papiere
5 geschickt und zierlich zusammen, schüttelte sie als Loose durcheinander und ließ die Sängerin eines wählen.

Sie wählte, sie eröffnete das Loos und erröthete sichtbar, indem sie den General besorgt anblickte. „Das hat niemand anders als Sie geschrieben," sagte sie. „Warum denn gerade
10 dieses Lied? Es ist nicht immer politisch, ein politisches Lied zu singen?"

„Wenn es nun aber mein Lieblingslied ist!" erwiderte Willi. „Ich appellire an Ihren Vater; stand nicht die Wahl durchaus frei?"

15 „Gewiß," antwortete der Alte, „Du singst, Anna; und wenn das Lied Politik enthalten sollte — nun, erdichtete Politik kann man ja immer noch ertragen."

Sie nickte schweigend Gehorsam zu. Aber von jenem Augenblick an, wo sie mit einem kurzen, aber kräftigen Vor-
20 spiel den Gesang anhob, schien auf ihren lieblichen Zügen eine Art von Begeisterung aufzugehen. Eine zarte Röthe spielte auf ihren Wangen, ihre Augen glänzten, und um den schönen Mund, der die Töne so voll und rund hervorströmen ließ, spielte anfangs ein Lächeln, das mehr und mehr in Wehmuth
25 überging. Es war eine französische Ode, aus welcher sie einige Stellen vortrug. Die Melodie bald heiter, ermunternd, bald erhaben und triumphirend, bald ernst und getragen schmiegte sich an das wechselnde Versmaß und den Gedanken-gang der Strophen, und so süß war ihre Stimme, so aus-
30 drucksvoll ihr Vortrag, so hinreißend ihr ganzes Wesen, das mit dem Gesang sich zu verschmelzen schien, daß die Männer,

wenn sie gleich über den Gegenstand die verschiedensten Gesinnungen hegten, doch von dem Strom der Töne mit fort-
gerissen wurden.　Wie erhaben war ihr Vortrag, als sie
sang:

　　Cachez ce lambeau tricolore!　　　　　　　　　　　　5
　　C'est sa voix; il aborde, et la France est à lui.

Ernst, beinahe traurig, doch nicht ohne Triumph, fuhr sie
fort:

　　Il la joue, il la perd; l'Europe est satisfaite,
　　Et l'aigle, qui, tombant aux pieds du léopard,　　　　10
　　Change en grand capitaine un héros de hasard,
　　Illustre aussi vingt rois, dont la gloire muette
　　N'eût jamais retenti chez la postérité;
　　　　Et d'une part dans sa défaite,
　　Il fait à chacun d'eux une immortalité.　　　　　　　15

　　Als sie geendet hatte, legte sie die Guitarre nieder und
ging, während die Männer noch in verlegener Stille saßen,
schnell hinweg.

　　"Il la joue, il la perd," sprach der alte Thierberg
lachend.　„Eine große Wahrheit!　Und dieser Dichter, wer 20
er auch sein mag, konnte jenen Mann nicht besser schildern;
seine ganze Größe bestand ja nur darin, daß er das rouge
et noir so hoch als möglich spielte, und der alte Satz,
daß der kaltblütigste Spieler endlich gewinnt, bestätigte sich
an ihm.　Der Leopard hat doch die Bank gesprengt, und 25
Wellington wird es eben darum keinen Kummer machen,
wenn man ihn héros de hasard nennt."

　　„Wie lächerlich sind solche Hyperbeln!" rief Rantow,
„als ob zwanzig Könige ihren Nachruhm, ihre Unsterblich-
keit diesem Sommerkönig zu verdanken hätten!　Was uns 30
betrifft wenigstens, so wird man eingestehen müssen, daß
der Ruhm der preußischen Waffen älter ist, als der des

sogenannten Siegers von Italien, und nicht erst von der
großen Nation geadelt werden mußte."

„Und dennoch," erwiderte der General mit großer Ruhe,
„dennoch wird man einst nicht sagen, es war Buonaparte,
5 der zur Zeit dieses oder jenes Königs lebte — man wird
sagen, Herr von Rantow, sie waren Zeitgenossen Napo=
leons. Doch was den Obergeneral des englischen Heeres
in der Bataille von Mont St. Jean betrifft, so möchte es
die Frage sein, ob ihm der Titel héros de hasard sehr
10 angenehm ist; so viel ist wenigstens gewiß, daß er jene
Schlacht nicht gewonnen, sondern nur nicht verloren hat."

„Es ist ein Glück für die Welt," bemerkte Thierberg
lächelnd, „daß man Ihren Satz umkehren kann, und daß
er dann noch höhere Wahrheit enthält; Ihr Herr und
15 Meister hat jene Schlacht zwar nicht gewonnen, aber desto
gewisser verloren."

„Er hat sie verloren," antwortete der General; „was
die Welt damit verlor, will ich nicht aussprechen, aber jene
Strophe, womit Anna ihren Gesang schloß, drückte aus,
20 wer noch am Abend jenes unglücklichen Tages, als Cäsar
und sein Glück von der Übermacht zerschmettert wurden,
als meine braven Kameraden auf Mont St. Jean den
letzten Athem aushauchten — der Größere war."

„Der Größere! Und dies können Sie noch fragen,
25 General?" entgegnete heftig der junge Mann aus der
Mark. „Als die Strahlen der Abendröthe über jenes
denkwürdige Feld streiften, beleuchtend die Schande Frank=
reichs und sein verwirrtes Heer, als blutend, aber unbesiegt,
das englische Heer jene Hügel deckte und Deutschlands
30 Völker stolzen Schrittes in die Ebene herabstiegen, um den
Kampf siegend zu entscheiden — denken Sie sich, ich bitte,

jenen erhabenen Moment, und sagen Sie mir, wer da der
Größere war?"

„Der Gott des Zufalls," erwiderte der General.
„Mächtiger war er wenigstens als jener alte Held, der
auch noch an seinem letzten Schlachttage zeigte, welche
mächtige Kluft zwischen dem Genie und roher, wohlgenährter,
thierischer Kraft befestigt sei. Er ist gefallen, nicht, weil
ihm England oder Deutschland gewachsen war, sondern,
weil er früher oder später fallen mußte, weil er einen
Vertilgungskrieg gegen sich selbst führte, der seine Kräfte
aufrieb; oder können Sie mir beweisen, daß an jenem
Tage von Waterloo das Genie des englischen Feldherrn
oder gar Ihres Blücher ihn besiegte?"

„Seien wir gerecht," nahm der junge Willi das Wort;
„geben wir zu, daß ihm keiner seiner militärischen Gegner
gewachsen war, so beweist dies noch immer nicht für jene
innere Größe, für jene moralische Erhabenheit, welche die
Mitwelt mit sich fortreißt, ihr Jahrhundert bildet, und
Segen noch auf die späte Nachwelt bringt. Napoleon war
ein großer Soldat, — aber kein großer Mensch."

„Sohn!" erwiderte der General, „wie kannst Du in
irgend einem Fach des Wissens groß, größer als sonst
ein Mann des Jahrhunderts werden, ohne ein großer
Mensch zu sein? Die Maschine ist es nicht, nicht dieser
Körper ist es, was sie groß macht, es ist der Geist. Jene
veralteten Formen Europas, von klugen Männern vor
tausend Jahren ausgedacht, stürzten zusammen, weil es
Formen waren, die der Geist verlassen hatte; sie brachen
ein vor den Blitzen seines Genies, sie hatten das Schicksal
jener Leichname, die in Grüfte eingeschlossen, in ihren
fürstlichen Leichenprunk gehüllt, Jahrhunderte überdauern,

weil sie die Kerkerluft ihres Grabes nicht vermodern läßt.
Berühre sie mit lebendiger Hand, hauche sie an mit freiem
Odem und — sie zerfallen in Asche!"

„Dies beweist nicht gegen mich," sagte Willi.

5 „Und wo ist denn das große und feste Reich, das der
große Mann gründete?" unterbrach ihn Thierberg; „Sie
vergleichen unsere schönen, alten Institutionen, Gott möge
es Ihnen verzeihen, mit einem Leichnam, aber was war
denn jener corsische Kaiserthron, was sein Staatsgebäude,
10 als ein Kartenhaus?"

„Ich habe nie gesagt, daß Napoleon der Mann war,
einen großen Staat zu gründen," antwortete der alte Willi;
„Frankreich war unter ihm ein Lager, dessen erste Posten
die Rheinbundstaaten bildeten. Er hätte vielleicht ein Ende
15 genommen, das seiner oder Frankreichs unwürdig gewesen
wäre, wenn er einige Jahre in beständiger Ruhe und in
Frieden regiert hätte."

„So war also das Ende, welches er nahm, seiner würdig?"
fragte Rantow lächelnd.

20 „Nicht der Platz, auf welchem wir stehen," versetzte der
General, nicht ohne Wehmuth, „nicht der Raum, sei er
groß oder klein, gibt uns Würde oder Schmach. Wir sind
es, die uns und unsern Posten adeln oder schänden. Die
Welt hat gelacht und gehöhnt, als man den größten Geist
25 des Jahrhunderts auf eine öde Insel verbannte. Dort, an
der höchsten Felsenspitze, haben sie den alten Adler ange-
schlossen, wo er nur in die Sonne, auf den weiten Ocean
und in einige treue Herzen sah. Aber man hat nicht be-
dacht, wie vielen Stoff zum Lachen man der Nachwelt gebe;
30 es war nicht Strafe, was ihn dorthin verbannte; wer
in Europa konnte ihn strafen? Es war — Furcht. So

mußte es kommen, daß man in ihm noch immer den Ge=
fürchteten sah; und manche Herzen, die sich von ihm ab=
gewendet hatten, fingen an, ihn wieder zu lieben; pflegt
doch das Unglück die Menschen zu versöhnen und — es war
ja nichts an seine Stelle getreten, was ihn hätte vergessen 5
machen können."

„Glauben Sie etwa, Herr Nachbar," sagte Thierberg,
„es hätte wieder ein solcher Attila auftreten müssen, nur
um die Zeitungsschreiber zu unterhalten? Vergessen wird
man wohl jenen Namen noch lange nicht, aber — man wird 10
ihn verdammen."

„Mancher hat ein persönliches Recht dazu, und ich kann
ihn darum nur beklagen, nicht entschuldigen, daß sein Gang
über die Erde nicht die gebahnte Straße ging. Aber man
wird auch mit andern Gefühlen sich seiner erinnern. Die 15
Großen der Erde scheinen zwar nicht viel von ihm gelernt
zu haben; desto mehr vielleicht die Kleinen. Er hat sich
seine Bahn so erhaben aufgerissen, als Alexander, er hat
sie verfolgt wie Cäsar, man hat ihm gedankt, wie dem
Hannibal, auf jenem Felsen hat er gelebt, wie Seneca, und 20
seine letzten Tage waren eines Sokrates würdig."

„In diesem Punkt werden wir nimmer einig," erwi=
derte der alte Thierberg; „was mich betrifft, so kömmt er
mir vor, als habe er seine Laufbahn eröffnet wie ein Aven=
turier, habe sie verfolgt, wie ein Räuber, habe mit seinem 25
Raub verfahren, wie ein verzweifelter Spieler, und habe
geendet, wie ein — Komödiant!"

„Wir sind noch nicht seine Nachwelt," bemerkte Robert
Willi. „Erst wenn alle Parteien, die persönliches Interesse
aussprachen, von der Erde verschwunden sind, dann erst wird 30
man mit klarem Auge richten. Mein Held ist er nicht, aber

in seinen italienischen Feldzügen erscheint er wie ein Wesen höherer Art, und dies wenigstens werden auch Sie zugeben, Herr von Thierberg."

„Es ist möglich," versetzte der Alte, „er hat damals mein Staunen, meine Bewunderung erregt; aber wie schnell wurde ich von meiner Vorliebe geheilt! Wenn er damals den Bourbons den Thron zurückgegeben hätte — die Macht hatte er dazu — so wäre er mir wie ein Engel erschienen."

„Dies war wegen seiner Armee, die anders dachte, unmöglich," antwortete der General.

„Sie erinnern sich," fuhr der Alte fort, „daß ich Ihnen öfter von einem französischen Kapitän erzählte, der mich in der Schweiz aus großer Verlegenheit rettete — der einzige Franzose, den ich achte, und für den ich noch jetzt alles thun könnte. Mit diesem sprach ich damals auch über diesen Punkt. Ich sagte ihm, daß Frankreich ohne Rettung verloren gehe, wenn es in der ewigen, sich immer von neuem gebärenden Revolution fortfahre. Nur ein König an der Spitze könnte es retten. — Er gab es zu; er sagte mir, daß die Bourbons eine große Partei in Paris hätten und daß mein Gedanke vielleicht erfüllt würde. Ich fragte ihn, wie der Consul Buonaparte, der damals an der Spitze stand, darüber dächte. „„Er äußert sich nicht,"" erwiderte mir der Kapitän, „„aber wenn ich ihn recht verstehe,"" setzte er lächelnd hinzu, „„so wird Frankreich bald nur einen Meister haben."" Ich deutete dies Wort meines neuen Freundes damals auf die Zurückkunft der Bourbons, leider ist es an Buonaparte selbst in Erfüllung gegangen."

Der junge Willi war schon zu Anfang dieser Rede aufgestanden; er hatte Annas Vater die Geschichte von seinem Kapitän schon einige Dutzend Mal erzählen gehört und sein Blut wallte in diesem Augenblick noch zu unruhig, als daß

er sie von neuem anhören mochte; er ging mit zögernden
Schritten im Saal auf und nieder; als aber der alte Thier-
berg im Gespräch mit dem General auf die jetzigen Verhält-
nisse Frankreichs einging, ein Punkt, über den sie niemals in
Streit geriethen, gesellte sich auch Rantow zu dem jungen
Willi. Er ließ sich von ihm die Geschichte der letzten Wochen
noch einmal wiederholen, führte ihn unbemerkt in das nächste
Zimmer und dann auf die breite Hausflur. Dort hielt er
plötzlich inne und flüsterte dem erstaunten jungen Mann ins
Ohr: „Sie dürfen vor mir kein Geheimniß mehr haben;
Anna hat mir alles entdeckt und auf meinen Beistand können
Sie sich verlassen." Noch einen Augenblick zweifelte Robert,
weil ihm diese Nachricht zu neu und unerwartet kam; als aber
Rantow ins Einzelne einging und ihm erzählte, was in jener
Schreckensnacht vorgefallen sei, als er ihm entdeckte, wie un-
günstig gegenwärtig die Verhältnisse seien, da stand jener nicht
länger an, die Hülfe, die ihm geboten wurde, anzunehmen; er
bat Albert, ihm, wenn es möglich wäre, Gelegenheit zu verschaffen, mit Anna zu sprechen.

Der Gast aus der Mark dachte einige Augenblicke nach, ob
er dies möglich machen könnte; Anna hatte ihn zwar selbst nie
auf ihr Boudoir im Turm eingeladen, aber er hoffte in solcher
Begleitung nicht unwillkommen zu sein; das Einzige, was ihn
hätte abhalten können, war die Furcht vor dem Zorn seines
Oheims, im Fall diese Zusammenkunft entdeckt wurde; aber
die Lust, wo er nicht selbst die Rolle übernehmen konnte,
wenigstens die Intrigue zu unterstützen, siegte über jede Be-
denklichkeit, er winkte dem jungen Willi, ihm zu folgen. Der
Gang nach Annas Turm war ihm bekannt. Nach der Lage
ihrer Fenster mußte ihr Gemach noch zwei Stockwerke höher
liegen, als der Saal. Sie stiegen eine enge, steile Treppe

von Holz hinan, die unter jedem Tritte, so behutsam sie auch
stiegen, ächzte. Zum nicht geringen Schrecken begegnete ihnen
auf dem ersten Stock der alte Hans, der sie verwundert ansah.
Albert winkte seinem Gefährten nur immer voranzugehen, er
5 selbst nahm, ohne in seiner Bestürzung zu bedenken, ob es klug
sein möchte, den alten Diener auf die Seite: „Hans!" sagte
er, „wenn Du Deinem Herrn ein Wort —" „O," erwiderte
jener schlau lächelnd, „da hat es gute Wege, so wenig als in
jener Nacht, da Sie mich beinahe in den Neckar warfen; ich
10 bin so still wie ein todter Hund." Beruhigt folgte Rantow
dem Liebhaber; sie hatten bald das Ende der Treppe erreicht
und standen nun auf einer Art von Vorsaal; die Reinlichkeit
und Zierlichkeit, die hier herrschte, ließ ahnen, daß man sich
nicht mehr weit von Annas Gemach befinde. Zwei Thüren
15 gingen auf diesen Vorplatz; sie wählten auf gutes Glück die
nächste, pochten an — keine Antwort. Sie pochten wieder;
jetzt that sich die zweite Thüre auf, und Anna erschien auf der
Schwelle.

Sie erröthete, als sie die beiden jungen Männer sah, doch,
20 als habe dieser Besuch nichts Auffallendes an sich, lud sie
dieselben durch einen freundlichen Wink ein, näher zu treten.
„Ihr kommt wohl, um die schöne Aussicht von meinem Turm
zu betrachten?" sagte sie. „Jetzt erst fällt mir bei, daß Du
nie hier warst, Albert; aber so ganz bin ich schon an diesen
25 herrlichen Anblick gewöhnt, daß es mir nicht einmal einfiel,
Dich hieher einzuladen."

12.

Das Gemach war klein, die Geräthe gehörten einer
früheren Zeit an, aber dennoch war alles so freundlich und
30 geschmackvoll geordnet, daß Rantow, nachdem er die Aus=

sicht geprüft, die nächsten Umgebungen gemustert, und alles
recht genau angesehen hatte, dieses Zimmer für das schönste
im Schloß erklärte. Nur eine breite Kiste, von schlechtem
Holz zusammengezimmert, die auf einer Kommode stand,
schien ihm nicht mit den übrigen Geräthschaften zu harmo- 5
niren. So ungern er die beiden Liebenden, die, anscheinend
in die Aussicht auf das Thal hinab vertieft, eifrig zusammen flüsterten, stören mochte, so war doch seine Neugierde,
zu wissen, was der geheimnißvolle Schrank verberge, zu
groß, als daß er nicht seine Base darüber befragt hätte. 10

„Bald hätte ich das Beste vergessen!" rief sie aus:
„Das Bild für Ihren Vater ist heute angekommen, Robert; ich habe es hierher gestellt, weil mein Vater nie hieher kommt, und weil ich es doch auch betrachten wollte."
Sie rückte unter diesen Worten den Deckel des Schranks, 15
Willi half ihn herabnehmen, und das Bild eines Reiters,
der auf einem wilden Pferd eine Anhöhe hinansprengt,
wurde sichtbar.

„Buonaparte!" rief Rantow, als ihm die kühnen, geist-
vollen Züge aus der Leinwand entgegensprangen. 20

„Erkennst Du ihn?" fragte Anna lächelnd. „Das war
der Sieger von Italien!"

„Ich hätte nicht geglaubt, daß die Copie so gut gelingen
könnte," bemerkte Willi; „aber wahrlich, David war ein
großer Maler. Wie edel ist diese Gestalt gehalten, wie glück- 25
lich der Einfall, diesen hochstrebenden Mann nicht in der
gebietenden Stellung eines Obergenerals, sondern in einer
Kraftäußerung aufzufassen, die einen mächtigen Willen, und
doch eine so erhabene Ruhe in sich schließt."

„Ich kenne das Original," sagte Rantow, „es ist in der 30
Galerie zu Berlin aufgestellt, und ich finde diese Copie treff-

lich; für Liebhaber des Gegenstandes, worunter ich nicht gehöre, gewinnt dieses Gemälde um so höheres Interesse, als die Idee dazu von Napoleon selbst ausging. Man sagt, David habe ihn malen wollen als Helden, den Degen in der
5 Hand, auf dem Schlachtfelde; Buonaparte aber erwiderte die merkwürdigen Worte: „„Nein! Mit dem Degen gewinnt man keine Schlachten; ich will ruhig gemalt sein — auf einem wilden Pferde.““

„Dank Dir für diese Anekdote," erwiderte Anna, „sie
10 macht mir das Bild um so lieber, und nicht wahr, Robert," setzte sie hinzu — „auch Dein Vater soll durch seine Originalität nur noch mehr erfreut werden."

„Anna!" unterbrach die Beschauenden eine dumpfe, wohlbekannte Stimme. Sie sahen sich um, der alte Thier-
15 berg, auf seinen Diener gestützt, stand mit hochrothem, zürnendem Gesicht und zitternd vor ihnen; der General, welcher seitwärts stand, schien verlegen und ängstlich. Aber so schnell war dieser Schreck, so groß die Furcht Annas vor ihrem Vater, und so furchtbar sein Anblick, daß sie zu
20 schwanken anfing, und hätte der General sie nicht unterstützt, sie wäre in die Knie gesunken.

„Sind das die gerühmten Sitten Ihres Herrn Sohnes?" wandte sich der Alte bitter lachend zu dem General, indem er bald den Sohn, bald den Vater ansah; „heißt das, wie
25 Sie mir vorzumalen suchten, sich in den zartesten Grenzen des Anstandes halten? Herr! Wie kommen Sie dazu, mit meiner Tochter allein auf ihrem Zimmer zu sein?"

„Onkel —" rief Rantow, um ihn zu belehren.

„Schweig, Bursche!" antwortete ihm der zürnende Alte,
30 indem er immer den jungen Willi mit glühenden Blicken ansah.

„Ich denke," erwiderte dieser ruhig und mit stolzer Fassung,
„die Erziehung Ihrer Tochter und Annas Sitten müßten
Ihnen Bürge sein, daß ein Mann, selbst wenn er allein käme,
sie besuchen dürfte, vorausgesetzt, sie will ihn empfangen, und
über den letzteren Punkt steht nach allen Gesetzen der guten 5
Sitte der jungen Dame selbst, nicht aber Ihnen, Herr von
Thierberg, die Entscheidung zu."

Diese Worte schienen seinen Eifer noch mehr zu entflam-
men, er athmete tief auf, aber in diesem Augenblick trat sein
Neffe muthig dazwischen und redete ihn auf eine Weise an, 10
die, wie ihn sein kurzer Aufenthalt bei den Thierbergs gelehrt
hatte, die Wirkung nicht verfehlen konnte. „Herr von Thierberg," rief er bestimmt und mit ernster Miene, „Sie haben
mir vorhin zu schweigen geboten, ich werde aber nicht schweigen, wenn man meiner Ehre zu nahe tritt. Ich bin es ge- 15
wesen, der Herrn von Willi hieher führte, ich bin es gewesen,
der ihn hier unterhielt, und er hat mich hieher begleitet, weil
ich ihn darum gebeten habe."

„Du warst zugegen?" fragte der Oheim mit etwas gemil-
derter Stimme. „Aber was geht Dich das Zimmer meiner 20
Tochter an? Was hattest Du hier zu suchen?"

Mit einer theatralischen Wendung und sprechender Miene
wandte sich der Neffe gegen die Hinterwand des Zimmers,
deutete mit dem ausgestreckten Arm hin und sprach: „Hier
steht, was ich suchte." 25

Der Alte trat mit schnelleren Schritten, als seine Krankheit erlaubte, näher. Er betrachtete das Bild und blieb mit
einem Ausruf des Erstaunens stehen; seine trotzige Miene
klärte sich auf, seine Stirne entfaltete sich, sein blitzendes Auge
schimmerte nur noch von Rührung und Freude. „Gott im 30
Himmel," rief er aus, indem er das Mützchen abnahm, das

H.   8

er beständig trug. „Wer hat mir das gethan? Woher, woher
habt Ihr ihn? Wer hat ihn meinen Gedanken nachgebildet,
wer hat mir diese Züge, diese Augen hier, hier aus meinem
Herzen herausgestohlen?"

5   Die Männer sahen sich staunend an, betreten richtete sich
Anna auf und trat näher, denn sie besorgte, ihr alter Vater
rede irre. „Wer hat dies Bild hieher gestellt?" fragte er nach
einer Pause, indem er sich umwandte, und alle sahen Thränen
in seinen Augen glänzen.

10   „Ich, mein Vater," sagte Anna zögernd.

    „O Du gutes Kind," fuhr er fort, indem er sie in seine
Arme schloß, „wie unrecht habe ich Dir vorhin gethan! Als
ich in dieses Zimmer trat, glaubte ich, Du habest mich tief
gekränkt und doch hast Du mich so unendlich erfreut! —
15 Kennst Du ihn, Hans?" wandte er sich an seinen Diener.
„Kennst Du ihn nicht wieder?"

    „Gott straf' mich, er ist's!" erwiderte der alte Reit=
knecht. „Solche schreckliche Augen machte er gegen die fünf
Buschklepper, die uns auszogen; o das war ein braver Herr!"

20   Die, welche den Herrn und seinen Diener so sprechen
hörten, konnten sich von ihrem Staunen kaum erholen, sie
sahen sich lächelnd an, als ahnten sie eine sonderbare
Fügung des Geschicks, als sei ein schweres Gewitter
segnend über ihnen hinweggezogen. Der General aber, der
25 bald Anna, bald das Bild mit blitzenden Augen betrachtet
hatte, trat näher heran und fragte den alten Thierberg,
wen er denn in diesem Bilde wieder erkenne?

    „Das ist derselbe treffliche Kapitän," antwortete er,
„der mich am Fuß des St. Bernhard aus der Gewalt
30 ruchloser Soldaten errettete. Wie? Er ist derselbe, von
welchem ich Ihnen so oft erzählte; das Muster eines
braven Mannes, eines gebildeten und klugen Soldaten."

„Nun, so bitte ich Sie," fuhr der General mit in-
niger Rührung fort, indem auch ihm eine Thräne im
Auge schwamm, „ich bitte Sie im Namen dieses Mannes,
den ich auch kannte, Sie mögen ihm vergeben, wenn er
nachher anders handelte, als Sie damals dachten!"   5

„Wie? Sie haben ihn gekannt?" rief der Alte dringend, indem er die Hand des Generals faßte. „Wer war
er, wie heißt er, lebt er noch?"

„Er ist todt — seinen Namen kannte die Welt — dieser
Mann hier ist —"   10

„Nun?" drängte der Alte den General, dem die Stimme
zu brechen schien. „Wer? Doch nicht —"

„Dieser Mann," rief der General mit einem feurigen
Blick auf das Gemälde, „dieser Mann war — Napoleon
Buonaparte, der Kaiser der Franzosen."   15

Der Alte setzte seine Mütze auf; er drückte die Augen
zu und in seinem Gesichte kämpfte Unmuth mit Rührung.
Doch als er nach einer Weile das Bild wieder ansah,
schien er es nicht über sich zu vermögen, dem stolzen
Reiter gram zu werden. „Du also?" sprach er zu ihm,   20
„Du warst dieser — kühne Mann? Das war also Deine
Meinung? Du hast mir mein Kleid, meinen Hut und
meine Börse zurückgegeben, um mir nachher mein Alles
zu rauben?"

„Vater," sagte Anna schmeichelnd, „wie glücklich waren   25
Sie aber dennoch! Der erste Mann des Jahrhunderts
hat so traulich zu Ihnen gesprochen."

„Ja, das haben wir," erwiderte der Alte lächelnd
und nicht ohne Stolz, „recht freundlich haben wir uns
unterhalten, ich und er, und er schien Gefallen an mir zu   30
finden. Ich habe nicht gehört, daß der erste Consul sich

je gegen einen so offen ausgesprochen hätte, wie damals
gegen mich. „„Frankreich wird nicht mehr lange ohne
König sein,"" waren seine eigenen Worte; Du hast es
erfüllt, kleiner Schelm! — Ha! Und gerade so sah er
aus, so warf er noch einmal den stolzen Kopf herüber, als
er sein Roß den Berg hinantrieb und die Feldmusik des
Regimentes herüberklang. General Willi, — es war doch
ein großer Geist!"

„Gewiß!" sagte der General freudig gerührt, indem
er dem Alten die Hand drückte. „Aber, wie kam nur dies
Bild hieher zu Ihnen, Anna?"

„Darf ich es verschweigen, Robert?" antwortete sie.
„Nein, er hat es ja doch schon gesehen. Ihr Sohn wollte
Sie an Ihrem Geburtstage damit überraschen, und ich
erlaubte, daß das Bild einstweilen hier aufgestellt würde."

Der alte Thierberg hatte aufmerksam zugehört; er schien
überrascht und ging auf den jungen Willi zu, dem er seine
Hand bot. „Junger Mann," sagte er, „ich habe Ihnen
vorhin bitter unrecht gethan, ich sehe jetzt, daß Sie ein
schönerer Zweck auf dieses Zimmer führte, als ich anfangs
dachte; werden Sie mir meine übereilten Worte, meine
Hitze vergeben?"

Robert erröthete. „Gewiß, Herr von Thierberg," ant=
wortete er, „und wenn Sie noch zehnmal heftiger gewesen
wären, so konnten Sie mich zwar kränken, aber niemals
beleidigen; es ist hier nichts zu vergeben."

„Wirklich?" erwiderte der alte Herr sehr freundlich.
„Und, wenn ich fragen darf — wo haben Sie das Bild
gekauft? Könnte man nicht sich auch ein Exemplar ver=
schaffen? Ich möchte doch den grand capitaine, meinen
Kapitän, in meinem Zimmer haben."

„Wie ich meinen Vater kenne," sagte der junge Mann,
„so wird er dieses Bild vielleicht noch lieber in Ihrem
Hause, als in dem seinigen sehen. Ich bitte, erlauben Sie,
daß ich es hier aufhänge."

„Sie machen mir ein großes Geschenk, lieber Robert," 5
sagte Thierberg. „Wohin ist es mit unseren Gesinnungen
gekommen? Ich glaube, wir denken im Grund gleich über
diesen Buonaparte, und doch sind Sie es, der mir ihn
anbietet, und mir macht es Freude, ihn anzunehmen. Ich
habe wenige Bilder, aber einige alte, gute; suchen Sie sich 10
etwas aus, nehmen Sie dafür aus meinem Schloß, was
Sie wollen."

„Halt!" rief der General. „Bei diesem Handel bin
ich auch betheiligt; ich kenne den unglücklichen Geschmack
meines Sohnes und weiß, wie wenig er auf alte Bilder 15
hält; wollen Sie ihm nicht ein jüngeres dafür geben?
Thierberg, vor diesem Bilde, das nun auch für Sie von
Bedeutung ist, wiederhole ich nun meine Werbung: Ihre
Anna um diesen Napoleon."

Der alte Herr war betreten, er warf verlegene Blicke 20
auf die Umstehenden; endlich haftete sein Auge auf Davids
Gemälde. „Du hast viel verschuldet," sprach er, „Europas
alte Ordnung hast Du umgeworfen, und nun nach Deinem
Tode willst Du Dich in meine Haushaltung mischen?"

„Herr Baron!" sagte der alte Hans mit gerührter 25
Stimme, „nehmen Sie es einem alten Diener nicht un=
gnädig auf, aber wissen Sie noch, was Sie zu dem braven
Kapitän sagten, und was Sie mir oft erzählt haben? Mon=
sieur, haben Sie gesagt, wenn Sie einst durch Schwaben
kommen, so vergessen Sie nicht auf Thierberg einzusprechen, 30
daß Sie mich nicht zu Ihrem ewigen Schuldner machen."

Herr von Thierberg aber strich sich nachdenklich mit der
Hand über die Stirne, warf noch einen zögernden Blick
auf das Bild, und führte dann Anna zu Robert Willi.
„Nimm sie hin!“ sagte er fest und ernst. „Ich habe es
5 nicht thun wollen, aber vielleicht war es gut, daß dies
alles so kommen mußte; nimm sie hin!“

Mit großer Rührung umarmte der General den alten
Mann, und indem Robert überrascht und selig seine Braut,
wir wissen nicht ob zum ersten Mal, an seine Lippen drückte,
10 schüttelte der Gast aus der Mark, um nicht ganz theilnahm-
los zu erscheinen, dem alten Diener herzlich die Hand.
Albert hat nachher erzählt, daß er in jenem feierlichen
Augenblick, trotz seines innern Widerstrebens, gut napoleonisch gesinnt gewesen sei, und zum ersten Mal in seinem
15 Leben jene Macht und Überlegenheit gefühlt und anerkannt
habe, die jener große Geist auf die Gemüther zu üben
pflegte.

Er erzählte auch, daß der alte Thierberg jenen sonderbaren Tausch niemals bereut habe; er fand in seinem
20 Schwiegersohne Eigenschaften, die er ihm nie zugetraut
hatte, und als er ihn bei der Verwaltung der Güter seines
Vaters mit Rath und That unterstützte, lebte er im Glücke
seiner Kinder die Tage seiner eigenen Jugend wieder.

Von der Hochzeit des jungen Paares sprach der Gast
25 aus der Mark nicht gerne, man sah ihm an, daß er lieber
selbst mit der liebenswürdigen Anna vor den Altar getreten
wäre. Einen Zug aber aus diesem glänzenden Tag pflegte
er bei Wiederholung dieser Geschichte nie zu vergessen, vielleicht nur um jene schwärmerischen Anhänger Napoleons
30 und seinen neubekehrten Oheim ins Komische zu ziehen.

Der alte Gardist des Generals, erzählte er, habe alle

Domestiken und einige junge Burschen zum Vivatschreien
abgerichtet, und die schöne Braut mit ins Geheimniß ge=
zogen; er habe seine Leute unter die Thüren des großen
Saales im Schlosse Thierberg gestellt, und als nun man=
cher Toast ausgebracht war, sei auch Anna mit ihrem 5
Kelchglas aufgestanden, und habe mit ihrer süßen Stimme
„dem Bild des Kaisers" die Ehre eines Toasts gegeben.
Da wurde der Jubel rauschend, die Gäste stießen an, Hans
und der Gardist schwangen zum Zeichen ihre Mützen, und
wohl aus fünfzig Kehlen schallte ein jauchzendes: "Vive 10
l'empereur!"

.

Ende.

NOTES.

NOTES.

3. Cabriolét, n. (with a short e and the t to be pronounced distinctly, as in Cabinét, Bouquét etc., or Duétt, Quartétt etc.). In this word, as in most others borrowed from the French language, German has, unlike English, preserved the French accent on the ending, but has not imitated the French sound, e.g. Station, f. (státion, stage) 1, 7; Maniér, f. (mánner) 6, 5; fatál (fátal) 18, 29; Generál, m. (géneral) 28, 9; Regimént, n. (régiment) 76, 23; Oránge, f. (órange) 45, 7; Musík, f. (músic). Cabriolet (which is also spelt Cabriolett or Kabriolett) is either 'cabriolet', 'cab', or 'coupé', i.e. the fore-part of a diligence separated from the body of the vehicle. In this passage it is used in the latter sense.

Eilwagen, m. literally 'fast carriage', 'stage-coach', 'diligence', is also called Eilpost, f. or more usually Schnellpost, f. In the same way is formed Eilzug, m. or Schnellzug, m. 'fast train'.

4. Frankfurt is Frankfort on the Main (Frankfurt a/M). There is another large German town called Frankfurt an der Oder (Frankfurt a/O) to the East of Berlin.

Stuttgart is the capital of the kingdom of Würtemberg, situated on the Nesenbach close to the banks of the Neckar. Cf. note to Neckar, 8, 5.

7. Darmstadt is the capital of the Grand-duchy of Hesse, situated on the small river Darm and at the beginning of a fine row of mountains called Die Bergstraße (2, 5) which extends to the South as far as Heidelberg on the Neckar. There is now a railway along the Bergstraße which runs from Frankfurt to Heidelberg, the so-called Main-Neckar Bahn.

war...eingestiegen 'had got in', from einsteigen 'to get in', lit. 'to mount in' or 'into'. The prefix ein is in this and several verbs and adjectives nothing but the old prefix in, e.g. einlassen 'to let in'; einsetzen 'to put in'; on ei'nḥeimiſḥ cf. 6, 31. einſteigen thus stands for in (ten Wagen) ſteigen, auſſteigen is 'to get out', and umſteigen 'to change carriages'.

8. ſḥmuck 'neat', 'handsome'. This word was originally not an adjective but a noun which is still very common in German, Sḥmuck, m. 'ornament', 'adornment', also 'set of jewels'. From ſḥmuck is derived the weak verb ſḥmücken 'to adorn'.

9. womit = mit welḥem 'with which', the adv. wo (or wor) in this and similar cases taking the place of any case of the relative pronoun governed by the preposition following; cf. wofür = für welḥes 'for which', wovon = von welḥem 'of which', worin = in welḥem 'in which' etc. Note the similar use of ta (tar), originally 'there', which may stand in the place of a demonstrative pronoun, being the object of the preposition and referring to something mentioned in the context, and again of ḥier 'here', e.g. ḥierin 'in this', tarin 'in that', tavon 'of that'. Cf. note to 14, 5.

10. iḥn, the accusative because of the idea of motion implied in the verb ſiḥ ſetzen. But er ſaß neben iḥm 'he was seated by his side'. So iḥ geḥe in ten Garten 'I go into the garden' (i.e. out of the house), but iḥ geḥe in tem Garten 'I walk about in the garden'.

11. tenommen from beneḥmen 'to take away'. But ſiḥ beneḥmen is 'to behave one's self', cf. 3, 23 etc. The difference between neḥmen and beneḥmen is roughly speaking this, that neḥmen is chiefly used with material objects, e.g. tie Waffen neḥmen (jemantem), beneḥmen only with abstracts, e.g. ten Vertacḥt, tie Hoffnung etc. But in the latter case neḥmen is used as well.

Fortgang, m. 'course', lit. 'going on'. Another word which might have been used is Verlauf, m.

13. woḥlgezogenen 'well bred', generally woḥl erzogenen (2, 26). zieḥen 'to draw' in these words means 'to bring up', 'to educate'. erzieḥen corresponds exactly to 'to bring up' as the prefix er- means 'up'. The opposite of woḥlgezogen is ungezogen 'ill bred', 'rude', 'uncivil', cf. 63, 26, of children 'naughty'. unerzogen 'not educated' is not used so frequently, but ſḥleḥt erzogen is preferred. Cf. unḥöfliḥ (11, 20 and 66, 12).

14. anſtäntigen 'suitable', 'of proper demeanour', here 'gentlemanlike'. The adj. is derived from Anſtant, m. 90, 29 'proper demeanour' which again comes from the verb anſteḥen originally 'to stand close to a thing', hence 'to fit well', 'to suit'.

15. niḥt ſelten 'not unfrequently', i.e. very often. The negation of the contrary is often stronger than the simple assertion. Cf. unſanſt 79, 22.

16. leicht hingeworfene Äußerungen, lit. 'utterances lightly thrown out', 'casual remarks'. Äußerung, f. 'utterance', 'remark', is derived from the weak verb äußern 'to utter', and this again from außer, aus 'out'.

18. gesellschaftliche Erfahrung 'experience of society'.
Belesenheit, f. 'extensive reading', 'amount of reading', is derived from the past participle of the obsolete verb belesen 'to read through'. The p. participle belesen took the active sense of 'one who has gone through a vast amount of reading', like the Engl. 'well read', and is still much used in this sense.

19. denn doch...nicht 'after all...not', 'surely not'. doch in this as in many cases is an assertion with regard to a suppressed negative sentence, doch nicht to a positive sentence. In this case one might supply 'however discerning he was' or something similar, 'yet he would not...'. Cf. 19, 9 and note to 115, 12.

20. nicht gesucht hätte, the subj. of the preterite to denote the conditional 'would have looked for'.
überhaupt 'generally speaking', from the late M.H.G. 'über houbet'='over the head', i.e. 'taking a general survey', 'taking all in all'. In many compounds with über the stress is laid on the second part, e.g. überall, überdies, überhin, überaus, überein; with others the usage is not fixed: überhand in überhand nehmen is accented in either way. Similarly accented are many adverbs compounded with unter (unterdessen, unterwegs etc.), durch (durchaus 36, 26, durchweg), ohne (ohnedies, ohnehin etc.), zwischen (zwischendurch), vor (vordem), bei (beinahe) etc.

PAGE 2.

1. abbitten (jemandem eine Sache), lit. 'to beg off', i.e. 'to make excuses for'.

4. im Brandenburgischen is an idiomatic phrase instead of im Brandenburgischen Gebiete or Lande 'in (the country of) Brandenburg'. An inhabitant of the province of Brandenburg is called Brandenburger 9, 27. Brandenburg is a province of Prussia, the oldest part of the kingdom. Its capital is Berlin. Brandenburg is often called by its old name die Mark 7, 10 ('march', 'boundary'), because it is 'the Border' of the German land (comprising the Altmark, Mittelmark, Ukermark, Neumark which districts were for several centuries in the possession of Slavonic tribes), hence a Brandenburger is also called Märker 56, 21, Brandenburgisch is equivalent to Märkisch.

5. Bergstraße, f. see note to Darmstadt 1, 7.

7. gegen, lit. 'against', 'opposed to', hence 'in comparison with'.
Cf. gegenüber 22, 31 and vor 23, 10.

8. über 'with regard to', 'respecting'.

10. die Schwaben stands instead of the country Schwaben 'Swabia'.
die Schwaben, latinized 'Suevi', are a very old and famous German tribe.
The origin of the name is doubtful, it seems to be a nickname with the
meaning 'the sleepy folk'. The name of the country, Schwaben, has,
like many others (Preußen 16, 22, Sachsen 57, 2, Franken 17, 8, Baiern
12, 8, Hessen, Thüringen etc.), been developed from the dative-locative of
the name of the inhabitants. Schwaben would thus originally mean
'among the Swabians', 'in the (country of the) Swabians'. The adj.
derived from Schwaben is schwäbisch 38, 6 etc.

12. Karte, f. or Landkarte, f. 'map'; but cf. Kartenhaus, n. 106, 10.

13. geht...aus 'expires', 'comes to an end'. The more usual meaning of ausgehen is 'to go out', 'to take a walk'.

14. ungesittetes 'uncivilized', but unsittliches or sittenloses would mean
'corrupt', 'immoral'. A person is called gesittet 'well bred' if his behaviour is in conformity with the laws of good society (Sitte, f. 7, 8,
and the opposite is called Unsitte 7, 9). He is called sittlich if his actions
are directed by moral principles.

15. nicht einmal, not even.

Deutsch is originally an adj., M.H.G. 'diutsch' (M.H.G. iu (pronounce long ü)=N.H.G. eu), O.H.G. 'diutisk', and means 'pertaining
to the people', 'popular'. The O.H.G. noun 'diot' 'people' from which
'diutisk' was derived is no longer in use, but still survives in the
Christian name Dietrich, the name of the town Detmold etc. The term
'diutisk', 'popular' was first applied to the vernacular speech of the old
Germans as contrasted with the Latin, the language of the church and
of documents. The old spelling teutsch is less correct and should not be
imitated. It is curious that in English the term 'Dutch' is now applied
exclusively to the language of the Netherlanders.

16. leider 'alas'. This interjection is originally a comparative of
the adj. leid 'grievous', 'hateful' (etymologically corresponding to the
English 'loath'). The noun Leid, n. 'harm' is originally the neuter of
the adj. The latter entered at a very early date into the Romance
languages, e.g. into French as *laid* 'ugly'. The verb leiden (an einer
Sache) 'to suffer' (from...) is also connected with leid.

17. Anstrich, m. 'touch', lit. 'colouring' fr. anstreichen 'to paint',
'to colour'.

18. eingeschränkt, also beschränkt 'circumscribed', 'narrow'. The

word is really a past partic. of einſchränken 'to confine', a derivative of
Schranke, f. 'limit'. Cf. Schrank 111, 9.

elend 'miserable', 'wretched' stands for older 'el-lende', O.H.G.
'eli-lenti', originally 'living in another land', 'exiled'. From the notion
that he who had to live in a strange land in exile led a miserable life the
word came to mean 'wretched'. The original meaning of 'wretched'
is likewise 'exiled', 'outcast'. Cf. the adv. elendiglich 57, 18.

20. Reiſepfennig, m. is originally an 'alms given to a traveller',
'viaticum', here it means the parting gift to the young Brandenburger
from his Berlin friends. Pfennig, m. is the smallest German coin now
worth not quite half a farthing; etymologically it corresponds to
'penny'.

23. ſich belongs to geſtaltet (25). hatten ſich ſo ſonterbar geſtaltet 'had
taken such strange forms'.

24. Sandkunſtſtraßen, f. plur. 'sandy high-roads'.

ſchnapſenken 'dramdrinking' fr. ſchnapſen (Schnaps, m. 'a dram').

27. Scottiſcher Roman is 'a novel by Sir Walter Scott' (not 'a Scottish
novel' ein ſchottiſcher Roman). A more modern spelling would be Scott'ſcher
or Scottſcher Roman. Roman is a word introduced from the French with
the present meaning. It originally signified 'the language which had
sprung from the vulgar Latin', 'Romance', hence 'a tale told in this
vernacular speech', then, in a limited sense, 'a fictitious love tale in
prose'. The old French 'romans' were all of them written in verse.
At present Roman designates a novel of greater length and more com-
plicated plot than Novelle, f. It traces the development of the characters in most cases very minutely, and the narration goes on slowly in
the true epic style. Novelle originally means 'a short new tale', and is
of small compass. A Novelle of very small compass is called Novellette, f.

PAGE 3.

1. Welt, f. 'world'. The original r is lost in mod. Germ., M.H.G.
'werelt', 'werlt'. This word is again a compound of 'wer', 'man' (cf.
Lat. *vir*) and 'elt' which comes from a substantive derived from alt
'old'. So 'wer-elt' is originally 'age of man', hence 'age' and also
'humankind', 'world'. The vowel e in Welt is the original one, the
English o is due to the action of the preceding w; cf. also Werth,
'worth'; Werk, 'work'; Schwert, 'sword'. But in Werwolf 'wer-wolf',
'man-wolf' the original vowel is preserved in English as well.

voll Obſt und Wein applies to Berge. We have in this case the accusative after voll, which is only possible when the object has no qualifying adjective. Otherwise the genitive must be used, e.g. voll guten Obstes, voll süßen Weines. Instead of voll Obst und Wein one might also say voll von or voller O. u. W. Voller which in this and in many similar cases takes the place of voll von is really the inflected form of voll, the adjective being used predicatively. In M.H.G. voll took the same case and gender as the subst. to which it belonged, e.g. 'ein nest vollez vögellîn', 'a nest full of little birds' etc. In modern German the nom. sing. masc. voller is the only inflected case, whether it refers to a masc. subst. or not. Traces of this use of voller occur in M.H.G. Luther writes Ihre Häuser sind voller Tücke 'their houses are full of malice'. Apparently voller (and also older volles) was misunderstood, and either taken for a gen. case agreeing with the following noun, or considered to be a contraction of voll der, voll des. The subst. following voller is now usually uninflected, e.g. voller Muth, voller Glück.

5. da und dort, generally hier und dort 'here and there'.

7. da 'then' refers to als 'when' lines 1, 3, 5.

9. die Mark, scil. Brandenburg. Cf. 2, 4.

15. Landsleute is the plur. of Landsmann 'countryman'. But Landmann is a man who cultivates the land, 'peasant', plur. Landleute. Landjunker is a 'country-squire' 20, 28; 38, 6.

Einsicht, f. 'intelligence', etymologically 'insight'.

16. in etwas wenigstens entschädigt habe. Subjunctive because it is the opinion of the Brandenburger. in etwas wenigstens (stress on etwas) 'in some respects at least'. entschädigen 'to indemnify', 'to compensate', a compound of the prefix ent- meaning 'away' and schädigen 'to do harm', from Schade, m. 'harm'. So entschädigen really is 'to remove harm', 'to compensate'. Say: 'had at least given some compensation'. From entschädigen is derived the substantive Entschädigung, f. 'amends', 'compensation' 6, 23.

19. obgleich man seiner Sprache den südlichen Accent anhörte, lit. 'although one heard the southern accent in his speech', 'although his speech betrayed a southern accent'. Another anhören means 'to listen to', e.g. Hören Sie ihn doch an 'do listen to him'.

22. Neugierde, f. 'curiosity' or, now more usually, Neugier, f. Neugierde is a compound, but -gierde is never used alone, only in the common compound Begierde, f. 'ardent desire'. So Neugierde is really 'desire for something new'.

23. zuvorkommend 'anticipating another's wishes', hence 'obliging'. On sich benehmen cf. 1, 11.

28. So which is taken up by another fo—toch in the next line must be translated by 'although' to which 'yet' corresponds. Instead of the simple fo in the first instance we might have fo—auch. 'Notwithstanding the calmness and composure' etc.

im Jagdkleib 'in the hunting dress'. It should be observed that in this novel the ending -e of the dat. sing. of the masc. and neuter nouns is generally suppressed, as is actually the case in the Swabian pronunciation. But the orthography is in this respect not always quite uniform.

31. Nebenfiher, m. 'neighbour', lit. 'he who sat by his side' is an extremely rare word.

PAGE 4.

1. The verb preisgeben is a compound of geben 'give' and preis (from the French '*prise*') 'what has been taken', 'booty'. preisgeben originally means 'give up as booty', 'to give up entirely', 'to abandon'. Cf. 17, 20. Here it has the less usual meaning 'to give utterance to'.

4. es verneinte 'answered in the negative'. A weak verb derived from nein 'no'. In a similar way is formed bejahen 'to answer a question in the affirmative' 15, 4.

6. man macht fich...Begriffe 'people form...notions'. One says fich einen Begriff von einer Sache machen lit. 'to form (for oneself) a conception of a matter', and einen Begriff von einer Sache haben 'to have a notion of a thing'.

7. Norbbeutfchlanb, the stress falls on the first syllable. In the same way Sübbeutfchlaub line 23 should be pronounced.

11. nachtheilige 'unfavourable', from Nachtheil, m. 'disadvantage'; but 'favourable' is vortheilhafte.

13. Schwabenftreiche, m. pl. silly actions or tricks are so called in fun, the name implying that such actions are characteristic of the Swabians. Streich, m. 'stroke', 'blow' often means 'trick', e.g. ein lofer Streich 'a foolish trick'. There are a good many amusing stories circulating in Germany under the name of Schwabenftreiche, e.g. the ridiculous exploits of bie fieben Schwaben. Ludwig Uhland, the great Swabian scholar and poet, has given a different interpretation of the word Schwabenftreiche in a comic poem of his called Schwäbifche Kunde, told in the very simple style of the old rimed chronicles. Another saying about the Swabians is that they do not become wise before forty, hence er hat noch nicht bas Schwabenalter erreicht 'he is still under forty', 'he has not yet reached years of discretion'.

H.   9

15. aberwitzigen from aberwitzig 'absurd' is derived from Aberwitz, m. a compound of Witz, m. 'wit' and the prefix aber. This latter is the M.H.G. 'aber', 'abe' meaning 'off' (M.H.G. 'aberwitze', 'abewitze') which if it is prefixed to a word changes its sense to the opposite. Aberwitz would be 'the contrary to wit', hence 'absurdity'. In a similar way is formed Abgunst, f. 'malevolence', M.H.G. abegunst, for which we also use Mißgunst, f. Gunst is 'favour'. But in Aberglaube, m. 'superstition', which at the time of Luther entered from the Dutch into High German, the aber = 'over' and the word really means Überglaube, that is a false belief caused by excessive credulity.

16. Eifersucht, f. 'jealousy'. The current explanation of Eifersucht = E. ist eine Leidenschaft, die mit Eifer sucht was Leiden schafft is etymologically not correct. The second part of the compound Sucht, f. is not at all connected with suchen 'to seek'. Sucht (connected with siech 'sick' or 'sickly') originally signified 'sickness' hence Wassersucht, f. 'dropsy'; Schwindsucht, f. 'consumption'. Later on it took the meaning of 'unrestrained passion', again forming the second part of compounds, e.g. Sehnsucht, f. 'longing'; Eifersucht etc. krank 'ill', originally meaning 'weak', 'small' is now used in the place of siech.

Volksstämme, pl. m. '(various) tribes'.

17. Kleinstädterei, f. 'the paltry jealousies of the little towns'. The word is derived from Kleinstädter, m. 'inhabitant of a small town', 'a man whose views are rather narrow'. Cf. Spießbürger 64, 27.

lieben. The use of lieb before many substantives is peculiar to the German idiom and can in many cases not be translated at all. It is due to the intimate relation in which the old Germans placed themselves with the objects, living or inanimate, surrounding them, e.g. der liebe Gott; die liebe Gottesgabe (bread or any food); das liebe Vieh; das liebe Leben; die liebe Sonne. In exclamations Ach du liebe Zeit! Lieber Himmel, or in phrases as seine liebe Noth haben; den lieben langen Tag, etc. Compare the English 'for dear life'.

19. uns aufbürden, lit. 'lay as a burden on us', hence 'charge us with', 'attribute to us'.

25. Bitte! stands for (Ich) bitte (um Entschuldigung) '(I) beg (your pardon)' and is a polite way of contradicting another person. Another use of Bitte, lit. 'I ask you' corresponds to the English 'Please' in accepting an offer. It must be borne in mind that, in German, unlike English, an offer is always refused by Ich danke or simply Danke (in Engl. 'no, thank you'). The usual meaning of Bitte in conversation is 'please', e.g. Bitte, sagen Sie mir... 'Please, tell me...'.

26. ich sollte doch nicht benfen 'Surely I am not to suppose'. The original force of sollte in phrases like this (ich sollte meinen 'I should think', man sollte beinahe glauben 'one would almost believe' etc.) is one *ought* to think so or so having due regard to circumstances. In this case the original sense would be 'I ought not to think', 'you do not really want me to think' (that the North Germans are more to be blamed than the South Germans).

27. nach 'from'. Cf. 6, 3.

30. ihnen...anhängen 'adhere to them', 'they (would) have'. Instead of hängen 'hang' we should expect hangen of which the weak verb hängen is the causative, but the form hängen is now often used instead of the older and more correct hangen. Cf. note to Henkermahl 36, 5. In 96, 30 nachgehangen would be more correct than nachgehängt; wird aufgehängt 70, 19 is quite right.

in Nachtheil setzen 'place them at a disadvantage', 'prejudice them'.

31. Einmal 'in the first instance'. The second argument is mostly introduced by Sodann or Dann which is left out here in the place where one would expect to find it (5, 8). The second reason for the prejudice of the North Germans is clearly expressed in 6, 30—31.

PAGE 5.

2. allerliebst, adv. aller is an old gen. plur., lit. 'of all', now used to lay more stress on the superlative which it precedes; 'dearest of all', here 'charmingly'.

5. die Diphthongen, 'the diphthongs', or die Diphthönge; the genit. sing. is either Diphthongen or Diphthongs. The strong inflexion is however to be preferred.

Ihr and Euch (line 7) do not quite correspond to the ordinary form of addressing one's neighbour which is Sie 4, 8; 5, 9 etc.; Ihnen 4, 9; Ihrer 5, 21; Ihre 5, 12 etc.

10. Anstalten, f. pl. 'establishments',· 'institutions', stands here instead of the more special compound Unterrichtsanstalten, 'establishments for instruction', 'academies'.

12. legen ihren eigenen Maßstab an. Maßstab, m. is literally 'measuring-staff', here 'standard'. jemandem einen Maßstab anlegen, 'lay or apply a standard to someone'; here 'judge by their own standard'.

15. des Knaben, from der Knabe 'boy'. A secondary form of Knabe is Knappe, m. 'a candidate for knighthood', 'a squire'. Compare Rabe, m. 'raven' (the black bird) with Rappe, m. 'a black horse' 49, 19.

9—2

tes Jünglings from ter Jüngling 'youth', formed from the adj. jung 'young' with the derivative suffix -ing. The l is inorganic, as in Frühling, m. (89, 11) 'spring' derived from the adj. früh 'early'; Liebling, m. 'favourite'; Fremdling, m. 'stranger'; Lehrling, m. 'apprentice'; Neuling, m. 'unexperienced person'. Cf. the English 'darling', 'foundling', etc.

17. findet...statt 'takes place'. stattfinden M.H.G. 'state finden' properly means 'to find a good opportunity'. The old German word 'state' with the meaning of 'suitable place' or 'suitable moment' occurs also in statthaben 'to have a good opportunity', hence 'to happen', 'to take place'. The verb gestatten 'permit' originally means 'to give an opportunity'. Another common phrase in which 'state' appears is zu statten kommen 'to be of advantage' and von statten gehen 'to go off well' e.g. alles geht nach Wunsch von statten 'all goes off as well as one could wish'. From these words and phrases must be separated those which go back to a M.H.G. 'stat'=Engl. 'stead'. This is only preserved in the adv. anstatt 'instead (of)', 'in the place of', in compounds e.g. Bettstatt, f. 'bed-stead', and disguised in Statt, f. 'town' in which the old spelling has been unnecessarily changed. To Engl. 'stead' corresponds Stätte, f. being originally the plural of 'stat'. Cf. Schürze, f. 'apron' orig. the plural of the old Schurz, m. preserved in Schurzfell, n. 'leather apron'.

19. Nun 'Why!' or 'Well'. es refers to was ich sagte, and remains untranslated. ja 'indeed'.

20. gewinnt 'will gain' or rather 'can gain'. In many cases in German the present tense simply is used where it would be more correct to employ the future or a modal auxiliary.

23. Staates from Staat, m. 'state'. The word has nothing to do with those discussed under l. 17 (Statt, statt), but was imported from the Dutch 'staat' from the Latin *status*. The meaning of 'state'='community of citizens' developed itself under the influence of the French *estat*, now *état*, also derived from the Latin *status*. Bürger eines Staates, say simply 'citizen'.

24. einimpfen, lit. 'to inoculate', here metaphorically 'to inculcate'.

25. so auf dem Wege 'just on his way'. so is often used with a sort of appeal to the person addressed 'in that way which you know' and consequently restricts what follows to its ordinary every-day meaning. It can in this sense often be translated by 'quite' or 'just'. A famous poem of Goethe's begins Ich ging im Walde so für mich hin 'I walked in the wood just by myself'.

26. wohl 'I suppose'. Cf. 15, 2.

27. nur ſo mitnimmt 'does nothing but take it along with him'. ſo refers to ſo auf rem Wege (25).

verliert er 'he will lose', 'he is apt to lose'. Cf. note to gewinnt l. 20.

<h2 style="text-align:center">PAGE 6.</h2>

1. eigentlich, adv. 'properly', 'really'. eigentlich is an adj. and an adv., originally consisting of the present participle (the b changing into t) of the obsolete verb M.H.G. 'eigen' 'to own', 'to possess' and ·lich. M.II.G. eigent·lich really means 'appertaining', 'peculiar', hence 'proper'. Cf. notes to eigen 13, 8 and angelegentlich 11, 7.

7. hört toch '*does* hear'.

9. Gerüchte, n. pl. 'reports'. Gerücht originally means 'smell' (de·rived from riechen 'to smell'), hence 'odour of something', 'fame' or 'report'. In the same way is used Geruch, m. 'smell', 'odour' and 'report', cf. the phrase in gutem (or ſchlechtem) Geruche ſtehen, and the adj. anrüchig.

10. Frauen unb Mätchen 'wives and girls'. Frau 'married woman', M.H.G. 'vrouwe' 'lady', whether she be married or single, is the fem. of 'vrô' 'lord', a word which has gone out of use in Modern German (cf. note to Herr 14, 28) and which is only preserved in derivatives and compounds such as fröhnen 'to do compulsory service'; Frohndienſt, m. 'compulsory service' etc. From Frau, f. is derived the diminutive Fräulein, n. M.II.G. 'vröuwelîn' 'young lady', in Modern German a spinster. As a mode of address Fräulein (Frl.) means 'Miss'. Mätchen, n. which stands instead of Mägtchen, is a diminutive of Magt, f. It always means an unmarried person, a 'girl'. Magt, f. originally meant 'maid', 'virgin', but in this sense it is now obsolete, its usual meaning being 'maid-servant'. The form Maid is now used only poetically or in elevated prose. So for inst. 62, 31.

12. Damen, f. plur. of Dame, f. 'lady' from the French *dame*, from the Lat. *domina* (*dom'na*) 'mistress' meant originally exactly the same as the German Frau, but is now a little more formal.

18. fällt es...ſchwer 'it is...difficult'. Another idiomatic expression is es hält ſchwer. One also says es iſt ſchwer, or es iſt ſchwierig, but ſchwierig is only used with iſt, not with hält or fällt.

22. eher lit. 'sooner', often, as here, 'rather'.

25. ſchließen ſich an ten...an 'They attach themselves to him'. The final an (line 27) belongs to ſchließen ſich. Sich anſchließen is used either with the dative or with an and the accusative, 'to attach oneself'.

26. liebgewonnen scil. haben. The auxiliary is very frequently omitted in dependent clauses, 'have got to like'.

27. umso'nst mostly means 'for nothing', but also, as here, 'in vain', 'vainly'.

28. suchen. The sense requires the subjunctive and the present stands here again instead of the future, 'would seek'. Cf. 5, 20 gewinnt.

31. ei'nheimisch, or simply heimisch 'domestic'; einheimisch wurben 'have never learned to feel at home'. Cf. on heimlich etc. note to 80, 15. On ein = in cf. note to eingeflogen 1, 7.

PAGE 7.

3. lassen Sie sich...leiten 'allow yourself to be guided'. Lassen as an auxiliary can have three meanings: (1) 'to let', 'to allow', (2) 'to cause', 'to order', (3) 'to represent as doing'. In all three senses, the two former being most commonly met with, the verb is followed by an infinitive, which must be rendered in English either by an active or a passive infinitive. The latter is the case here. One often says Lassen Sie sich nicht stören 'Do not allow yourself to be disturbed' etc. But cf. 7, 28 ließ...erscheinen.

6. Völkchen, n. the diminutive of Volk, n. 'people' is here used to express affection, and cannot be imitated in English.

7. Saite, f. 'string' is to be distinguished from Seite, f. 'side'. The ai in Saite (cf. also 30, 27) was introduced instead of older ei, M.H.G. 'seite' when the M.H.G. 'site' Engl. 'side' had become in N.H.G. Seite (30, 30). It may be observed that, as a rule, M.H.G. î appears in Mod. Germ. as ei (û as au). There are other words of different meaning and etymology which are now only distinguished by the one being spelt with ai, the other with ei, e.g. Laib, m. 'loaf' (mostly in the phrase ein Laib Brot) and Leib, m. 'body', corresponding to Engl. 'life'; Waise, f. 'orphan' and Weise, f. 'melody', 'kind' and the adj. weise 'wise', etc.

sich...zu messen (mit jemandem) lit. 'to measure oneself (with one)', i.e. 'to try one's strength (against one)', here 'to compete (with)', 'to compare (with)'.

9. belächeln (eine Sache) 'to smile at' is a compound of lächeln 'to smile' which is a diminutive of lachen 'to laugh'. Diminutives or verbs expressing repetition are formed from verbs by inserting el and modify-

ing, if possible, the radical vowel, e.g. ſtreichen 'to strike', 'to smooth', ſtreicheln 'to caress'; huſten 'to cough', hüſteln 'to cough faintly' etc. From lachen is derived the adj. lächerlich 'laughable', 'ridiculous'.

15. machte ihn...auf...aufmerkſam (19), lit. 'made him attentive' i.e. 'called his attention to...'.

17. man...treffen ſoll 'one is said to meet with'. Cf. 72, 20 and often. ſollen has a twofold meaning in German, (1) 'to be obliged', (2) 'to be reported', 'to be said', e.g. Er ſoll fortgehen 'he shall leave', 'he is to go'. Er ſoll reich ſein 'he is said to be rich' (cf. 11, 30; 24, 20 etc.). But ſollen is in modern German *never* used to denote simply the future as 'shall' does in English. 'I shall come' is Ich werte kommen and in familiar German often simply Ich komme. In older German ſollen and wollen were not unfrequently employed to denote the future.

21. Dichter, m. plur. 'poets', from Dichter, m. The word is derived from the verb tichten, of which an older and more correct spelling is tichten, M.H.G. 'tihten', derived with the regular letter-changes fr. the Lat. *dictare* 'to dictate' (hence Mod. Germ. tictiren). The original Teutonic word for poet was O.H.G. 'scof', O.E. 'scop', derived from 'scapjan', Mod. Germ. ſchaffen 'to create', 'to produce'. 'Scof' is a word exactly corresponding to 'poet' (Mod. Germ. also Poet, pronounced Po-e't); the poet (ποιητής from ποιεῖν 'to make') is the 'creating artist'.

22. The Brandenburger seems to have forgotten that Schiller, Wieland, Uhland have not many equals in the North of Germany. In the older German literature Swabia and the South of Germany were the home of all German poets of renown, the North being utterly behind-hand in poetry and intellectual culture.

25. erhabnen lit. 'elevated', 'tall' (30, 11), hence 'lofty', 'majestic' or 'sublime' (21, 24). erhaben, now used as an adj., is the regular old past partic. of erheben 'to raise'. The past partic. of this verb is now erhoben with change of the original a into o; the preterite is erhob, subj. erhöbe, instead of the older erhub, subj. erhübe. Cf. enthoben 13, 18.

Ruinen von Heidelberg. This refers to the magnificent castle of Heidelberg, the finest ruin in the whole of Germany. The castle was partly blown up by the French in 1689, and, after it had been restored in some parts, was destroyed by a great fire in 1764. It is situated on the heights of the Geisberg, commanding a most beautiful view of Heidelberg and the Neckar valley, with the Rhine in the distance into which the Neckar flows at Mannheim, not far from Heidelberg. Heidelberg is also one of the most pleasant German university towns. There is another university at Tübingen higher up the Neckar which is also an old and famous seat of learning. Cf. 62, 7.

27. ſinkenten is a more poetical expression for the more usual unter-gehenden.

Herbſt, m. 'autumn' is etymologically the same word as 'harvest'.

28. höher, lit. 'higher', here 'deeper'. One says hochroth 'deep red', but tiefblau 'deep blue', tiefſchwarz 'deep black'.

ließ...erſcheinen (30) 'caused to appear', cf. note to 7, 3.

31. Fenſterbogen, m. pl. 'arches of the windows'. The general meaning of Bogen is 'bow', anything bent or curved. Bogenfenſter, n. (78, 8) is a 'bow-window'.

ſchwärzliche, lit. 'blackish', say 'dark'.

PAGE 8.

5. Neckars, the a is pronounced e in the name of this river by the South Germans. The South German pronunciation varies very con-siderably from the North German and even from the Middle German (Saxon etc.) and is in many cases very different from what the spelling would lead one to expect. The Swabian pronunciation of Stuttgart is for instance Schtuttert, Schwaben = Schwob'n (o as in hoarse), Tübingen = Tiebinge (ie to be pronounced separately) etc.

8. unverwantt, lit. 'without being turned away', 'fixedly'. The same 87, 1. There is another unverwantt meaning 'unrelated', 'un-connected'. verwantt is in each case originally the past partic. of the verb verwenten, from ver- and wenten 'to turn'. verwenten has a twofold meaning (1) 'to turn away', (2) 'to turn to', 'to employ'. verwantt in the first sense is 'turned away', hence unverwantt 'immovable', in the second sense it is 'turned to', 'employed', or 'belonging to', 'related'. Besides the form verwantt and the preterite verwantte there exist also verwentet and the pret. verwentete. Cf. note on gewantt 72, 26.

hingen ſeine Blicke, lit. 'his looks hung', 'his gaze was fixed'. Cf. 31, 19.

9. Schauſpiel, n. lit. 'spectacle', here 'scene'.

er mochte fühlen 'perhaps he felt', 'he very likely felt'. mögen with a dependent infinitive is often used to express a possibility or probability. Or again it means 'to like', cf. 74, 5 : e.g. Ich mag es nicht ſehen 'I do not like to see it', but never 'I may not see it' which would be Ich darf es nicht ſehen. Cf. 8, 29 nicht übereinſtimmen mochten; but cf. 70, 31.

10. es ſich...ſtreiten laſſe. laſſe, the subj. is used because it is his opinion. laſſen has here the meaning 'to allow' (cf. 7, 3). es läßt

ſich ſtreiten, lit. 'it admits of being disputed', 'a dispute is admissible'. Es läßt ſich nicht gut ſtreiten 'there cannot well be a dispute'. The German reflective must in many cases be rendered by the passive voice. Cf. 31, 23 and 87, 9.

12. auf dem Geſicht. The accus. auf das Geſicht would be equally possible, it would give greater stress to the idea of motion in the verb kehrte...zurück 'returned'. Auf 'dem' Geſicht lays more stress on Geſicht. This double use of auf with the same verb and different cases is frequently to be met with and has always the same difference of meaning e.g. Er ſchreibt auf dem Papier 'he writes on the paper' (and not on anything else, as parchment etc.), but Er ſchreibt auf das Papier 'he writes an entry of something on the paper'.

18. Politik, f. 'politics'. In this and many other foreign words in ·ik the stress falls on the last syllable e.g. Muſik, f.; Fabrik, f., Phyſik, f.; Domeſtiken 82, 19 etc. This is in imitation of the French accentuation. In other words the stress does not fall on the ending, the Teutonic principle of placing the stress on the root-syllable being applied to such words e.g. Epik, f.; Lyrik, f.; Didaktik, f.; Optik, f. This principle has been carried out in English much more strictly, cf. mu'sic, phy'sics, po'litics etc. But neither in German nor in English is there an invariable rule for the pronunciation of such foreign words. On the pronunciation of the words in ·ie cf. note to 9, 12.

21. gehe...werde...habe...ſei, the subj. after ſchien es (19). Cf. note to 18, 15.

24. Man ſprach 'they were talking' is not an unusual expression in German even when the speakers are perfectly well known.

Geſtalt, f. generally 'form', 'shape', here 'outward appearance', 'aspect'.

26. Jetzt und Sonſt, lit. 'now and at other (former) times', i.e. 'the present and the past'.

29. gab ihm...zu 'granted', 'conceded'. Cf. 26, 10. Another meaning of zugeben is 'to give in addition', 'to add'.

30. Sätze, m. pl. 'propositions'. Satz, m. a noun derived from · ſetzen 'to set', 'to put down' (the causative of ſitzen 'to sit') has many various meanings in German which can, however, all be easily developed from the original meaning of 'something put down' or, 'something put out or uttered'. It mostly means either 'deposit' or 'thesis', 'sentence', 'proposition'. In the following line it means 'sentence'. Cf. 103, 23.

fing er...an. Some spell fieng, just as there is the double spelling of ging and gieng, hing and hieng. The latter (ie) is historically the more correct spelling, but as the i in all these verbs is at present a short vowel, it is best to omit the e. Originally ie was a diphthong and was pronounced i·e e.g. fi·eng etc. In other verbs the old diphthong ie of the preterite has become a *long* i and is therefore still spelt ie e.g. hieß, lief, schlief, ließ, etc. All these verbs once belonged to the large class of reduplicated verbs which the Teutonic languages possessed as well as their sister-languages Greek and Latin. The reduplication was, however, given up at an early date, in most cases more than a thousand years ago.

31. Preuße, m. The name is probably of Slavonic origin, but its etymology has not yet been satisfactorily explained. The name of the country Preußen 'Prussia' is formed in the same way as Schwaben etc. Cf. note to 2, 10.

PAGE 9.

2. Rücksicht der Klugheit 'regard for prudence', the use of the genitive is a Latinism. Cf. note to 30, 20. One would expect Rücksicht auf Klugheit: 'to have regard for a thing' is auf eine Sache Rücksicht nehmen.

6. gemessen hätte 'did not measure', it really means 'would not be found to have measured' (i.e. if one were to examine the matter).

8. Köpenicker was a name given to Prussian state-prisoners who were kept at Köpenick near Berlin. The Prussian fortresses of Spandau, also not far from Berlin, and of Jülich are mentioned in line 11 along with Köpenick as places at which state-prisoners were kept.

9. Postillo'n, m. 'postillion'. The word is also spelt Postillion. The French accent has been preserved, but the French sound has not been imitated the n being distinctly pronounced; cf. note to 1, 3 Cabriolet.

10. Passagie'r, m. 'passenger', from the Dutch 'passagier', from the French *passagier*, now *passager*, from the Latin *passagiarius*, originally 'ferry-man'. The g is pronounced in the French way, ie as a long i, the r quite distinctly and the stress lies on the last syllable. Cf. note to Cabriolet, 1, 3 and to Offizier, 75, 5.

12. festen Plätze 'strong places' is equivalent to Festungen, f. plur. 'fortresses', cf. note on 17, 19.

Phantasie', f. 'imagination', corresponding to 'fancy' which is shortened from 'phantasy'. In the treatment of the foreign (French, Latin-Greek) words in ·ie there is again the above-noticed difference (cf. note to 8, 18) between Germ. and Engl. that the latter in all cases withdraws the stress from the ending and removes it to the supposed root-syllable.

NOTES. 139

In German the pronunciation varies. In many abstract nouns, names of sciences etc. the ending ie takes the accent, and is pronounced as long i, e.g. Apologie', f. 'apology' 78, 3; Copie', f. 'copy' 111, 23; Melodie', f. 'melody'; Ironie', f. 'irony' 10, 23; Partie', 'part', 'party'. On the other hand we find 'i-e pronounced separately in many Christian names, e.g. Emi'lie, Ama'lie, Euge'nie, but *not* in Marie' and Sophie'; also in names of animals, plants and trees, we find the pronunciation i-e, e.g. Amphi'bie, f. 'amphibious animal'; Li'lie, f. 'lily'; Fuchsie, f. 'fuchsia'; Petersi'lie, f. 'parsley'; Pi'nie, f. 'sweet pine tree'; and in many other words of foreign origin for which no definite rule can be given, e.g. Fami'lie, f. 'family' 85, 30; Mate'rie, f. 'matter', 'subject' 26, 5; Gra'zie, f. 'grace'; Stu'die, f. 'study'; Tragö'die, f. 'tragedy'; Li'nie, f. 'line' etc.

19. Türme, m. pl. of Turm, m. which is often spelt Thurm without a sufficient reason as the word is borrowed from the Latin *turris.* The m at the end of the word crept in after the Old High German period.

Heilbronn is a pretty Swabian town on the Neckar. The famous robber-knight Götz von Berlichingen (cf. note to 18, 25) was here kept a prisoner (Goethe has made a fine scene of it in his play 'Götz von Berlichingen'); a girl of Heilbronn, Käthchen, is the heroine of a play by Heinrich von Kleist. See note to 11, 15.

21. Ihnen danke ich es. When followed by the simple accusative, danken has the meaning of 'to owe', 'to have to thank for'. Instead of danken the compound verdanken is in this case mostly used.

24. wäre...vergangen, the subj. of the preterite instead of würde vergangen sein 'would have passed away'—a common construction. noch ein Tag 'one day more'.

26. Loos, n. 'lot'. Loos is one of those few words in which long o is spelt oo, the others are Boot, n. 'boat'; Moor, n. 'moor'; Moos, n. 'moss'. On Schoos cf. note to 22, 24 Schooshündchen. The adj. los 'loose' and as suffix -los 'less' e.g. in fruchtlos 'fruitless' is spelt with one o only although the o is long. Some spell Loos now simply Los. From Loos is derived loosen (or losen) 'to draw lots'.

vielleicht 'perhaps', with ie to be pronounced like short i and the stress laid on the second part of the compound.

PAGE 10.

1. Zimmernachbarn, m. pl. 'occupants of adjoining rooms'.
2. Jahre lang 'for years'. An accusative of time followed by lang

is often employed in German to denote a certain length of time: e.g. er blieb zehn Tage lang 'he remained for ten days'; einen ganzen Winter lang (34, 27) 'during the whole of a winter', eine Zeitlang 'for some time' 45, 3; sein Leben lang 'during the whole of his life'. Cf. halbe Tage lang 77, 20. The English *for* used with expressions of time can never be translated by für, but often by auf with the accusative e.g. 'He came for a couple of days' Er kam auf einige Tage, 'He went to Paris for two months' Er ging auf zwei Monate nach Paris.

unter sich 'among themselves', unter einander would be more correct. In many cases, however, sich may take the place of einander if no misunderstanding is possible. Cf. 36, 12; 88, 11.

9. länger 'a longish time', 'some time'. It is not so strong as the positive lange and means 'rather long (than short)'. This use of the comparative occurs not unfrequently in Latin. In German it was chiefly employed by Klopstock, the author of the great epic poem Der Messias.

Würtemberg is the present official name for the Swabian kingdom. The older spelling of Würtemberg is Wirtenberg. There was originally a castle not far from Stuttgart which gave the name to the country. In the same way the old kingdom of Hanover was called after its capital.

12. länger oder kürzer are here real comparatives and stand instead of längere oder kürzere Zeit 'a longer or a shorter time'.

14. ich wüßte 'I do not know'. The subj. of the pret. often stands to denote a modest statement, 'I should not know (if I were asked to say').

17. Denkungsart, f. 'way of thinking'; better Denkart, f. which is older and better formed. A noun Denkung, f. does not exist.

18. willkommen 'welcome' is in older German 'willekumen', 'wille-kommen', originally an adj. with the meaning 'come according to one's will and wish'. The 'wel' instead of the original 'wil' in modern English is due to Scandinavian influence.

20. kömmt es an auf... 'it depends on'. kömmt instead of kommt (and kömmst instead of kommst), although strongly advocated by Lessing, is less correct from a historical point of view and is now very rarely used. Cf. 11, 31; 16, 29, etc.; and 88, 7 note.

23. schwebte lit. 'hovered', here 'was halfway'.

26. innehielt pret. of innehalten 'to stop', lit. 'to hold (oneself) in', 'to check oneself'. inne is an adv. with the original meaning 'inwardly'. Another verb compounded with inne is inne werden 'to become aware of'.

28. ſchmetternd, the pres. partic. of ſchmettern 'braying', hence 'loud'. ſchmettern means either 'to dash', or it is said of the singing of some birds, chiefly the lark (Lerche, f.) 'to warble', or again, as here, it is said of the sound of a horn or a trumpet.

30. Antwort, f. is no proper compound of Wort, n. but represents the M.H.G. 'antwurt' and 'antwürte'.

ward, the more usual form is wurde (40, 15), derived from the plural wurten where the u is historically right. There existed in the older state of the German as well as of the English language a difference in the radical vowel of the sing. and plural of the preterite of most strong verbs. This old Teutonic distinction was subsequently given up, but cf. the Engl. 'was' and 'were'; and compare 'began' and 'begun'; 'drank' and 'drunk', etc. (also in German verſtand, but in the subj. verſtünde; verdarb, verdürbe etc.) in which the forms in a were originally peculiar to the sing., those in u to the plural.

PAGE 11.

1. zum Frühſtück 'to breakfast'. The use of the article in German is to be noticed in this case and in the case of the other meals.

4. erröthend 'with a blush' from erröthen (from roth 'red') 'to blush'. The simple röthen is 'to make red'.

6. verſtimmt is really 'out of (the proper) tone', hence either 'out of tune' (said of musical instruments) or, as here, 'ill humoured'—as if the inner harmony of the soul were disturbed by some dissonance. Cf. the same 72, 15 and ſtimmen 86, 5. Verſtimmung, f. 99, 30.

7. an'gelegentlich from the adj. an'gelegen which is really the past partic. of anliegen 'to lie close to one', 'to concern', hence angelegen 'of concern', 'of importance', 'urgent'. Angelegenheit, f. 'a concern', 'a matter of business'. The adv. angelegentlich is 'urgently' or, as here, 'earnestly'. The t is inorganic (angelegen-t-lich) and stands simply through false analogy or form-association with such words as eigentlich (6, 1), flehentlich, hoffentlich etc. in which t stands instead of older d, the flehend (d), eigend (d), hoffend (d) being really present participles. Cf. note to gefliſſentlich 40, 15.

10. eilends, the adverbial genitive of the pres. partic. of eilen 'to hurry', eilend. Cf. the same 80, 25. The adj. eilig would be more usual. The partic. eilend, which is the usual form in older German, would also be admissible.

Saal, m. means here a large public room. aa denotes that the a is

long. The spelling Sal, M.H.G. 'sal'(ă), would be historically correct.
The way in which long a is spelt in German is very inconsistent.
It is mostly spelt aẞ, occasionally aa, very often simply a. In many
cases the different orthography expresses a difference of meaning e.g.
waẞr, 'true', war 'was'; Saal, 'saloon', Saẞl in Saẞlbuẞ 'register
of landed property and its revenues' (= Gruntbuẞ), ·fal the suffix in
Trübfal 'grief' etc. This ·fal has nothing to do with Saal, but it is
itself a compound of two suffixes iẞ and al, for instance Trübfal is O.H.G.
truob-is-al, from 'truobi', 'gloomy' etc. Salo'n, m. was introduced
from the French, but at a very early date sale (mod. Fr. salle) was
borrowed from the O.H.G. and is no real French word.

15. Daẞ Käthẞen von Heilbronn, a Ritterfẞaufpiel, is one of the best
plays written (in 1810) by Heinrich von Kleist, a powerful North-
German poet who died in 1811. Käthchen, the heroine of the play,
loves the count Wetter vom Strahl and in the end her innocence
triumphs over the intrigues of a high-born rival who attempts to
ensnare him and to poison her. The style of the play is very peculiar.
It often reminds one of Shakespeare, and the sketch of Käthchen's
extraordinary and mysterious character is given with much feeling
and delicacy.

20. ẞinfprengte from fprengen 'to gallop'. (Cf. feẞen, 76, 27.)
fprengen is really the factitive of fpringen 'to jump'. Hence fprengen
'to cause to jump', either 'to blow up (by gunpowder)', or, as here,
'to make the horse jump', 'to gallop'. The compound zerfprengen
(39, 22) means 'to break', 'to burst'. Similar verbs are fiẞen—feẞen,
fingen 'to sing', fengen 'to singe' (lit. 'cause to sing'). Instead of e
often ä is written e.g. trinfen 'drink', tränfen 'to give to drink', 'to
water' etc. The factitive verbs are all of them weak and the root-
vowel of the simple verbs appears in them, if possible, modified.

föẞnten...auẞ from auẞ'föẞnen 'to reconcile'. The verb has of course
nothing to do with Soẞn, m. 'son', but is another form of the equally
common füẞnen 'to reconcile'. Instead of auẞföẞnen, verföẞnen is often
used, from which is derived Verföẞnung, f. 'reconciliation'. To füẞnen
belongs Süẞne, f. which has the same meaning. Cf. note to 31, 2.

26. Reffner, m. 'waiter' is derived from Lat. cellenarius, 'he who is
set over the cellar', and connected with Reffer, m. 'cellar'. In other
Germ. words borrowed from the Lat. the Lat. initial c appears in
Germ. as 3, e.g. census = 3inẞ, m. 'tax'.

27. tienen 'serve', here 'oblige'. Say 'I cannot tell you his name'.

1. jufrieten 'satisfied' is a modern German compound of the prepos. ju and the dat. plur. of Friebe, m. (*not* Frieben as it is occasionally written) 'peace'. In older German we find 'mit vride', 'vride' being the dat. sing. Instead of jufrieten mit one also says befrietigt von einer Sache, befrietigt being the past part. of befrietigen.

13. ju turchlau'fen lit. 'to run through', here 'to go through'. Cf. the French *parcourir*.

15. O'heim, m. (contracted into Ohm, Öhm) 'uncle'. The formation of the word is not quite clear, its original meaning seems to be 'head of a family'. In older German it occasionally meant 'nephew'. In the old '*Thierepos*' Reinke te Vos (Reynard the Fox) the weaker animals address the stronger as 'uncle' and are in turn called 'nephew', but occasionally vice versâ. Cf. the note on Vetter 60, 11. The word Oheim is on the whole and especially in the North of Germany only used in higher style, in ordinary conversation the word Onkel is used instead (from French *oncle*, Latin *avunculus*). In this tale we find Onkel used as well e. g. 15, 29.

16. ein vorgerückter Sechziger, 'far advanced towards seventy', 'nearly seventy'. Cf. ein guter Fünfziger 'well over fifty' 42, 12.

19. pflegten sich...nicht ju verbeffern lit. 'were not wont to improve', here 'would not be likely to improve'. pflegten is subj. as it is the Brandenburger's opinion.

21. Coufine, f. 'cousin'. Cf. note to Vafe 21, 16.

24. Verhältniß, n. 'intimacy'. The word implies a closer connection than Verkehr, m. 'intercourse'. In most cases it may be translated by 'relation'. Cf. also note to 68, 11.

31. könne sich...versehen haben lit. 'might have provided herself', i.e. 'might have become engaged'. Another common meaning of sich versehen is 'to make an oversight', 'to be mistaken'.

1. Refiden3 'capital', i.e. Stuttgart. The German word is Hauptstatt, f. 95, 9. On the accentuation of Refiben3 cf. note to Gabrielet, 1, 3.

3. The following lines are a not quite exact quotation from Schiller's ballad Ritter Toggenburg (1798). Knight Toggenburg loves a fair lady but his love is not returned by her. He leaves his home and his country and fights in the Holy Land. After the lapse of a year he can no longer

bear being absent from his lady. He returns from the Holy Land and is
thunderstruck to learn that she has taken the veil the day before his
arrival. The ballad has :

Und an ihres Schlosses Pforte
Klopft der Pilger an;
Ach, und mit dem Donnerworte
Wird sie aufgethan:
„Die Ihr suchet, trägt den Schleier,
Ist des Himmels Braut;
Gestern war des Tages Feier,
Der sie Gott getraut."

8. gehört ihnen...eigen 'is...their own'. Cf. the same 35, 20. gehört
ihnen would have been sufficient. The phrase zu eigen gehören is also
sometimes used. eigen is, like 'own', originally a past partic. and
belongs to the before-mentioned obsolete verb eigen 'to own'. Cf. eigentlich 6, 1 and note.

10. benützte, usually benutzte 'made use of'. In the simple verb the
form with ü is the more usual. In the adj. belonging to these verbs we
find both u and ü, e.g. nutz and nütze 'useful'. Cf. also unnütz and
nutzlos 'useless'; Nichtsnutz, m. 'a good for nothing fellow'.

11. er hergekommen war 'he had come hither'. In verbs and other
words compounded with her and hin, her always means 'to the place
where the speaker is', 'hither', and hin 'from the place where the
speaker is', 'hence'. Cf. 31, 29.

18. enthoben lit. 'lifted away from', hence 'relieved of'. On the
meaning of the prefix ent- cf. note to 55, 12.

20. wird belongs to man, line 17.

24. lief lit. 'ran', here 'led'.

25. wente and könne (26) subj. because it is a quotation.

27. Schloß, n. 'castle' (with short o). The noun is derived from the
verb schließen 'to shut', 'to close' and has various meanings: (1) 'castle',
'palace', also 'manor-house', and (2) 'lock'. To Schloß 'a lock' belongs Schlüssel 'a key'. schließen also means 'to conclude', 'to arrive at
a conclusion' (13, 30).

28. er war...gefahren 'he had been travelling'. Er hatte gefahren
would be 'he had been driving (himself)'.

31. müsse, the subj. after er...schloß (30).

2. weiter fahren is 'to continue its course'. Cf. note to weiter ritt 57, 23.

5. hie und da 'here and there' or 'now and then', 'occasionally' 21, 7. hie, which was very common in older German but is now rather obsolete, is a shortened form of hier. It is found as the first part of compounds in case the second part begins with a consonant, e.g. hiebei 'with this', hieher 'hither', hiemit 'herewith' etc. but hierin 'herein' etc. Cf. the similar da—dar (dabei—daran), wo—wor (wobei—woran) and note to 1, 9.

6. Waldkirschbäume, m. pl. or Waldkirschenbäume 'wild cherry-trees'.

10. verwünschen 'to execrate', lit. 'to wish away'. Another meaning of verwünschen is (19, 25) 'to wish someone away into some other form', 'to enchant', which is also called verzaubern or bezaubern, the contrary being entzaubern (19, 26) but not entwünschen, which does not exist.

16. schmälte er 'he blamed', from schmälen a factitive verb derived from the adj. schmal ('narrow') in its old sense of 'small', hence schmälen 'to make small', 'to blame', 'to scold'.

18. Er schlug den Weg...ein 'he took the path', 'he struck into the path'. einschlagen is a verb which can be applied in many senses, this being one of the most common. Without an object einschlagen means 'to clasp hands', 'to strike' (as lightning) etc.

20. Laub, n. 'foliage', etymologically the same word as Engl. 'leaf' which is in German Blatt, n.

28. städtisch gekleideter 'in a town-made dress', 'fashionably dressed'. The young lady is ländlich gekleidet 'in a country-dress'.

Herr, m. 'gentleman', often 'lord', 'master'. Herr stands in mod. Germ. instead of the old 'frô'. Cf. note to Frau 6, 10. The fem. Herrin is only a modern formation, in older German Frau was used. Herr (O.H.G. 'hêrro', 'herro') is really a comparative of O.H.G. 'hêr' 'noble' (mod. Germ. hehr), meaning 'the nobler man'. Similar formations are the Lat. *senior* becoming in French *seigneur*, Ital. *signore*, Span. *señor*, English 'Sir'. Another noun-comparative is Jünger, m. 'disciple', lit. 'younger one'. Cf. notes to Eltern 47, 2 and Fürst 25, 6.

2. wohl 'perhaps'. Cf. 5, 26.

5. indessen 'in the mean time', a lengthened form of indes which is still used as well. des is the gen. sing. of the demonstr. pron. das after

in which stands instead of older innan 'within', 'in the middle of', O.H.G. 'innan des', M.H.G. 'innen des', 'inne des', shortened 'indes'. Another meaning of inteß is 'however' (jeто́ф). intе́m means likewise 'in the mean time', where in is again for innan: tem, the dat. sing. of the demonstr. pron. таß stands instead of the old instrumental 'diu' which might be used after 'innan' as well as the genit.

6. Bitte instead of Jф bitte. The personal pronoun is as in English in colloquial phrases frequently omitted, e.g. Danfe 'thank you', Gratu. lire 'I congratulate you', Bift willfommen 'You are welcome' 20, 17 etc. Similarly other pronouns can be left out too, e.g. Freut mid 'it pleases me', 'I am pleased' instead of Eß freut mid.

18. Wangen, f. plur. 'cheeks'. Wangen is a somewhat more refined expression than Baden (m. and) f. plur. Of a boy one would say Er hat rothe Baden, of a young lady Sie hat blühente Wangen.

20. Auf tie Gefahr hin 'at the risk of'. Cf. 55, 23.

gelten lit. 'to have value', 'to be recognised as worth', hence 'to be taken for', 'to be considered as...' Another meaning of gelten, viz. 'to repay', 'to make up for', is mostly expressed by the compound vergelten.

26. Rantow, the w is not to be pronounced in this and other proper names in ow as Bülow, Birdow, Gutfow etc. Most of them are very likely of Slavonic origin.

28. tod 'after all' has a strong stress. endlid tod 'at last after all', the Thierberg family having almost given up all hope of seeing their Prussian relation in Swabia. Cf. note to 1, 19.

Wort gehalten 'kept your word'. Wort halten is a phrase and does not need the possessive pronoun, which is understood.

29. waß madt (instead of maden) 'how are'.

PAGE 16.

3. naiv is to be pronounced as a disyllable.

4. Stilß gen. of Stil, m. 'style'. The word occurs in a different sense in 45, 12. Occasionally it is written Styl as was the custom some time ago in Germany, just as we find in some Latin texts *stylus* for the more correct *stilus* from a supposed connection with the Greek στῦλος. Whether Stiel, m. 'handle', 'helve', 'stalk' (88, 28), M.H.G. 'stil' is of the same origin (Lat. *stilus*) is doubtful.

5. täudte eß ihm 'it seemed to him'. täudte and getäudt 64, 8 (older taudte and gedaudt corresponding to M.H.G. 'dûhte' and 'gedûht') are the regular preterite and past participle of the verb tünfen. From

täuchte a new present bäucht has been formed (as lobt from lobte), but its use should be avoided and the regular tünft be used exclusively in the present. On the other hand from the present bünft a new preterite tünfte has been formed the use of which should however be likewise avoided. Dünfen is construed with either the dat. or the accus. The latter is the more common of the two in older Germ. Hauff prefers the dat. cf. 1, 20. The spelling teuchte instead of täuchte is equally common. Cf. note to 21, 15.

6. als tie is a Latinism (*quam quos*), the relative tie is more usually omitted.

8. allmählich 'gradually'. This is the best spelling of the word as it stands for all(ge)mächlich from all gemach lit. 'quite leisurely'. The forms allmälich, allmälig which one occasionally finds are due to false analogy and confusion with Mal, n. Cf. note to 33, 15.

11. Zwar, M.H.G. 'ze wâre', lit. 'for truth', 'in truth'. wâre O.H.G. 'wâra', 'truth' is derived from the adj. wâr 'true'. This old noun 'wâre' appears also in fürwahr 'indeed' M.H.G. 'vür wâre', 'vür wâr'. zwar as a conjunction expresses, as here, a concession; it has in this case the same meaning as freilich which also serves to introduce concessive sentences. The old meaning of zwar 'in truth' is no longer found in Mod. Germ.

14. Rolle, f. lit. 'roll' from old French *rolle* (mod. Fr. *rôle*) from Low Lat. *rotulum* accus. of *rotulus* preserved in the phrase *custos rotulorum* 'keeper of the Rolls'. The word subsequently took the meaning of 'list' or 'register', 'paper on which the part an actor had to take in a play was written', hence 'part' or 'character'. Cf. 71, 23.

was...betrifft (or a'nbetrifft, a'nbelangt) 'as far as...is concerned'.

16. Thal auf und ab 'up and down the valley'. Cf. note to 48, 2.

17. dann 'then' is here 'after that'. Cf. line 22.

18. mir is the so-called ethical dative, 'for my taste'.

19. in einem halben Stündchen or in einer kleinen halben Stunde 'in a short half-hour'. If it were 'quite half an hour' or more one would say in einer guten halben Stunde.

22. dann 'some fine morning'.

hereinwehen muß 'is to blow in', 'comes to blow in'. Cp. the colloquial expression used with reference to a person coming to join others quite unexpectedly Er schneit hinein lit. 'he falls amidst them like snow'.

25. Im Ganzen genommen 'taken altogether', 'on the whole'.

27. in Tausend und eine Nacht 'in the Thousand and One Nights', the well known collection of Oriental fairy-tales, the Arabian Nights.

29. ter might have been left out, but it is common in the Sonth and in the middle of Germany. ter Bater 'father' or 'my father'. Even before proper and Christian names it is employed in some parts of Germany e.g. ter Ernſt, ter Moltke. In these cases the article has still preserved some of its demonstrative force, ter Ernſt being 'this certain Ernest whom we know' often corresponding exactly to 'our Ernest' etc. Cf. ter Better 'your cousin' 25, 23.

PAGE 17.

1. Waldeinſamkeit, f. 'solitude of the woods'. This compound was coined in the beginning of this century by L. Tieck, the head of the so-called 'Romantic school' of poets and novelists, in his novel Ter blonde Eckbert. He makes a little bird in the centre of a wood sing a song of which this word—afterwards a sort of watch-word of the Romanticists—is the refrain. In the song the word is accented Waldei'nſamkeit. According to the general rule of Teutonic languages that in a compound of two nouns the first noun should have the chief stress it ought to be Wa'ldeinſamkeit.

8. gewöhnt (an eine Sache) 'accustomed (to a thing)'. gewöhnt is really the past partic. of gewöhnen 'accustom'. 'To be accustomed' is gewohnt ſein (eine Sache). But although gewöhnt is passive in its signification ('habituated') and gewohnt intransitive ('accustomed') they are frequently confused and only differ with regard to the construction of the words depending on them. e.g. Er iſt gewohnt Berge zu ſteigen 'he is accustomed to climbing mountains' (='he is a good climber'). Er iſt gewöhnt Berge zu ſteigen 'he has been accustomed to climbing' in the past. Er iſt das Bergeſteigen gewohnt, Er iſt an Bergeſteigen gewöhnt. Hauff usually writes gewöhnt even in cases where it would seem more natural to employ gewohnt e.g. 58, 8; 61, 31.

11. herabſchauten, subj., lit. 'would look down', here '(do) look down'.

14. zu belongs properly speaking only to nöthigten; begünſtigen governs the accusative. begünſtigen 'to favour' is derived from günſtig 'favourable' from Gunſt, f. 'favour'. nöthigen 'to necessitate' from nöthig 'necessary' from Noth, f. 'necessity' (etymologically 'need').

18. Gebirgsausläufer, m. pl. 'mountain spurs'.

tes Süten is a less correct form instead of tes Sütens. (hatte) auch 'even if...(had)'.

19. Beſte, f., now generally spelt Feſte is a 'stronghold', 'fortress'.

It is the older expression and now less used (chiefly in poetry) than
Feſtung, f. 'fortress' 80, 31. A place which is strong by situation
only may be called Feſte but not Feſtung which always implies artificial
fortifications. The B in Beſte is due to the M.II.G. spelling; the word
is really the fem. of the adj. feſt 'firm' used as a noun. Cf. note to 9, 12.

   21. theuren 'dear' is here 'costly', 'valuable'.

   28. kein anterer...mehr als 'no longer any other...but'.

PAGE 18.

   4. Epheu, m. 'ivy' (ph is now to be pronounced f, but originally
p and h belonged to different words and consequently the pronunciation
was and is still in the South of Germany Ep-heu), is M.II.G. 'ephöu',
'ebehöu'. The etymology of the word has not yet been sufficiently
explained. The word Errich, m. (19, 2) which in modern German is
used frequently as an equivalent of Epheu is really the name of a culinary
herb similar to parsley and the name is derived from the Latin *apium*.

   ſproßten 'were sprouting' from ſproſſen which is derived from Sproß,
m. 'sprout', from the strong verb ſprießen (preterite ſproß with short o)
'to sprout', 'to shoot forth'. In most cases—here for instance—there
is no great difference between ſprießen and ſproſſen, but in some cases
ſprießen is only 'to shoot forth', ſproſſen 'to make sprouts'.

   6. Rebengeländer, n. 'vine trellis'. Cf. note to 86, 15.

   8. Zugbrücke, f. 'draw-bridge'. On Zugwind cf. 19, 16. The u in
Zug is to be pronounced long. The rule is that the radical vowel in
monosyllables, which is often short in M.H.G. is lengthened in Mod.
Germ., e.g. Bat, Tag, Lob, Zug, etc. In Hanover and some other
districts of Northern Germany such words are still commonly pronounced with a short vowel. The short radical vowel has been every·
where preserved in bin, an, in, von and a few other words.

   10. tauchte...hinab lit. 'dived...down', say 'penetrated'.

   13. Gebirge, n. pl. 'groups of mountains'. Collectives are formed
from nouns by adding the prefix Ge· and, where possible, modifying the root-vowel and changing e into i. Often the new noun simply
makes more intense the meaning of the old without giving a collective
sense to it. Examples are Waſſer—Gewäſſer 'a great water'; Wolke, f.—
Gewölk, n. 'masses of clouds'; Buſch—Gebüſch, n.; Strauch, m.—Geſträuch,
n. 'a mass of bushes', 'large bush' 7, 29; Mauer, f.—Gemäuer, n.
'wall', 'building' 17, 27; Berg, m.—Gebirge, n. 'range of mountains'.

   15. habe the subj. after es ſcheint, cf. note to 8, 21.

17. häßlich 'ugly', lit. 'hateful'.

20. Romantischeres. The word romantisch was introduced into German towards the middle of last century in imitation of the French *romantique*. This French adj. was derived from the noun *romant, roman* which—as we have seen (cf. note to 2, 27)—was a heroic tale in the vernacular tongue, mostly a story of adventure and chivalry. Hence romantisch came to mean, 'in the spirit of the medieval chivalry', 'extraordinary', 'phantastical'. From romantisch we must distinguish romanisch 'Romance' applied to the so-called Romance languages i.e. those which are descended from the vulgar Latin: French, Italian, Spanish, Portuguese etc.

22. Wappen, n. 'arms', in M.H.G. 'wâpen' and 'wâfen', the former not being the proper High German, but the Low German form introduced into the High German speech by the knights of the lower Rhine who at that time were considered to be the flower of chivalry. The N.H.G. Waffe, f. 'weapon' (Uhland often used the obsolete Waffen) is M.H.G. wâfen, n. and really the same word as Wappen. Compounds of Wappen are for instance Familienwappen, n. 40, 18, and Wappenschilt, n. 25, 31.

23. das Schloß von Bratwardine 'the castle of Bradwardine'. Allusion to Sir Walter Scott's 'Waverley', of which Rose, the daughter of Baron Bradwardine is the heroine.

25. ein Sickingen, ein Götz. Two famous knights of the early sixteenth century. Franz von Sickingen was a man of high aspirations, a gallant knight, and a great leader. He wished to give back to the German knighthood their former privileges, to limit the power of the princes of the empire and to reform the church according to Luther's ideas. Several bishops and princes joined forces and besieged him in one of his castles in the defence of which he received a mortal wound. He was one of the noblest men of his time; many popular songs expressed the grief which was felt everywhere at the news of his death. His friend and adviser was the knight, scholar and poet Ulrich von Hutten, also a great friend of Luther's. Götz is Götz von Berlichingen, a robber-knight whose autobiography gives a lively picture of the state of Germany in his day and of the part which he himself took in the struggles of the period. He was not so great a man as Sickingen or Hutten, but the iron-handed Götz has been immortalized by Goethe's play 'Götz von Berlichingen', written in Shaksperian style, and giving a lifelike representation of the brave old knight, the protector of the oppressed, the father of his servants and his peasants. It was translated

by Sir Walter Scott. Göz is a diminutive of Gottfried as Frit of Friedrich, Kunz of Kuno, Heinz of Heinrich etc.

28. spukt...in den...Mauern 'haunts the...walls'. spuken has a long u.

29. fata'len 'fatal'. The adj. mostly means 'disagreeable', 'odious', e.g. Das ist mir sehr fatal 'That is very disagreeable for me'.

30. Zinnen, f. pl. of Zinne, f. 'battlement' O.H.G. 'zinna' which seems to be connected with Zahn, m. 'tooth' M.H.G. 'zan' originally 'zand' for Lat. *dent-*, Greek ὀδόντ-. It should be carefully distinguished from Zinn, n. 'tin'.

1. winters 'in the winter'. The older spelling is Winters. But nouns used adverbially should be spelt with a small letter e.g. the expressions of time morgens (70, 20) or vormittags (35, 16) 'in the morning', mittags 'at noon', abends (85, 21) 'in the evening'; so winters 'in the winter'. However, if the definite article is prefixed the word is to be written as a noun des Morgens, des Winters although the meaning remains the same. Cf. note to 36, 27.

3. schon jetzt, that is, in full summer. A strong stress falls on jetzt.

4. kommt is the imperative of the second person pl.; kommt (Ihr) is used instead of kommen Sie because this would be too modern a way of addressing a 'Sir Knight'. In all other cases Anna calls her cousin Sie until it is settled that they, being near relations, should address each other by the more intimate Du (36, 12 ff.).

7. etwas 'to some degree', 'to a certain extent'.

10. müsse may here be translated 'could'.

11. Rudera 'ruins'. This Latin plural of *rudus*, n. means 'old fallen in walls', 'ruins of a building'. It is often used in German, like a German word, but never in the singular. A German word for Rudera would be Überreste, m. pl. or Trümmer, m. pl.

13. Risse, m. pl. 'gaps', 'rents', from Riß, m. which is derived from the strong verb reißen 'to tear' (etym. = 'to write' i.e. to scratch, cf. 29, 4). Die Ritze (or der Ritz) 'rift', 'rent' is derived from the weak verb ritzen 'to scratch'. Cf. 18, 4. In Risse the i should be pronounced very short and the ß very sharp otherwise it might be confused with Riese, m. 'giant'.

16. Wendeltreppe, f. 'winding staircase' is a compound of an old noun, which is now obsolete, Wendel, m. 'something turning or twisting round' from wenden 'to turn', and Treppe, f. 'staircase'. 'Wentletrap'

is the name given to a certain mollusk having a spiral shell (*Scalaria pretiosa*), from the above.

Zugwind, m. 'draught of air'. Cf. note to 18, 8.

18. Beifall, m. 'applause' belongs to gab (14). gab Beifall 'assented'.

20. Kläffen, also Klaffen, is said chiefly of dogs and foxes. It is a loud and repeated barking, 'yelping'. The ordinary phrase is ter Hund bellt 'the dog barks'; 'barking' is Gebell, n. or Bellen, n.

24. Hofgesinde, n. 'court-attendants', or simply 'attendants'. Gesinde, n. O.H.G. 'gisindi' 'attendants', 'retinue' is a collective noun from O.H.G. 'gisind', 'retainer', lit. 'one who accompanies a lord on a journey'. O.H.G. 'sind' is 'journey', 'inroad'. A diminutive of Gesinde used in a bad sense is Gesindel 'mob', 'vagabonds'. Cf. Verwandtschaftsgesindel, n. 73, 5. A similar formation is Gefährte, m. 'companion', i.e. 'a travelling-companion', from Fahrt, f. from fahren in the old meaning 'to travel'. Cf. English 'fare'. Geselle, m. also Gesell, 'companion', 'fellow', 'friend' is 'he who lives in the same hall' (from Saal, m. 'hall'). Genosse, m., older Genoß, 'companion', 'fellow', 'friend' is derived from the strong verb genießen 'to use', 'to enjoy', 'he who shares the enjoyments of another'. Compare the similar formations of *companion* fr. *panis* 'bread', comrade (French *camarade*, from Lat. *camera* 'chamber') and cf. note to Bursche 75, 12.

30. altfränkisch 'old-fashioned', originally 'coming from the ancient Franks'. In M.H.G. the word had already come to mean 'out of date'. The word occurs again in 30, 21.

31. Fensterwölbung lit. 'vault of a window', here 'recess of a window'.

PAGE 20.

1. vertieft 'deeply immersed', 'deeply engaged', 'absorbed'. Cf. 111, 7. A similar expression is versunken 45, 21.

19. Frau Schwester is a Germanism which cannot be rendered in English. But cf. the French *Monsieur votre fils* (Ihr Herr Sohn 62, 4); *Mademoiselle votre sœur* (Ihre Frl. Schwester). Cf. 24, 11.

25. verdrängen lit. 'press away', 'repress', hence 'get rid of', 'free himself from...'.

28. mit Laune 'with good temper'. The adj. launig is 'with good humour', but launisch 'humoursome', 'capricious'. In the latter sense the adj. launenhaft is used as well. Laune, M.H.G. 'lûne', comes originally from the Lat. *luna* 'moon'; in M.H.G. it means 'phases

of the moon', 'changeableness of fortune', 'instability of humour', 'whim'. Cf. in French *avoir des lunes*, and the Engl. 'lunacy' etc. The word is an illustration of the medieval belief in the influence of the moon on the disposition of the mind.

29. ſchlichtet from ſchlichten 'to adjust', 'to settle', lit. 'to make straight' from the adj. ſchlecht which was originally 'straight', 'straight-forward', 'simple', still used in this sense in the phrase ſchlecht und recht 'simple and just'. A bad sense came to be attached to it as to the English 'simple'. The original meaning of the adjective is preserved in the form ſchlicht, which etymologically corresponds to the Engl. 'slight'. Like ſchlichten from ſchlecht is formed richten (cf. note to 36, 6) 'to make right, to judge', from recht 'right'.

Kleppern from Klepper, m. (plur. die Klepper) are horses of an inferior kind, often ponies. There is a slight tone of contempt in the word Klepper; Pferd, n. is the ordinary term for a horse; Roß, n. (cf. 116, 6) is a fine horse, a 'steed', chiefly poetical. It is in O.H.G. 'hros' and corresponds etymologically exactly to the Engl. 'horse', the metathesis of r being quite a common occurrence in Old Teutonic.

31. über Durſt, generally über den Durſt i.e. more than is required to quench his thirst, hence 'too much'.

PAGE 21.

6. Leben und Treiben 'life and doings', a common phrase. Cf. 59, 8.

ins Gebet nahm 'examined'; often ins Gebet nehmen is used with a sense of blame 'to censure', 'to reprove one'. A similar phrase is aufs Korn nehmen 'to examine'. Cf. 72, 22.

9. Weſen, n. 'behaviour'. Weſen is really an old infin. meaning 'to be' used as a noun. das Weſen 'the being'. As an infinitive this form has entirely gone out of use but it was still quite common in M.H.G. It belongs to the same root from which the preterite and past partic. are formed, viz. war (older German was) and geweſen. The various parts of the verb 'to be' are made up from three different roots, which appear in the forms bin, war, ſind. Cf. note to 43, 21.

10. Er konnte ſich kein Herz faſſen 'He could not summon up courage'.

15. ſich...getäuſcht ſah 'found himself deceived'. Another, but less common spelling, is teuſchen. A similar case is the double spelling of leugnen 'to deny' and, less common, läugnen 56, 20. Cf. note to 16, 5.

16. Baſe, f. has a twofold meaning, viz. (1) female cousin (the male cousin is called Vetter, 15, 26), (2) aunt. The meaning 'aunt' is the older of the two, and the word was originally applied to 'the father's sister'. The 'sister of the mother' was called Muhme. But the words were very early confused, and Baſe and Muhme were used for 'aunt' in both senses as well as for 'female cousin' (cf. 16, 1). In Modern German the French words Tante (15, 29) and Couſine (12, 21) are very much used. From Baſe is derived Bäschen or Bäslein; from Muhme Mühmchen.

18. ungeſucht is that which is not sought for but which comes naturally, 'natural'. In other instances geſucht may be translated by 'far-fetched'.

was instead of welches or das is not unusual.

25. etwas Angeborenes 'something inborn', 'innate'. The German eingeboren, for older 'ingeboren' has the same meaning. The subst. ein Eingeborener means 'a native'. The opposite of angeboren is anerzogen 'inculcated by education'.

29. zog lit. 'drew', here 'gave a (comic) turn to'. The z at the beginning of words should be pronounced very carefully. It is a mixed sound answering to *ts* (not *ds* as one occasionally hears) and should not be pronounced like a soft *s* (as in English) e.g. zog and ſog 'sucked'; Zahl, f. 'number' and Saal, m. 'hall', must be carefully distinguished.

30. zarten from zart (with long a) 'tender', 'delicate', here 'refined'.

31. Berli'n, the first syllable must not be pronounced in the English way, but as in the prefixes ver-, zer-. The stress falls on -i'n. Cf. note on Fehrbellin, 47, 1.

nannte ſie 'she would call him'.

PAGE 22.

1. Herr von Rantow, the strictly ceremonious way of addressing him.

8. anſpruchloſeſten, superl. of anſpruchlos, generally anſpruchslos, from Anſpruch, m. 'pretension', from anſprechen 'to appeal to'. anſpruch(s)los 'unpretending', 'modest'. The opposite is anſpruch(s)voll 'pretentious'; or of persons: 'self-asserting'.

11. Symbol, n. with the y pronounced as short ü and the stress laid on the last syllable.

17. Jahrhu'nderts from Jahrhu'ndert, n. 'century'. Jahrze'hnt 'space of ten years', 'decennium', and Jahrtau'ſend, n. 'millennium' are accented in the same way and form exceptions to the ordinary Teutonic law of

NOTES. 155

accenting compounds. Cf. note to 17, 1. All other compounds the first
part of which is Jaʰr have the stress on this first part, e.g. Ja'ʰrmarkt,
m. 'fair'.

18. gewirkten Tape'ten, f. pl. 'tapestry-hangings', 'Arras-hangings'.
Cf. 34, 2. On wirken instead of würken cf. note to 32, 20.

19. waren, it would be more accurate to say gewesen waren 'had
been'.

20. ins Dunkelbraune spielte 'was turning to dark-brown' lit. 'played
into the dark-brown'.

24. Schooshündchen, n. pl. '(little) lap-dogs'. The spelling Schoos
or Schoos with double o is less correct than Schos. The oo indicates
the length of the vowel as the word must be carefully distinguished
from Schos, m. with short o, gen. Schosses, pl. Schosse, meaning
(1) 'shoot', 'sprig'; (2) 'scot', 'tax'. This latter meaning is now
obsolete. Finally the word Geschos, n. (ö) 'a shot', 'a missile'; also
'a storey', 'floor', must be mentioned. It is derived (with the prefix
Ge-) from the strong verb schiessen 'to shoot'. Cf. note to Loos 9, 26.

25. Ahnfrauen, f. pl. 'ancestresses'. Ahn, m. originally means
'grandfather', Ahne, f. 'grandmother' for which, however, Grossvater
and Grossmutter are now always used. The pl. Ahnen 'ancestors' 62, 14
is a somewhat more elevated expression than Vorfahren (25, 28) or
Voreltern.

über 'at', lit. 'over', the idea being 'bent over'.

26. gesessen sein. The formation of the preterite and the plupf.
with sein, ich bin gesessen, ich war gesessen is the older one and the only one
known in M.H.G. In modern German the construction with haben is
far more usual. But in the South of Germany the old construction is
still found. Note the similar case with stehen, 77, 20—21, ich bin gestanten
instead of the more usual ich habe gestanten. Cf. Goethe's 'Schweizerlied'
Uf'm Bergli bin i gesässe...Jn d Garte bin i gestante...

30. kam ihm...vor 'appeared to him'.

31. gegenü'ber 'contrasted with', 'compared with', cf. note on
gegen 2, 7. Similarly vor 'before' is used in the sense of 'contrasted
with', 23, 10.

PAGE 23.

2. erhaben über ten Wechsel ter Mode 'superior to changes of fashion'.
On erhaben cf. note to 7, 25. Wechsel, m. 'change' is also used for 'bill
of exchange'.

4. mancherlei 'of many a kind', 'many'. mancherlei is a compound of two genitives sing. of feminine gender, viz. mancher and lei (leie) M.H.G. 'maneger leie'. lei which only appears as the second part of many compounds the first part of which is either a numeral or a pronoun (e.g. dreier-lei 98, 31, hunderter-lei, der-lei [= der-gleichen], vieler-lei 50, 6, solcher-lei, aller-lei) is not of German but of Romance origin. It is the Old French and Provençal *ley*, Mod. French *loi*, meaning 'kind', 'manner' as in the phrase *a ley* 'according to'.

8. Armuth, f. 'poverty' is no compound of Muth, m. but derived from the adj. 'armuoti', 'muoti' meaning 'feeling', 'being'. This adj. was employed collectively as a noun in M.H.G. Of the real compounds of Muth some are fem. e.g. Wehmuth, f. 'melancholy' 31, 1; Anmuth, f. 'grace' 34, 10. Others are masc., e.g. Edelmuth 'generosity' 62, 28; Hochmuth 'pride' 63, 11.

13. Tracht, f. 'dress' from tragen 'to wear' as Schlacht, f. 'battle' from schlagen 'to strike', etymologically = 'to slay'.

16. Dies. The singular is used here because the various impressions which have been described are regarded collectively. In English we have to say 'these' or 'such'.

19. mit dem Schlage acht Uhr 'with the stroke of eight'. Uhr, f. is etymologically the Engl. 'hour', but 'hour' is in German Stunde, f. Uhr is 'watch' (74, 30) or 'clock'. In the phrase Was ist die Uhr? the word must be rendered by 'time', but Es ist zwei Uhr 'it is two (o'clock)'. Schlossuhr, f. (20) 'castle-clock'.

22. Kerl, m. 'fellow'. The word Kerl is not a very elegant one in Modern German and Goethe tried in vain to introduce it again into the literary language. The original meaning of Kerl is 'a vigorous man', 'an ordinary man', hence 'a man of low rank' (cf. Engl. 'churl'). Kerl is a middle and low German form instead of the M.H.G. 'karl' which has been preserved in the Christian name Karl. Karl was Latinized *Carolus*, hence 'Charles'. The German name should not be spelt Carl, but Caroline should have the initial C on account of its foreign origin. Kerl is used in contempt or anger 74, 26, or in the vulgar speech of an uneducated person, or again, as here, in a colloquial tone. Similarly ein guter Kerl, ein dummer Kerl, etc. The plural is Kerls (74, 26) but better Kerle.

28. zu 'in the direction of', 'to', is often placed after the noun governed by it. Cf. 30, 12.

PAGE 24.

3. übrigens. The force of the word here seems to be 'in addition to or beyond what had previously interested him'. It can hardly be satisfactorily rendered in English. Its original meaning is '(as) for the rest', that is, 'something remains which ought to be said', hence 'besides', 'moreover'.

5. Plafond, m. is to be pronounced entirely in the French way, the final b not being sounded, on pronounced as a nasal.

11. Hochselige 'deceased', 'late', is a compound of hoch and selig. selig 'blessed', 'blissful' (31, 18 and 118, 8) is the euphemism for 'deceased', 'late'. Cf. 74, 14. One says Mein seliger Großvater 'my deceased grandfather', instead of which in older and old-fashioned German the selig was placed without inflexion after the noun Mein Großvater selig (24, 22). Hochselig is applied to persons of rank, mostly to princely personages. Selig werden is 'to be saved' ('to attain to bliss'). Etymologically selig corresponds to the English 'silly'. The original meaning is 'lucky', hence 'blessed', 'innocent'. In English the word got a bad sense 'simple', 'foolish'. As for the expression ihre... Frau Großmutter cf. note to 20, 19 meine Frau Schwester.

13. Appartements, n. pl. with the French pronunciation instead of the German Gemächer, Zimmer. The German nobility of the eighteenth and of the early part of the present century were in the habit of using numerous French words and Appartements is no doubt said here in imitation of the expression used by Rantow's mother.

18. während der Tafel, also über Tafel, bei Tafel 'during dinner', 'during their meal'.

20. Vor Zeiten lit. 'before times', that is 'ages ago', 'long ago'. The noun Vorzeit, f. means 'olden time'. Cf. vor Jahren 'years ago'.

23. also is somewhat formal instead of so 'thus', 'as you see it now'.

26. war eine prächtige Dame 'was a grand lady'. prächtige stands for prachtliebende 'fond of grandeur'. This meaning of prächtig is the older one but has gone out of use; the adj. means now 'splendid', 'excellent'. In this latter meaning it is applied to persons as well as to things e.g. eine prächtige alte Dame 'an excellent old lady'; ein prächtiges Schloß 'a splendid castle'.

PAGE 25.

1. her 'ago'; her indicates the direction from that time to ours.

4. es ging...glänzend zu. es ging zu, lit. 'it went on', hence 'life went on'; glänzend 'brilliant'. Say 'there were glorious times', 'there were brilliant days'. A similar phrase is es ging hoch her.

5. befanten sich...nicht schlimmer 'were not worse off', 'were not less well entertained'. Another sense of sich befinten (cf. the French *se trouver*) is 'to feel' in such phrases as sich schlecht befinten 'to feel unwell', sich wohl befinten ' to be in good health'.

6. Fürsten, m. 'prince', from Fürst which is really a superlative (O.H.G. 'furisto') with the meaning 'foremost', etymologically corresponding to the Engl. 'first'. Compare the formation of Herr, note to 14, 28.

8. Ritterschaft, f. lit. 'knighthood', 'nobility'. The abstract stands here for the concrete, Ritterschaft for Ritter, m. pl. The word Ritter 'knight' is really the same as Reiter 'rider', in older M.H.G. both were 'ritâre', 'ritære', in later M.H.G. the î of the word meaning 'knight' was shortened. The tt in Ritter is the result of a confusion of this word with the O.H.G. 'ritto' which also meant 'rider'. All are derived from the strong verb O.H.G. rîtan, N.H.G. reiten 'to ride'.

10. Freiherr, m. 'baron', lit. 'free lord'. The h must be pronounced distinctly.

12. Kaiser is a very early loan-word in most Teutonic languages from the Latin *Caesar*. The name of the great Roman (Gaius Julius) Caesar was adopted by later Roman emperors and applied by the Germans to the head of the 'Holy Roman Empire'. The Slavonic 'Czar' or 'Tzar' has the same derivation, while the Romance nations stuck to the Latin *imperator* 'emperor'. In Old English the word 'câsere' corresponding to Kaiser was the only one in use, in the Anglo-Norman period it was replaced by the French *empercor*, M.E. 'emperour'.

18. angreift lit. 'seizes', 'attacks', hence 'upsets'.

24. Er ist geboren 'he was born'.

26. aufgewachsen, scil. er ist (24) 'has grown up', 'grew up'. The perfect is frequently used in German for the simple preterite. On the other hand, in line 27, the imperfect war is used where we should use the perfect.

27. schon must be joined closely with längst; längst schon lit. 'already a long time ago'. In English the schon would be best untranslated.

anders lit. 'differently', here 'quite different'. One might say as well eine andere. anders is an adverbial genit. of ander.

28. nicht so recht denken 'cannot form an exact notion'. so which

NOTES.

cannot well be translated stands elliptically, (fo...wie es sein sollte or something of the sort).

31. Wappenschilte, n. pl. 'coats of arms', 'armorial bearings'. The correct plural would be Wappenschilder, as Schilde is the plural of Schild, m. 'shield'. Schiller, the great Swabian poet, writes correctly in his Lied von der Glocke

　　　　　Auch des Wappens nette Schilder
　　　　　Loben den erfahrnen Bilder.

For another meaning of Schild, m. cf. 57, 16. On Wappen, n. cf. note to 18, 22.

PAGE 26.

6. noch ehe 'even before'.

11. Seelenzahl, f. lit. 'number of souls', that is 'number of inhabitants', 'population'.

13. innere Tugend 'intrinsic virtues'. Tugend, f. is derived from taugen, M.H.G. 'tugen' 'to be of value', hence its original meaning is 'excellence' and it could be used of inanimate things. Now the term is entirely restricted to moral excellence, hence 'virtue'.

16. Genius, m. 'genius'. 'A genius' is mostly called ein Genie' (105, 6) the g at the beginning of the word being pronounced as in the French *génie* whence it is taken. The plur. is Genie's 'men of genius', while Genien (the g pronounced hard, as in geniessen) is the plur. of Ge'nius and means 'genii'. Cf. das Genie des...Feldherrn 105, 12.

19. auch remains untranslated. Its meaning 'too', 'on the other hand' corresponds to the 'on the one hand' contained in weil (17) 'because'.

24. Nachbars is the strong gen. sing. of Nachbar, m. 'neighbour'. Another gen. Nachbarn (the weak genit.) is equally correct. The pl. has only the weak inflexion Nachbarn. Nachbar is a compound of nach (= nahe) and Bar, which is a weakened form of Bauer, m. hence 'one who lives near another man'. Bauer, m. means now 'peasant' and, in chess, 'pawn'. Another Bauer, n. has in Mod. German only the meaning 'cage', but signified in Old German a 'room', even a 'house', and etymologically corresponds to the English 'bower'.

31. Epaminondas, the greatest leader and statesman of the Thebans, helped to free his country from the tyranny of the Spartans. He defeated their armies in two great battles, that of Leuktra (371 B.C.) where he introduced the famous oblique battle-array, and at Mantinea

(362 B.C.) where he was killed. Under the name of Leuktra old
Thierberg alludes to the battle of Jena (1806) in which the Prussian
army was completely defeated by Napoleon I. Rantow sees the irony
of this comparison at once (line 4). A brook near Jena is called Leutra.

PAGE 27.

3. Jena is the university town of the Grand-Duchy of Saxe-
Weimar. It is beautifully situated on the river Saale, not far from
Weimar. Goethe in his house at Weimar heard the cannonade of
the battle of Jena.

8. So 'indeed', 'really'.

Das feib Jhr gewesen (with a stress on Jhr). Note the difference of
the German and English idioms. Germ. Jhr waret es. Engl. 'It
was you'. Cf. line 23 ich bin es = 'it is I'.

16. auf der Schule 'at school'. The preposition means in this case
as in many others 'up at' e.g. auf der Hochschule 'at the University'; auf
dem Schlosse 'in (or at) the castle'; auf meinem Zimmer 'in my room'.

17. es hat mich...geärgert 'I have...been vexed'. Less correct Ich habe
mich geärgert. ärgern 'to vex' is derived from ärger the comparative of
arg 'bad', originally 'cowardly' or 'avaricious'. So ärgern properly
signifies 'to make worse', hence 'to put out of temper', 'to vex'. The
noun Ärger, m. is 'anger'. Comp. böse 'wicked' used colloquially in
the sense of 'bad-tempered', 'angry'.

dabei lit. 'at that', hence 'present'.

23. einer 'anyone'; es 'he'.

26. das mit Deinen Landsleuten 'the matter (or here: the truth)
concerning (in connection with) your country-men'.

29. Stöße, m. pl. 'attacks', lit. 'thrusts'.

PAGE 28.

4. vollauf 'in abundance'.

5. ein paar must be distinguished from ein Paar, the former meaning
'two or three', 'a few', 'a couple of...', the latter 'two which form a
pair' e.g. ein Paar Hunde 'a couple of dogs', ein Paar Stiefel 'a pair of
boots', ein Brüderpaar 'two brothers'; but ein paar Jahre (88, 7) 'a few
years', ein paar Worte 'a word or two'. Cf. 91, 20.

6. Kreistruppen, f. pl. 'troops of our district' (Kreis, lit. 'circle').
At another place they are (more generally) called Reichstruppen 'troops
of the empire', 37, 19.

18. Freund, m. 'friend' is really an old pres. partic. meaning 'the loving one'. Similarly Feind, m. 'foe' (etymologically = 'fiend') is really 'the hating one'. The word Heiland, m. 'Saviour' is also an old present participle, lit. 'the saving one'.

20. gesinnt sein means 'to have a certain opinion', but gesonnen sein 'to have made up one's mind'. One might say Anna war napoleonisch gesinnt, sie war jedoch gesonnen Rantows Gefühl nicht zu verletzen.

21. tarum...weil '(on that account)...because'. Darum may be left untranslated.

22. geratehi'n 'right out'; gerateweg' or gerateju' might have been used as well.

PAGE 29.

4. entriß lit. 'tore away', hence 'deprived me of'. The original force of the prefix ent. is 'away', cf. note to 55, 12. reißen corresponds etymologically to the Engl. 'write'—the oldest way of writing which our ancestors knew was the 'scratching' of runic signs on wood, stone or metal. Cf. note to Riße 19, 13.

9. Es ist wahr instead of which zwar would be likewise possible. Cf. note to 16, 11.

11. Vieh, n. 'cattle', etymologically the same word as 'fee'.

nach tem Schuh 'by the foot'. Schuh, m. 'shoe' as a measure means 'foot'.

12. Steuer, f. 'tax', but das Steuer 'helm'.

15. erleben 'live to see'.

19. wahrha'ftig 'indeed', 'truly' with change of accent from wa'hrhaft 'true'. The German principle of accentuation, viz. the laying of the stress on the root-syllable as on the most important syllable of the word, is in this case not followed. Another instance is lebe'ntig (88, 21) 'alive' instead of the older le'bentig from Leben, n. Instead of wahrha'ftig, wa'hrlich might have been used.

22. losgesagt. Sich lossagen lit. 'to say or declare oneself loose (= free)', 'to loosen oneself', 'to renounce'. The verbal prefix los. corresponds etymologically to the Engl. 'loose' e.g. loslassen 'to let loose', losfahren 'break forth', losfeuern 'fire off' etc.

Reich, the German empire at that time under the Austrian emperors of the house of Habsburg. In 1803 the old German empire was practically abolished and it came to an end in name also upon the abdication of the emperor Francis II., on Aug. 6, 1806. The new German empire (not including Austria) was established in the midst of the last Franco-German war, the 18th of January, 1871, under the Prussian kings of the house of Hohenzollern. Cf. Reichsarmee 75, 21; Reichstruppen 37, 19; Reichsritterschaft, f. 39, 4; Reichsadel, m. 75, 29.

23. thatet Euch viel darauf zu gut 'were very proud of it'. Sich etwas auf eine Sache zu gut (or gute) thun is really 'to ascribe something to oneself (to one's credit) as good with regard to a thing', hence 'to take credit for a thing', 'to be proud of a thing'.

25. Schaft für Schaft 'shaft by shaft', 'one shaft after another'. Cf. Regiment für Regiment 'one regiment after another' 77, 21. He is referring to the old story of a father who on his death-bed showed his sons how easy it was to break one by one the arrows which none of them could break so long as they were fastened together.

29. Zwietracht, f. 'discord', 'dissension'. zwie- (historically correct zwi-) is found as the first part of many compounds. It means 'two', and often corresponds to the prefix 'dis', e.g. zwiefältig 'twofold', Zwiespalt, m. 'discord'. In several cases there exist compounds with zwei as well, e.g. zwiefach and zweifach 'twofold'. Germ. zwie- corresponds to Engl. '*twi-*' in Zwielicht, n. 'twilight'. -tracht comes from tragen 'to carry'. The same suffix is found in Eintracht, f. 'harmony'. Cf. another Tracht 23, 13.

PAGE 30.

1. wollte...einfallen 'had a mind to interrupt', hence 'was about to interrupt'.

7. stoße Dich nicht daran 'do not be offended', 'do not be annoyed'. anstoßen is 'to stumble against a thing'.

17. Aufschläge, m. pl. 'cuffs', lit. 'turnings-up'.

18. Er war anzusehen wie 'he looked like', lit. 'to look at, he was'.

19. Pilgrim, m. The ordinary meaning of Pilgrim (or Pilger) is (as the Engl. 'pilgrim') 'one who travels to visit a distant sacred place'. The form Pilgrim is the older one; the O.H.G. 'piligrîm' was formed from the Latin *peregrinus* originally meaning 'a foreigner'. It is easy to understand how in medieval Italy, and especially in Rome itself, a word which originally meant 'foreigner' came to have the later signification of 'pilgrim'.

20. Contrast des Mannes is a Latinism instead of Contrast, welchen der Mann darbet 'contrast presented by the man'. Cf. note to 9, 2. The German word for Contrast, m. is Gegensatz, m. (zu jemandem). There exists at present in Germany a strong tendency to get rid of the really unnecessary foreign words for which there are good German expressions.

PAGE 31.

2. verſöhnen lit. 'to reconcile', here 'to appease'. In the simple verb ü is more common ſühnen 'to expiate', 'to reconcile'. The nouns derived from these verbs are Verſöhnung, f. and Sühne, f. both meaning 'atonement'. Cf. note to 11, 20.

7. Mondlicht, n. cf. 80, 6. Uhland has Montenlicht with the old weak genit. of Mond found in the word Montenſchein. The actual genit. is Mondes. Just so we have still Sonnenlicht, n. and Sonnenſchein though the genitive of Sonne is now always der Sonne. Among the various ways of compounding nouns two large classes are chiefly noticeable, viz. the so-called 'real compounds' and those which are not properly speaking compounds but words now simply written together. Mondlicht is a real compound, the words Mond, m. and Licht, n. being joined into one word without any alteration of the first part. If there is an alteration it is always in the first part of the compound by which the second part is more accurately defined, and as a rule restricted, e.g. das Mondlicht the light, namely that of the moon (and *no other* light). But Sonnenlicht is no real compound, Sonnen being not the nominative but the genitive depending on Licht. For instance Landſtraße 7, 24; Herbſtſonne 7, 27; Vaterland 10, 7; etc. are real compounds, but Wirtshaus 11, 7; Geſichtsfarbe 48, 29; etc. are only apparent compounds. The final d in Mond is not original cf. M.H.G. 'mâne', Engl. 'moon' and in German the derivatives Montag 'Monday' and Monat, m. 'month'. d is added to several N.H.G. words without any apparent reason, e.g. jemand from 'ie-man' 'ever a man' 'anyone'; niemand 'n-ie-man', 'never a man', 'no one' etc.

9. ſchimmerten...zurück (11) 'reflected', lit. 'glittered...back'.

11. falbe or fahle 'fallow', 'pale'.

23. wölbt ſich...darüber hin 'is vaulted over'. The reflective must here again be rendered by the passive. Cf. note to 8, 10.

29. her und hin (generally hin und her) is to be turned in English 'to and fro'. Cf. note to 13, 11.

PAGE 32.

5. verſtünde 'understood'. This is the old subj. of the preterite instead of which verſtände is now generally used. But the old pret. of ſtehen was ſtund (cf. Engl. 'stood') and not ſtand, as is now found (cf. 34, 10) from form-association with band, fand, wand, ſchwand. This form-association (sometimes called "false analogy") was the more easy

as ſtehen and its compounds were quite isolated with regard to the formation of their tenses. Even band, fand etc. had originally in the plural bunden, funden, forms etymologically corresponding to the English 'bound', 'found' etc. Later on the original a of the sing. of the preterite entered in German into the plural (ich band—wir banden), in English it was replaced by the *u* of the plural ('I bound'—'we bound'). On the old difference of the radical vowel in the pret. of strong verbs cf. note to ward, wurde 10, 30. The same change of a and u we find in another compound of ſtehen, viz. aufſtehen. It appears that in the indicative of the preterite Hauff prefers a (aufſtanden 56, 30), but in the subjunctive keeps the old ü (aufſtünden 56, 26).

12. Wechſelwirkung, f. 'reciprocal effect'. in W. ſtehen 'to answer to one another'.

20. gleichgültig 'with indifference'. Another spelling is gleichgiltig which is historically more correct but less usual. The same is the case with Hülfe 'help' for which one occasionally finds Hilfe. In the same way we have würdig 'worthy' instead of wirdig, fünf instead of finf, and Würtemberg (cf. note to 10, 9) instead of Wirtemberg. On the other hand wirken 'to work' (22, 18) is used instead of the more correct würken, and Kiſſen, n. 'cushion' instead of Küſſen. In the dialects this interchange of i and ü is still more frequent.

22. Argwohns from Argwohn, m. 'suspicion' a compound of arg 'bad' (cf. note to ärgern 27, 17) and Wahn, m. 'belief', 'expectation' which has in this case changed into Wohn. The change from older a into modern o is not without analogies, cf. Mond 31, 7. M.H.G. 'âne', N.H.G. ohne.

27. abſichtlos, mostly abſichtslos 'unintentionally', 'without design'. Cf. anſpruchlos 22, 8.

PAGE 33.

3. man ſagt ja 'you know they say'.

6. Diener, m. 'man-servant'. Another word for man-servant is der Bediente (but ein Bedienter, plur. die Bedienten, 34, 5) which is really the past partic. of the verb bedienen 'to serve'. Hence der Bediente would really be 'the person served' but by a curious change of meaning the past partic. received the active meaning of 'serving', 'servant'. The fem. of Diener is Dienerin 'maid-servant', the fem. of Bedienter would be Bediente but is not in use. The compound Lohndiener, m. (Lohn, m. 'reward') means 'a man-servant hired for the occasion'.

15. Gemach, n., means originally 'rest', 'comfort', hence 'a place

in which one can enjoy rest', 'a room'. The old meaning is still preserved in the adj. gemach 'comfortable' and the derivative gemächlich 'comfortably', 'easily'. On allmählich from all gemächlich cf. note to 16, 8. The pl. of Gemach occurs in 34, 7. The opposite of Gemach is Ungemach 89, 7.

16. Gardinenbette, n. 'curtained bed'. Bette is the older form of which the more usual form Bett is only an abbreviation.

28. Auf sein Befragen 'in reply to his question'.

7. ei'nigermaßen 'to some extent', 'tolerably'. Often a second strong stress is laid on maßen. This is the weak dat. sing. of (einige) Maße, lit. 'proper measure', 'way', 'kind'. Hence were formed the phrases der maßen 'in such a way', folgender maßen 'in the following way', solcher maßen 'in such a way', gewisser maßen 'in a certain way', and einiger maßen 'to some extent'. Since the 16th century such adverbial phrases are mostly written in one word.

8. werden is subj. which cannot be seen from the form of the verb, hence one generally employs würden the subj. of the preterite.

9. dergleichen 'similar purposes'. dergleichen is really a genit. plur. of der and gleich, used as an indeclinable adj. The genit. sing. desgleichen is also used adverbially, but always signifies 'in like manner', hence often 'the same', e.g. Gehet hin und thuet desgleichen 'go and do the same'.

16. konnte nicht umhin lit. 'could not (get) around', 'could not avoid', hence 'could not help'.

20. sich dachte 'thought', sich is the ethical dative.

22. Morgensonne, f. 'morning-sun' is a real compound, so is Abendsonne, Wintersonne, f. etc. But Mittagssonne 45, 11; Frühlingssonne, Tageslicht, n. are no real compounds (uneigentliche Composita), cf. note to 31, 7.

25. ausgesetzt 'exposed'. The past participle is often used in exclamations. Say 'To think of so delicate a creature exposed'. Cf. the beginning of a well-known student's song (by Justinus Kerner) Wohlauf! noch getrunken den funkelnden Wein! Cf. note to Platz genommen 100, 10.

30. ehrwürdige 'venerable' (cf. 22, 29), a compound of Ehre, f. 'honour' and würdig 'worthy (of)'. On würdig cf. note to 32, 20. The compounds of Ehre are formed in various ways; either the composition is, as here, the ordinary one as Ehrgeiz, m. Ehrsucht, f. 'ambition', ehrlos 'devoid of honour', etc.; or the first part is the genit. pl. of Ehre e.g. Ehrenwort 'word of honour' (91, 3), ehrenwerth 'honourable'.

11. Knechte from Knecht, m. 'man-servant', 'servant', etymol. = 'knight'. The word means originally 'youth', then in English it took the meaning of a 'man skilled in fighting', 'knight'.

12. Wonne, f. 'delight'. This word does not seem to be identical with Wonne, f. meaning 'meadow', 'pasture-land' which survives in the old alliterative phrase Wonne und Weite and in the compound Wonne‑monat, m. This term is applied to the month of May, originally because it was the month of good pasture, now, by a confusion with the former Wonne the term is commonly regarded as meaning 'month of delight'.

16. rechnen 'go over accounts'. Hence Rechnung, f. 'account', 'bill'. A master who teaches arithmetic is called in German Rechen‑lehrer (not Rechnenlehrer) and all other compounds have Rechen as their first part. This is easily accounted for. The real verbal compounds are formed with the simple stem of the verb. rechnen is a contraction of older rechenen, hence the stem is rechen‑. Similarly zeichnen 'to draw', but Zeichenlehrer, m.; Schreibheft, m.; Fechtstunde, f.

17. Spaziergang, m. 'walk', from spazieren gehn or simply spazieren 'to walk'. The word was adopted in the M.H.G. period from the Italian *spaziare* (Lat. *spatiari*) 'to walk about for one's pleasure', derived from the Lat. *spatium* 'space'. It is commonly used in combination with an infinitive describing the mode of locomotion; spazieren fahren 'to go out driving', spazieren reiten 'to go out for a ride'. Hence Spazierfahrt, f.; Spazierritt, m.

27. Wortgedächtniß, n. 'memory for words', say 'accurate memory'.

vor welchem jenem graute 'at (the thought of) which the other shuddered'. The verb grauen M.H.G. 'grûwen' should not be confused with another grauen M.H.G. 'grâwen' 'to turn gray'. To the former verb belong the adj. graulich, usually gräulich or greulich 'horror-inspiring', 'abominable'. In order to avoid the confusion of these words with gräulich (also graulich) 'grayish' derived from grau 'gray' the Modern German orthography spells the former word with eu: greulich, and in the same way the noun Greuel, m. 'horror'. Notice the impersonal use of the verb without es.

28. Wie stands elliptically for Wie wäre es, wenn....

31. Lehrstühle, m. pl. are 'professorial chairs' instead of which it will be better to say 'classes'.

Säle, pl. of Saal, m. = Hörsäle 'lecture-rooms'.

PAGE 36.

5. Henkermaßl, n. 'last meal', also Henkersmaßl; or Henker(s)maßlzeit, f. Henkermaßl does not occur before the sixteenth century. The term arose from the custom of allowing a criminal condemned to die to have an especially good meal prepared according to his wish as a last indulgence before his execution. Henker, m. is the 'hangman', 'executioner'. henken is the older form for 'to hang a person' instead of which in later M.H.G. 'hengen' was used, N.H.G. hängen 'to cause to hang' (hangen 'to hang'). Cf. note to anhängen 4, 30.

6. Nachrichter, m. 'executioner', 'hangman', also Scharfrichter, m. he who executes the sentence of the 'judge' (Richter, m.). richten is 'to make right', 'to make straight', 'to judge'. hinrichten is 'to put to death'. zurichten is 'to prepare', anrichten 'to arrange (the several dishes) for serving up', 'to dish up'. sich aufrichten lit. 'to erect oneself', here 'to become revived (by)'.

8. erst instead of which vollends could be used expresses here, as often, a climax and can hardly be rendered directly. It originally means that though what is predicated, or something like it, had already existed in some degree, or might have been supposed to exist, it now for the first time really exists or is true in a specially high degree. Cf. 55, 21.

12. mit Du unter sich reden 'use Du in conversation'. Instead of this the verb sich (or einander) dutzen (long u) might have been used. Similar formations are the less frequent siezen 'to call a person Sie', and ihrzen 'to call a person Ihr'.

16. freudeglühend 'glowing with joy' instead of which vor Freude glühend might have been used. Similar compounds used instead of a prepositional phrase are kampfgeübt 50, 23, altergrau 80, 17. Cf. the English 'moss-grown', 'weather-beaten' etc.

sagte...zu 'accepted', 'assented'.

22. könnte. The pres. subj. könne would be grammatically more accurate.

23. noch 'still', here 'further', 'some more'.

27. gestern abend 'yesterday evening'. The substantives Morgen, Mittag, Nachmittag, Abend are spelt with a capital if they are preceded by the article or a pronoun, e.g. tiesen Abend 'this evening' etc. But if they are preceded by an adverb of time viz. gestern, heute, morgen, they are considered to form one idea with them and are consequently not spelt with a capital. Cf. note to 19, 1 winters. Instead of heute morgen

or geſtern morgen, the expression ḥeute frühe 80, 30 (generally ḥeute früḥ) or geſtern früḥ is equally common; morgen früḥ is the only expression for 'to-morrow morning', the repetition morgen morgen being avoided.

31.   nun freilich 'indeed', 'I confess'.

PAGE 37.

3.   toch 'certainly'.

5.   Junfer, m. stands here in its original sense of 'young master', 'young nobleman' (cf. Engl. 'younker'), M.H.G. 'junc-herre' 'young master', 'squire'.   It occurs in compounds such as Landjunfer 'country-squire', 38, 6; just before in Kammerjunfer 'gentleman (really: 'young nobleman') of the bed-chamber'.   In a similar way was formed Jungfrau or Jungfer 'maiden' 'young lady', M.H.G. 'junc-vrouwe' 'young noblewoman'.   The form Jungfer is generally used for 'lady's-maid'.

9.   Ḥerr Papa, Frau Mama.   There is of course a touch of irony in Rantow's using the French words Papa and Mama instead of Vater (6) and Mutter (2) and prefixing the ceremonious Ḥerr and Frau.

10.   Sie müßten...ſiḥen 'They would have to sit', i.e. 'I should represent them sitting...'.

15.   Paſtor, m. (generally Paſto'r, pl. Paſtoren) 'clergyman', like Pfarrer, and Prediger (43, 14) serves to designate a Protestant clergyman, while the Greek and Roman Catholic clergy are generally called Prieſter.   Very often a clergyman is called Geiſtlicher.

18.   Garniſo'nsleben, n. more usual and more correct is Garniſonleben 'life in a garrison'.

27.   jog...umḥer 'wandered about', 'strolled about'.

29.   glänzen 'shine', 'show himself off'; glänzend (30) 'brilliant', 'elegant'.

PAGE 38.

9.   auf ḥeute nicht meḥr paſſen 'can no longer be applied to the present day', 'are at present no longer to be recognised'.

11.   Du...nannteſt is strange to be said here with regard to Bild. One would rather expect entwarfeſt or machteſt 'you did sketch'.

16.   meḥr jutrifft lit. 'any longer coincides', hence 'is any longer correct'.

18.   Greiſen is the weak genit. sing. of Greis, m. 'old man', instead of which Greiſes is now mostly used.   Greiſen is, however, quite correct as the noun is originally an adj. used substantively.   ber

Greife 'the hoary person', 'the old man'. The modern pl. is Greife; the fem. Greifin. The contrast to der Greife is der Junge 'the young man', which is still used with the meaning of 'youth', 'lad', 'youngster' line 21 and 92, 16.

20. ganz und durchaus, generally ganz und gar 'completely', is an instance of a use common in many languages to express one idea by two words of similar meaning. Cf. lieb und werth (line 31) lit. 'dear and of value'. Cf. note to 118, 22.

PAGE 39.

1. niedergewühlt 'overthrown'. wühlen is as a rule used in the opposite way, viz. meaning 'to stir up'; aufwühlen is the usual compound. Another compound is umwühlen 'to turn over' from which the noun Umwühlung, f. 'turning over', 'revolution' is derived (line 12). Instead of Umwühlung we might say Umwälzung but the former expression is stronger.

6. sich...finden (in eine Sache) 'to reconcile oneself (to a thing)'.

17. überdie's 'moreover', lit. 'above this'.

18. überall 'anywhere', 'at all', not 'everywhere' which is the usual meaning.

20. Vermögen, n. is really the inf. vermögen 'to be able to effect something' used substantively. From the meaning of 'being able to do a thing', 'power', 'faculty' came the now more common meaning 'that which enables a man to do a thing', viz. 'resources', 'wealth', 'property'. The adj. vermöglich (41, 27) or vermögend means 'wealthy'.

27. Komtu're, older spelling Komthure, Comthure, still older Commenthure 'commanders of orders of knighthood'. The word is derived from the medieval Lat. accus. *commendatorem*, like the Fr. *commandeur*.

PAGE 40.

12. The word man which occurs twice in this line is of course used of different sets of people. Turn the first verb into the passive voice.

13. so...war es 'so as it was...it was', 'in reality...it was'.

15. geflissentlich 'intentionally' is really formed from an old past partic. (with inorganic t inserted) of the obsolete reflective verb sich fleißen 'to be industrious' (now mostly sich befleißen 'to take pains'). geflissen originally means 'busily engaged', hence 'busy' and 'studious'.

Cf. note to angelegentlich 11, 7.   The phrase mit Fleiß or a'bsichtlich might have been used as well.

getränkt from tränken 'to injure', 'to hurt' 116, 25. tränken is a weak causative verb = trank machen. trank originally means 'feeble', 'weak', now 'ill' line 21.   Cf. note to ärgern from arg 27, 17 and 90, 9.

19. geschätzt 'valued', 'appraised'.   Another meaning of the word is 'esteemed'.

Braupfannen, f. pl. lit. 'brewer's coppers', say 'breweries'.

27. hätte...machen müssen lit. 'would have been obliged to make', hence 'must needs have made', 'might well make'.

29. nahm ich mir...ab lit. 'I took off...for myself', 'I gathered', 'I gleaned'. Cf. 41, 5.

PAGE 41.

2. muß...geben 'is obliged...to give' because he is asked so often; hence 'is called upon to give'.

10. Urheber, m. 'author' belongs to the verb erheben 'to raise'. Ur- is etymologically the same as the prefix er-, with the difference that Ur- always has the stress and er- always remains without it. When a verb begins with the prefix ur- it is sure to be derived from a noun e.g. urtheilen 'to judge' 1, 12, from Urtheil, n. 'judgment'. Urtheil (cf. the Engl. 'ordeal') itself is derived from ertheilen 'to impart', 'to give'. In the same way Urlaub, m. 'leave of absence' from erlauben 'to permit'; Ursprung, m. 'origin' from an old verb erspringen 'to spring from' etc. In other words, subst. as well as adj., the prefix ur- means 'first', 'primeval' e.g. Urquell, m. 'primitive source'; Urtext, m. 'original text'; Ursache, f. '(first) cause'; Ureltern, pl. 'forefathers'; Urahnen, pl. 'great-grandparents' etc. In all words given here, with the exception of Urtheil, the u in ur is to be pronounced long.

12. sind...an einander gerathen lit. 'have got at one another' hence 'come into...collision'.

20. ihm...verargen 'blame him (for)'; verargen is derived from the adj. arg 'wicked' and really means 'to make out as wicked'. Cf. note on ärgern 27, 17. Instead of verargen the phrase ihm übelnehmen might have been used, lit. 'to take it ill with regard to...', hence 'to find fault with someone for...'.

25. mit is often used without a noun or pronoun following where this can be easily understood. Er war mit in Rußland 'he joined in the

Russian campaign'. Cf. such ordinary phrases as Wir gehen aus, willst Du mit? 'We are going out, will you (go) with (us)?'

31. was man so nennt: 'what people call'.

PAGE 42.

4. möchte es ihm hingehen lit. 'it might pass with regard to him', hence 'he might be excused for it'.

20. einmal 'some day', in other phrases 'once upon a time'; cf. the notes to 2, 15; 4, 31.

31. hätte fortsetzen mögen 'would have liked to continue'. mögen stands instead of gemacht according to the peculiarity in the use of the auxiliary verbs of mood as well as of some other verbs (sehen, hören, heißen, helfen, lehren, lernen) according to which the infinitive is used in the past compound tenses instead of the past participle.

PAGE 43.

1. erschien ihm...zu werden (4) 'seemed to become', the simple schien is more usual.

3. The subst. Zug, m. has very many different meanings all of which are derived from the original meaning of something 'drawn'. Here Züge means the *lines* of a face, 'traits', 'features'. The û should always be carefully pronounced (like the French *u* in *tu, nature, humilier* etc.) and distinguished from ie with which sound it is often confused. Thus Züge should be distinguished from Ziege, f. 'goat'; lügen 'to tell lies' from liegen 'to lie down'; Bühne, f. 'stage' from Biene, f. 'bee' etc.

6. nicht mit Unrecht einen...Schluß...ziehen zu dürfen 'not to be wrong (= to be justified) in drawing an inference'.

9. reichsfreiherrlichen 'baronial'.

14. Schulamtscandidaten, m. pl. Schulamt, n. is an 'employment at school', a 'mastership'. Schulamtscandidat 'candidate for the post of schoolmaster'.

15. hieß 'told'. Cf. note to 73, 16.

21. dieses...Wesen 'this character of hers'. Wesen is not in this case as it frequently is, 'being', 'creature'. Cf. note to 21, 9.

24. wollten...den Vorrang streitig machen 'were contending...for precedence'.

PAGE 44.

11. in ihrer Unbefangenheit 'in her very frankness', 'with all her...'.

13. es muß ihr...allerliebst stehen 'she will look charmingly'. etwas steht ihr is 'something suits her well'. Frau von Rantow is the dative case, belonging to ihr.

17. gewahrte er 'he became aware of', 'he perceived'. gewahr has nothing to do with wahr 'true', but is from the same root as 'ware' in 'aware' and 'beware' (orig. 'be ware of'=be cautious of). bewahren means 'to preserve', 'to keep'.

22. einen...Blick...genießen. The genitive also is used after genießen but less frequently though common in older writers and in poetry. Cf. Laß mich der neuen Freiheit genießen (Schiller, 'Maria Stuart', Act III, Sc. 1).

24. nicht erst lit. 'not first' really means that the waiting for his uncle shall not be the first thing for Rantow to do. In this passage it is best to leave erst untranslated.

27. nicht lange, so '(it was) not long, before...'.

28. schwenkte sich...an Th. vorüber 'wound...past Thierberg'. schwenken is the causative of schwingen 'to swing'. Cf. the phrase den Hut schwenken 'to wave one's hat'.

29. Bogen, m. 'curve'.

PAGE 45.

4. Fensterbrüstung, f. 'leaning *or* elbow-place of the window'.

5. Annas, the older spelling is Anna's. The present rule is that it is not necessary to separate the s of the genitive from the proper name, e.g. Hauffs Werke. In such proper names as cannot form a genitive in s (words ending with a sibilant) the genit. case is marked by an apostrophe, e.g. Musäus' Märchen; Voß' Idyllen; Horaz' Oden; Benedix' Lustspiele.

14. machten einen...Contrast is less usual than bildeten einen Contrast or standen im Gegensatz (zu) 'formed a...contrast'.

17. Lustschloß, n. is a castle or chateau built for pleasure not for military purposes.

19. sich...herabzogen 'extended down'.

20. Albert is, like Albrecht, a compound an older form of which is Adelbert, Atal-bert. All these forms still occur often in Germany. Atal 'race', 'family', subsequently 'noble race' corresponds to English 'Ethel'. -bert or -brecht is the Engl. '-bert'='bright'. So Robert (61, 22) or Ruprecht from the O.G. 'hrôd' 'glory' means 'shining with glory'.

23. Männertritte, m. pl. 'steps of a man'. Mannestritte would be

possible too, but the former is the more usual. In the same way one
says Männerwürde, f. or Manneswürde 'honour of man' etc.

29. Büchse, f. 'gun'. The usual and older meaning of Büchse is its
etymological cognate 'box'. The original meaning is 'a round hollow
vessel' from which the meaning 'rifle', 'gun' could be easily developed.
The word is not of Teutonic origin but is a loan-word from the Greek
πυξίς 'a box made of box-wood' (Greek πύξος), 'a box for medicine'.

30. Windhunde, m. pl. 'greyhounds'. The word is an interesting
instance of a compound consisting of two parts of nearly the same
meaning, for Wind is in this case not 'wind' but 'greyhound'. The
word does not mean, as is often thought by popular etymologists,
'dogs as swift as the wind' but simply 'greyhound-(hounds)'. Another
name for them is Windspiel, n. A similar formation is Lintwurm, m.
77, 18 'dragon', both parts of which mean 'dragon'. As in many old
sagas dragons are reported to keep watch under old trees the word
is often taken to mean the 'dragon under the lime-tree' (Linte, f.).
In M.H.G. 'spervogel' 'sparrow', is really a compound of 'sper'
'sparrow' and 'vogel' 'bird'. In all such words the second part has
been added in later times to explain the obsolete first part.

PAGE 46.

2. Adler, m. 'eagle'. Another word for 'eagle', now only poetic,
is Aar, m. It is interesting to notice that this was the ordinary word
in older German, the modern Adler being a compound, M.H.G. 'adel-
ar', 'noble eagle'.

4. ich durchspü're...nach 'I am searching (in)...for'.

7. auch nicht 'not even'.

22. wären Sie 'I suppose you are'. The subj. expresses the con-
jecture of the hunter.

24. Allerdings 'by all means', 'exactly so'. It is really an old
genit. plur. the original correct spelling of which is aller Dinge, lit.
'of all things' that is 'all things agree', 'undoubtedly'. But, in order
to give to the expression a more distinct adverbial form, the usual s of
the genit. sing. was added, and the whole written as one word. This
form is now the only one in use.

PAGE 47.

1. Fehrbellin is a small Prussian town in the Potsdam district,
famous on account of the victory of the great Elector over the Swedes

in 1675. The ending -in (with long i) in German towns is always accented. Cf. Berli'n 21, 31, Stetti'n 66, 11, Chori'n, Lehni'n, etc.

2. Eltern, pl. 'parents' is really the plur. of älter the comparative of alt 'old' used as a noun, die Ältern. One still writes die Ältern to designate the 'older persons' (say of a large party). Cf. der Jünger 'the disciple', really 'the younger one'. Cf. note to Herr 14, 28.

5. was...immer 'whatever'.

11. tiefe jäh abbrechende Wand 'this precipitous wall of rock'. jäh abbrechend is 'breaking off suddenly', 'precipitous'.

18. Idyllenleben, n. 'idyllic life'. He alludes to the sort of life depicted in idyls (Greek εἰδύλλια, descriptive pastoral poems). In classical as well as in modern literature there are many poems treating of such Arcadian existence. Damon and Daphne (lines 20 and 21) are typical names of the shepherd and his love.

30. überwie'gendes lit. 'preponderating', hence 'superior'.

PAGE 48.

2. stroma'twärts (or simply stroma'b) 'down the stream', stromau'fwärts (or stromau'f) is 'up the stream'. Cf. note to 16, 16.

4. manche blieben wohl auch stehen 'many indeed would even stop'. stehen bleiben is 'to stop'. wohl seems to emphasise the expression stehen bleiben.

6. Lebensart, f. 'mode of living'. Another meaning of Lebensart is '(good) manners'. Er hat keine Lebensart 'He has got no manners'.

10. Welch herrliches Gebäude or Welch ein herrliches Gebäude 'What a splendid building!' Without article or adjective following welch must be declined, e.g. Welches Gebäude 'what a building!' but generally used as a question 'which building?'

14. setzen...über 'cross over'. übersetzen (insep.) means 'translate'. The well known rule is that the prefix is separable if the stress rests on it. The stress generally is laid on the prefix, when its original local meaning is still distinctly felt, ü'bersetzen 'to cross *over*', wie'derholen 'to fetch *back*', u'nterhalten 'to hold *under*', etc. But when the original force of the preposition is no longer felt and the verbal idea is the only one strongly accented, the verb mostly taking a figurative sense, the two words really become one and become consequently inseparable.

21. einfach schöne (Formen) means schön durch ihre Einfachheit or schön in ihrer Einfachheit 'beautiful in (*or* with) their simplicity'. Say

'beautiful simplicity of architecture'. einfach schön might of course also mean 'simply beautiful'.

PAGE 49.

1. Oberrock, m. or Überrock 'frock-coat'. 'Over-coat' is Überzieher, m.

ein rothes Band. The cross of the *Légion d'honneur* is worn on a red ribbon and is on ordinary occasions represented by this ribbon. The order of the Ehrenlegion, f. (76, 12) was instituted by the emperor Napoleon I. in 1802 and further organized by him in 1804. Since then it has undergone many changes but is still the only French order for military or civil services to the state. Cf. 76, 12.

3. General, m. 'general', plur. Generale 55, 3. The plurals Generäle, Admiräle, Prinzipäle etc. which also occur are not so correct because the modification of the root-vowel in the plural should only take place in words of German origin. In some foreign words we find only the modified form in the plural e.g. Altäre, Kanäle, Paläste, Hospitäler, Bischöfe, but wherever the usage is still fluctuating, the form without modification should be preferred. The word General is really an adjective and we see that in the French of the sixteenth century the phrase is completed by a noun viz. *capitaine général.* In all languages we observe the same tendency to shorten phrases and reduce them to a single word, often to a single syllable.

19. Rappen from Rappe, m. 'a black horse'. A 'white horse' is called Schimmel, m. A 'chestnut horse' is Fuchs, m.; a 'light-bay horse', Isabelle, f. On Rappe and Rabe cf. note to Knabe 5, 15.

20. Leda is a well-known Greek name, viz. that of the mother of the fair Helen and the Dioscuri Castor and Pollux.

21. Beresina is a Russian river in the government of Minsk. It became famous by the great disaster and losses of the French army in crossing it on the 27—29 of November, 1812 on the retreat from Moscow.

22. Schritte, m. pl. 'paces'. Schritt would be equally correct after a numeral as here. The curious use of the singular of words like Fuß, Schritt, Pfund etc. after numerals is explained by the following fact. Originally certain neuters such as Jahr, Pfund etc. had the same form in the plural as in the singular, the original termination of the plural having been lost, e.g. in zwanzig Pfund the word Pfund was really a plural. Later on it was mistaken for a singular and by a false analogy other substantives, chiefly of masc. gender (Zoll, Fuß, Schritt etc.) were used in the singular in a collective sense after numerals.

25. Jägern from Jäger, m. here 'chasseur'. But the ordinary meaning of the word is 'hunter', cf. 45, 31.

27. Linz is the capital of the arch-duchy of 'Österreich ob der Enns'. The battle alluded to took place on the 17th of May, 1809 when the Austrians were defeated by the Saxons and Würtembergians under the French general Bernadotte.

PAGE 50.

3. man zieht...auf, daß sie...aufziehen. This is a pun, based on the double meaning of the word aufziehen. The first time it is used in its original sense 'to bring up', 'to educate'. But the second time it is 'to play upon one', 'to allow oneself a joke at another's expense'.

4. So 'Thus', 'For instance'. Sometimes zum Beispiel...is added.

12. der Feldzug des Grafen Segur. This refers to Ségur's famous work *Histoire de Napoléon et de la Grande-Armée pendant l'année* 1812 (*par M. le Général Comte de Ségur*) 1824, the 4th edition of which was published in 1825 and which was esteemed so highly that it led to the author's being elected a member of the French Academy in 1830.

13. immer wieder lit. 'always (over) again', 'again and again'. Cf. 51, 1.

16. General Gourgaud published in 1825 a very severe criticism of Ségur's work under the title *Napoléon et la Grande-Armée en Russie ou Examen critique de l'ouvrage de M. le Comte de Ségur par le Général Gourgaud, ancien premier officier d'ordonnance et aide-de-camp de l'empereur Napoléon. Bruxelles*, 1825. In this work which was, as well as Ségur's work, translated into English in 1825, General Gourgaud follows Ségur's history chapter by chapter, page by page, pointing out from the strictly military point of view what was truth what fiction in the *Histoire de Napoléon*. In many points Gourgaud finds an occasion of advocating Napoleon's cause and defending his actions against misunderstandings and misrepresentations of Ségur's. But after all Ségur's book is a work of art, and its artistic merit and style are such as to interest the reader from the first to the last page.

22. verscheiden is 'to part for ever', hence 'to die'.

23. kampfgeübte = im Kampfe geübte 'skilled in fight'. Cf. freudeglühend 36, 16.

PAGE 51.

3. im Augenblick 'at the (first) moment'. Often im Augenblick means 'in a moment', 'very soon'.

4. The following is mainly an allusion to the fourth chapter of the twelfth book of Ségur's history. The scene is not quite correctly described here and lines 10 and 11 are not found at all in Ségur whose text runs thus: "*Ney, que tout abandonne, ne s'abandonne, ni lui-même ni son poste. Après d'inutiles efforts pour retenir ces fuyards, il ramasse leurs armes encore toutes chargées, il redevient soldat, et, lui cinquième, il fait face à des milliers de Russes. Son audace les arrêta....* *Ney...traverse Kowno et le Niémen toujours en combattant, reculant et ne fuyant pas, marchant après tous les autres, soutenant jusqu'au dernier moment l'honneur de nos armes, et pour la centième fois, depuis quarante jours et quarante nuits, sacrifiant sa vie et sa liberté pour sauver quelques Français de plus. Il sort enfin le dernier de la grande-armée de cette fatale Russie, montrant au monde l'impuissance de la fortune contre les grands courages et que pour les héros tout tourne en gloire, même les plus grands désastres.*" Ney's bravery is fully acknowledged by General Gourgaud who says in speaking of this chapter of Ségur's work: "*Ney déploya, dans cette mémorable campagne, tout ce que la force d'âme et le dévouement ont de plus héroïque, et qui n'abandonna la partie que quand elle lui manqua.*"

8. Hohlweg, m. properly 'hollow way' i.e. a pass with high rocks on both sides, 'defile'. This refers to a different scene, two facts being mixed up by young Willi. The fight in the defile is that in the *défilé de Ponari* told in the previous chapter (XII. 3).

18. überstie'gen is the past partic. of überstei'gen, lit. 'to mount over', hence 'to surpass'. überstiegen in this passage means 'exaggerated' for which the more usual word is übertrie'ben or überspa'nnt (72, 27).

20. so grausam...frei (21): say 'horrible as was our situation, hurried as was our retreat, it yet left us a few moments free'.

PAGE 52.

5. vergessen ließ 'allowed to forget'. Cf. note to 7, 3.

6. Hannibal: the great leader of the Carthaginians, the son of Hamilkar Barkas, who led his troops over the Alps into Italy, defeated the Roman armies in several great battles but was at last obliged to return to Africa and was utterly defeated at Zama in 202 B.C.

12. eines schönen Todes...gestorben. This way of denoting the manner of death is the original old German construction. In modern times the cognate accusative is sometimes employed instead of the genit. when a

special sort of death is mentioned, e.g. er ſtarb ten Heltentot, einen Reitertod etc. In describing the cause of death the prepos. an is used, e.g. er ſtarb an ter Waſſerſucht.

13. Anno 12 or Im Jahre 12 (for 1812). Anno is quite common in German; we cannot say 'in 1812' in German as in English.

19. Dorf. Concerning the revolt of the Prussian general York cf. the Introduction.

21. Alexander. Rantow compares Napoleon ironically with Alexander the Great, king of Macedon, who conquered the Persian empire and became master of part of Asia and Africa.

28. ſei and werte (29) after wuſte 'knew', the subj. expressing opinion. Hauff is fond of using the subj. after wiſſen, cf. 54, 23.

30. Don Quixote. An allusion to the attack made on the windmills by the hero of Cervantes' famous romance written in 1605.

PAGE 53.

1. war nichts ſchultig 'was not in any way bound'.

11. in Schuß nahm lit. 'took under my protection' i.e. 'defended'.

12. Ketten unb Bante 'chains and bonds' is a very common German phrase and belongs to the large class of those in which one notion is for greater emphasis expressed by two similar terms. Such phrases are often peculiar on account of the alliteration of the principal words. Cf. the notes to 38, 20 and 118, 22.

18. Poli'tikern 'politicians', but Politi't, f. 'politics'. Cf. note to 8, 18.

24. gepriesen 'praised' from preiſen M.H.G. 'prîsen' from French priser (late Latin pretiare) is no longer felt to be a borrowed word and has even in later high German become a strong verb (pries—geprieſen). Luther knew only the weak form preiſete, gepreiſet.

26. ins ſchwarze Regi'ſter 'in the black book', 'the list of criminals'.

27. bie Sache...führen 'to plead the cause'.

PAGE 54.

4. ſo ziemlich 'pretty well', 'pretty much'.

9. Stammprovinzen, f. pl. 'original provinces'. The word Stamm, m. 'stem' forming the first part of many compounds means 'primitive', 'original', 'ancestral' or something similar. Stammland, n. is 'mother-country'.

12. Beurlaubten from beurlaubt, the past partic. of be-urlauben 'to grant furlough (or leave of absence)', a weak verb derived from Urlaub,

m. 'leave of absence', cf. note to 41, 10. ter Beurlaubte (or ter Urlauber) is 'the soldier on furlough'.

13. This is quite correct. After Napoleon had overcome Prussia in 1806 and 1807 and had reduced the kingdom to half its former extent he did not allow the king of Prussia to keep more than 42000 soldiers. But in 1808 Prussia introduced the system of Allgemeine Wehrpflicht by which every young Prussian was obliged to serve in the army for some time. In this way many more men than 42000 were gradually well prepared for a war. Whenever one batch had been thoroughly drilled they were dismissed and others called up and drilled in the same way.

15. aufgerichtet 'erect'; gere'gelt 'trim', lit. 'ruled'. Cf. regelrecht (line 19) 'according to the rule', 'proper'.

17. fie machten Front 'they faced him'.

18. eingewurzelt lit. 'rooted in', hence 'firmly fixed'.

ftraff angezogen 'straight drawn to the body', say simply 'straightened'.

21. feine Bauernburfche mehr 'no longer country yokels'. On Burfch cf. note to 75, 12.

<h2>PAGE 55.</h2>

8. gezwungen mit ausrückte 'marched (out) with him by compulsion'.

12. entband from entbinden with the genitive 'to unbind', 'to release (from)'. The prefix ent has the meaning of 'away', 'off', cf. 29, 4, and answers frequently to the English prefix 'un' or 'dis': e.g. decfen 'to cover', entdecfen 'to discover'; Heiden 'to dress', entfleiden 'to undress'; laufen 'to run', entlaufen 'to run away' etc.

17. im Angeficht or angefichts 'in the face of', hence 'in presence of'.

21. erft remains untranslated. Nur dann erft really means 'only then and not before' (erft = 'for the first time', cf. notes to 36, 8 and 88, 10).

23. auch auf die Gefahr hin 'even at the risk', lit. 'in the direction (= in view of) the danger'.

28. gleichfam 'as it were'.

31. immerhi'n 'at all events', (*not* 'always'). immerhin mostly serves either to introduce a doubt or, as here, to intimate that there cannot be any doubt about the following statement.

<h2>PAGE 56.</h2>

15. The usual order of words is inverted for the sake of emphasis.

25. auferftehen 'to rise from the dead'. aufftehen = 'to rise up'.

aufſtünten (26) 'could rise up'. On the vowel of the preterite cf. note to 32, 5.

4. getienten. ein getienter Sotrat is a soldier who *has* served, 'a veteran'. Ein rertienter General is 'a general of merit'.

16. Schilr, m. 'peak'. Cf. note to 25, 31.

18. tratte mit tem Fuß hinten aus 'scraped backwards with his foot'.

20. Freiwilligen 'volunteers'. The stress is on the first syllable although one often hears it laid on the second. The word is a compound of frei and the adj. willig 'willing'. The Freiwillige of 1813 were of course very different from that large class of German soldiers who are nowadays called Einjährig Freiwillige. These are men who belong to the better classes, have a better education and provide for themselves entirely during their time of service. They serve for one year only exactly like every other soldier and their only privilege is that they are in active service for a shorter time than the others and are as a rule not obliged to sleep in the barracks. Many of them afterwards become officers of the reserve.

23. weiter ritt 'rode on'. weiter lit. 'wider', 'further' with verbs often simply denotes that the action goes on, and must be translated accordingly e.g. er ſprach weiter 'he went on saying' or simply 'he continued'; er ging weiter 'he went on'; Höre weiter 'listen further' 70, 12. Cf. 14, 2. Instead of weiter the less usual fürter, etymologically corresponding to 'further' is sometimes found.

27. er mochte ſich...zurückwünſchen, cf. note to 8, 9.

tie ſchöne Zeile is the principal street in Frankfort on the Main. Generally Zeile means 'line', e.g. Schreib mir einige Zeilen 'write me some lines' etc. Cf. 80, 28 and 81, 3 where Zeilen has this meaning.

29. hätte...ſich...einſchreiben laſſen 'had had himself enrolled'.

ſeinem Schatz zu Gefallen (or zu Liebe) 'for the sake of his sweetheart'. Gefalle, m. means really 'something which *falls out* according to one's wish', 'pleasure'.

31. Latentiſch, m. 'shop-board', 'counter' implies that this youth had been very likely an apprentice of his father's.

5. unmuthig 'displeased', 'with dissatisfaction' is derived from Unmuth, m. (115, 17) 'depression of spirits', 'displeasure'. The prefix

un- often implies not a simple negation of what follows but a 'bad' sort of that which is designated by the simple word, e.g. Unmenſch 'inhuman person', 'barbarian' etc. Muth, m. means either 'mood', 'disposition' (this meaning it has exclusively in its numerous compounds, e.g. Wehmuth, Demuth etc.), or 'a brave disposition', hence its ordinary meaning 'courage'. 'Courageous' is muthig, its opposite muthlos and the noun expressing 'want of courage' is Muthloſigkeit, f. Cf. note on Armuth, 23, 8.

7. Sache, f. 'cause'.

8. ˉ Welthiſtoriſches (or Weltgeſchichtliches) is derived from Welthiſtorie, f. (or Weltgeſchichte, f.) 'history of the world', 'universal history'. Hence welthiſtoriſch means 'belonging to the history of the world', and often, as here, 'worthy of a place in the history of the world'.

13. Partei', f. 'part', 'side' is originally the same word as Partie', 'part', 'party', both being derived from the French *partie*. Partei is an instance of the German treatment of the accented vowel which changed the M.H.G. î regularly to N.H.G. ei (as M.H.G. û to N.H.G. au). The stress, however, remained on the ending as in the French *partie* and was not thrown back according to the Teutonic principle which was more strictly carried out in English, e.g. 'párty'. After the model of words like Partei, Melotei (the more usual form now is Melotie') the numerous German substantives in -ei' were formed by false analogy as Jägerei, f. 'hunting'; Fiſcherei, f. 'fishing' etc. in which a German word received a French ending. Not only the peculiar accentuation of these words but also the gender (which is always feminine) is accounted for by the French ending. The form Partie (disyllabic) instead of Partei is comparatively modern. It was introduced just as Melotie, Phantaſie etc. instead of Melotei, Phantaſei etc. with the object of making the foreign word look foreign again.

14. Conſcribirten 'conscripts' from conſcribiren 'to enroll by conscription'. The verbs in -iren (now phonetically and etymologically more correctly spelt -ieren) are verbs formed chiefly after French verbs. They entered into the German language as early as the thirteenth century when many Old French poems were translated and French words and phrases adopted by the German nobility. French verbs so borrowed are all represented by German verbs in -iren (-ieren) whether the termination of the French verb be -*ir* or -*er*, e.g. reuſſiren, *réussir;* marſchiren, *marcher.* The same ending -iren (-ieren) we find in verbs derived from Latin verbs, e.g. perhorreſciren, *perhorrescere* etc. After the model of these and other verbs the ending -iren was used to form a new

class of German weak verbs, the stem being purely German, the ending
Romance (cf. the nouns in -ei under Partei, line 13). Such verbs are for
instance haufiren 'to go peddling' (really 'from house to house'); ftoljiren
'to strut'; halbiren 'to cut in halves' etc. The verbs verlier-en 'to lose'
and frier-en 'to freeze' are entirely German. Zieren and verzieren 'to
adorn', 'to decorate' are derived from Zier, f. 'ornament', 'decoration'.

20. feien is less correct than the indicative fint.

28. Redner. One of the most famous of such orators was Fichte
whose Reden an die deutfche Nation were delivered in 1808 at the University of Berlin, where he was professor. There is probably also a
reference to some fine sermons of the great preacher Schleiermacher,
the best-known of which is the sermon preached on the outbreak of the
great war of deliverance, the 28th of March, 1813.

29. Sänger. The poets whose songs stirred the hearts of the
German people in those days are generally grouped together and known
by the name of Dichter der Befreiungsfriege. The most important of them
are Arndt, Schenkendorf, Rückert and Körner. Among the most
famous of their songs, which are still very popular, are Arndt's Was
blafen die Trompeten? Hufaren, heraus!, and Was ift des Deutfchen Vaterland?,
and Körner's Schwertlied (Du Schwert an meiner Linten) and Das Volf fteht
auf, der Sturm bricht los.

31. gottgeweihten 'devoted to God' is equivalent to gottergeben 're-
signed to (the will of) God'. gott is the dative case.

PAGE 59.

13. aufgerieben 'ruined', 'destroyed'.

20. betreten lit. 'trodden upon', figuratively 'perplexed'.

PAGE 60.

4. mittelft 'by means of' has nothing to do with the superlative of
mittel, mittelft 'middlemost'. The former mittelft is really the gen. sing.
of the subst. Mittel, n. 'means' used adverbially with an unorganic t
affixed to it as is found in several other cases. Cf. note to einft 88, 10.

6. Naja'de, f. 'naiad', a water-nymph. The name is Greek, ναίας
(genit. ναιάδος) from νάω 'to flow'.

10. verweilte...auf ihrem Gaft 'stopped...in front of their guest'.

11. Vetter, m. 'cousin'. The root of the word is the same as that
of Vater and originally Vetter meant 'brother of the father'. Later on
by a curious change of meaning the word came to designate 'son of the

brother', 'cousin'. A similar change we have noticed under Neffe and Oheim, cf. note to 12, 15; Muhme and Base, cf. note to Base 21, 16.

14. in Ehren *lit.* 'in honour', hence 'with due respect *to*'. This is a common elliptical phrase instead of the accus. absolute in Ehren gehalten.

26. wie käme ich...in Streit? 'how could I be induced to wrangle', 'what could induce me to wrangle?'

PAGE 61.

18. Ritter von la Mancha, Don Quixote. Cf. note to 52, 30.

PAGE 62.

10. Leantra. The heroine of the goatherd's story in Don Quixote (Part I, chapter 51).

12. Sie hält es...mit 'she sides with'.

18. Moniteur. This is the important paper *Le Moniteur Universel* which was for a long time the official paper of the French government. It was started in 1789 and was at first called *Gazette Nationale*, while the title *Moniteur* was only an under-title.

19. Montholon was one of Napoleon's generals who followed him to St Helena.

22. Beranger and Delavigne are two well-known French lyrical poets of the beginning of the present century. Jean Pierre de Béranger (1857) is perhaps the most famous French 'chansonnier'. It cannot be said that he composed many kaiserliche Lieder, as he was in fact no friend of Napoleon's. About Delavigne cf. note to 102, 25.

29. teutsches Mädchen. This is perhaps an allusion to Klopstocks poem 'Vaterlandslied' (of 1770) several stanzas of which begin Ich bin ein teutsches Mädchen and which was very famous at the beginning of this century.

PAGE 63.

1. Eichenkränze, m. pl. in order to decorate 'German' victors, Lorbeerkränze being reserved for foreign heroes.

9. bi'terer is the old form of the adj. instead of which now bitterer is used. biterer is here used on purpose to make the speech quaint and old-fashioned.

11. Kaste, f. 'caste', a comical allusion to Indian and Egyptian customs.

26. ungezogen 'uncivil', but unerzogen 'uneducated'. Cf. wohlgezogen 1, 13, and unhöflich 66, 12.

12. Schwärmereien, f. pl. 'extravagances', 'fancies'.

16. Görge instead of Georg (e and o are both to be pronounced distinctly, the stress falling on the latter). Georg is a Greek name (γεωργός), and means originally 'cultivator of the earth'.

Michel is a form of Michael the name of the archangel. But Michel often denotes a good-natured but rather clumsy person and der teutsche Michel is sometimes used as a personification of Germany.

27. spießbürgerliche from Spießbürger, m. lit. 'citizen armed with a spear' (etymologically 'spit'), figuratively 'a narrow-minded man'. The term Philister in University slang has a similar meaning.

31. Lafayette und Foy were more eminent as statesmen than as generals, but the former took an active part in the American wars of independence. Both were large-minded men of liberal views and belonged, as the general says (65, 6) 'to the Left' i.e. 'to the Republicans'.

mir is here the ethic dative, very common in Shakespeare, cf. *T. of Sh.* I. 2, 11 'Knock *me* at this gate', etc.

6. die erastirtesten Schreier 'the wildest screamers'.

7. als meine...Freunde kannte 'knew to be my...friends'.

13. Stutzbärtchen, n. is a diminutive of Stutzbart, m. 'moustache', a compound of Bart, m. 'beard' and stutzen 'to cut short', 'to trim'.

Beilstöcken from Beilstock, m. a word which seems to occur nowhere else in ordinary prose. It is apparently a compound of Beil, n. 'axe' and Stock, m. 'stick', 'walking-stick'. Hence it probably means a strong crooked walking-stick looking like a hatchet (or a stick at the point of which some axe or similar weapon was fastened). Translate 'hatchet-headed walking-stick'.

16. teutschen Gruß zuvor 'first (I send you) a German greeting'. This is an elliptical phrase, Ich sende or Ich wünsche must be supplied. This style of address is quite according to the old German custom. A letter of 1526 begins Meinen freundlichen Gruß zuvor, lieb Johann, wisse..., another Euch sei mein freundlicher Gruß nebst Lieb und Treue zuvor! Luther translates Acts 23, 26 Claudius Lysias dem theuern Landpfleger Felix, Freude zuvor. Zuvo'r means 'before entering into the subject

NOTES. 185

of the letter'. The absurdity in the eyes of the general lies in the addition of the adj. teutſchen.

27. was.ich...verſtehe 'what I understand by...'.

PAGE 66.

2. Sonſt 'in other respects'.

3. in 'with regard to'.

10. aufknüpfen is less usual than aufhängen.

11. Stettiner und Joſty are two sorts of beer which were much drunk in Germany before the introduction of the Bavarian beers. Stettiner comes from the Prussian town Stetti'n; Joſty has its name from the Berlin brewer Josty and is still well known in Berlin.

Franzwein, m. instead of franzöſiſcher Wein 'French wine', mostly said of 'claret' (Rothwein).

12. unhöflich 'unpolished', often 'uncivil' (11, 20). höflich 'polite' is derived from Hof, m. 'court' and means really 'courtly', 'courteous'. The word hübſch 'pretty' is etymologically the same word, hübſch standing for hübeſch, M.H.G. 'hövesch', 'courtly'. The adj. höfiſch (in höfiſche Dichtung said of the medieval court-poetry) is an adj. of recent formation. The opposite to höflich is either unhöflich, ungezogen (cf. 63, 26) or tölpelhaft 'boorish' from Tölpel (orig. 'dörper' 'villager'). We find a very similar development of meaning in the French *courtois* and *vilain*, Engl. *courteous* and *villain*. The noun Höflichkeit, f. occurs 96, 25.

22. Baumgang, m. 'avenue (of trees)'.

30. koſten 'to taste'. There are two verbs koſten in German which must be carefully distinguished. This koſten, originally signifying 'try', 'experience', belongs to the old verb kieſen (Engl. 'choose'), and must be connected etymologically with the Latin *gustare* 'to taste'. The other verb koſten 'to cost' is of Latin-Romance origin. It corresponds to Mod. French *coûter*, older *couster*, from the Lat. *constare*.

PAGE 67.

26. eines motiſchen Wundervogels 'of a fashionable phœnix'. Wundervogel, m. is literally a 'wondrous bird'.

PAGE 68.

11. Stehſt Du mit ihm in einem Verhältniß, lit. 'do you stand in any relation to him', 'Does there exist any nearer relation between him and yourself?' One might even translate 'Are you engaged to him?' Cf. note to 12, 24.

17. übrigens 'besides', cf. note to 24, 3.

20. ſchalthaft lächelnd 'with a roguish smile'. ſchalthaft is derived from Schalt, m. originally 'servant', 'a person of low rank', 'a person of low feeling', hence 'cunning', 'deceitful'. In Mod. German the word took the favourable meaning of 'wag'. Exactly the same transition from a worse to a better meaning we find in Schelm (116, 4), ſchelmiſch—'a rogue', 'roguish'. The servant who had to take care of the horses was called in M.H.G. 'marschalc' ('mar' corresponding to Engl. 'mare'), hence a knight who had to see after the stables and to accommodate guests in castles or at court. Hence the Mod. Germ. Marſchall, Engl. 'marshal', French *maréchal*. The name Gottſchalt (later also Gottſchall) means 'servant of God'.

24. hochedle und geſtrenge Dame 'most noble and worshipful lady' is a humorous transformation of a medieval way of addressing knights (hoch)edler und geſtrenger Herr. Instead of geſtreng 'strict', 'stern', ſtreng 72, 9 is always used in ordinary prose and the old compound survives only in the phrase Geſtrenger Herr, 'Your Worship'.

27. Meinſt Du, ich glaube, Ihr habt...geſprochen? In both dependent clauses the conjunction daß has been omitted.

PAGE 69.

5. Alſo doch? with a strong stress on the latter word, lit. 'then after all', say 'so was I not right after all?'

7. Doch 'yes'.

8. ins Geheimniß ziehen 'admit into the secret'.

16. Tugendbündler is a member of the so-called Tugendbund, m. This moral and scientific club was founded in 1808 at Königsberg in the time of the deepest humiliation of Prussia. Its chief aim was the restoration of the power of the state, the reorganisation of the army, the fostering of patriotism etc. It soon became conspicuous and Napoleon caused the king of Prussia to issue an edict against it. But the ideas of the association remained alive and exercised a considerable influence throughout Germany. Later on the members were said to be extremely democratic in their views and plans.

28. nächſtens 'very soon'. Cf. 68, 17 übrigens.

PAGE 70.

2. Conſul of the first French republic, cf. the Introduction. noch als Conſul 'while still Consul' i.e. before he took the title of Emperor in 1804.

3. ſo nimmt er ſich am beſten aus 'thus he appears at his best'.

5. treifarbigen. The plume had the three colours blue, white, red which are still the French national colours.

6. eignet ſich mehr 'is more appropriate'.

8. Hence the title of the novel.

12. Höre weiter 'Listen again'. Cf. note on weiter, 57, 23.

13. bei Generals 'at the general's house'. Generals is really a plural as well as uns, meaning the General and his family. In the same way one gives family names the plural under such circumstances e.g. bei Willis 'at the Willis', 'at the house of general Willi'. Cf. 93, 13. The ordinary plur. of General is Generale. Cf. note to 49, 3.

19. Salo'n, m. corresponds as a rule to 'drawing-room' (Wohnzimmer, n.), here it is the breakfast-room.

24. noch ſo gern 'ever so willingly'.

26. Ton, m. (long o) 'tone'; the word must not be confused with Thon, m. 'clay'.

31. Du möchteſt 'you might'. In this passage it would also be possible to translate Du möchteſt by 'you would be pleased to...' cf. note on mögen 8, 9.

PAGE 71.

1. bei dem Onkel um Dich werben 'ask my uncle for your hand'.

3. ſchien es zu kämpfen 'there seemed to be an inward struggle'.

18. wohl 'I daresay'.

23. die zweite Rolle...übernehme 'take the second part'.

PAGE 72.

1. artig 'well-behaved', 'polite' is derived from Art, f. 'kind', 'sort'. Hence the adj. means 'of a certain kind', 'of the right sort', 'in a good way', 'pleasant', etc. In compounds artig means 'being of the nature (kind, quality) of' e.g. glasartig, ſteinartig; bösartig, gutartig, großartig etc. The opposite of artig is unartig which has the same meaning as ungezogen, cf. note to 63, 26.

4. vor dem nächſten beſten Bauer. The combination der nächſte beſte is a phrase meaning nothing but 'the next occurring' (lit. 'the next best', i.e. the next shall be considered to be the best, to be the proper person).

Bauer 'peasant'. The weak accusative Bauern is more correct. The accus. Bauer is only admissible in the compounds Erbauer 'builder' and Ackerbauer 'cultivator of the field'. A compound used in contempt is Bauernpack, n. 'boors', line 29.

18. wadere 'brave', 'excellent'. The original meaning of wader is 'awake', hence 'lively', 'energetic', 'brave'. The Mod. Germ. wach 'awake' is of comparatively recent origin.

20. Es soll...geben 'There are said to be'.

22. habe ich...auf tem Korn gehabt 'I have examined'. This phrase is taken from shooting and has been applied metaphorically to a very sharp examination. Korn, n. 'corn', 'grain' designates in shooting the 'sight' of a gun. Hence the phrases jemanten aufs Korn nehmen 'to aim at someone', jemanten auf tem Korne haben 'to keep one's aim on someone', hence 'to have an eye upon', 'to examine'. Cf. the phrase jemanten ins Gebet nehmen 'to examine', 'to censure someone' 21, 6.

24. heutzutage or heutiges (mostly heutigen) Tages 'now-a-days', 'at the present day'. Cf. note to 104, 30.

26. gewanttes 'clever'. gewantt is really the past partic. of wenten 'to turn' and can mean 'turned (about)', but is mostly used as an adj. 'versed', 'skilled'. The other past partic. of wenten, gewentet means only 'turned'. Similarly there are two participles of senten 'to send' gesantt (which form is to be preferred) and gesentet. The same alternation of *a* and *e* is, of course, found in the preterite of these two verbs. Some other weak verbs have only *a* (the original vowel which appears modified in the present) in the pret. and past partic. e.g. brennen, kennen, nennen, rennen.

verschrobenen the past part. of the unusual verschrauben 'to screw away', 'to overscrew', means 'perverted', 'distorted', 'wrong-headed'.

30. gelahrt 'learned' now usually gelehrt. Gelahrt is really a low-German doublet of the proper High German gelehrt.

31. bei ihrem Leist bleiben is a phrase borrowed from the old proverb Schuster, bleibe bei Deinem Leisten 'cobbler stick to your last' (*Ne sutor ultra crepidam*), i.e. mind your own business. Here the phrase means 'do what they really can do'.

PAGE 73.

1. künsteln 'to try artifices on'. The verb is derived from Kunst, f. 'art' (from können 'to be able to perform').

pinseln lit. 'to wield the pencil-brush' is said in a rather contemptuous way of the work of painters. Translate 'to daub'.

6. spießbürgerlichen Angetenkens 'of bourgeois memory'. Cf. 64, 27.

16. mögen heißen 'may be called'. The verb heißen has several meanings. One is 'to name', 'to call', or, as here, 'to be called'.

Another meaning is 'to bid', 'to command' (43, 15). The past partic. should be geheißen not gehießen (a form often heard in the North of Germany from form-association with gemieten from meiten, geschieten from scheiten, geliehen from leihen etc.).

PAGE 74.

5. loben und preisen 'laud and praise'. Here again one idea is strongly expressed by two synonyms. Cf. note to 38, 20 and to Ketten und Bande 53, 12. From these two verbs a compound, lobpreisen, has been formed with the meaning 'to extol'.

14. wir uns dessen versahen 'we were aware of it'. Cf. 75, 27. The reflective verb sich versehen has various constructions. Sich versehen means really 'to see amiss' hence 'to make a mistake'. Sich einer Sache versehen is 'to be aware of a thing'. Sich mit einer Sache versehen is 'to provide oneself with something'.

15. ter Krieg, the war of the French republic against the so-called second coalition (date 1800), chiefly Austria. Cf. the Introduction. The French sent two armies into the field, one commanded by General Moreau (line 16) against German Austria, another under the first consul Napoleon Buonaparte against the Austrian dominions in North Italy.

24. The 4th of June, 1800. Fort Bard (21) was circumvented.

27. zeige is the so-called 'historical present' by which an action is more vividly represented.

PAGE 75.

5. Offizier, m. (often spelt Officier) is pronounced almost entirely in the German way, i.e. the z=tß, and the ·ie as long i, the stress on the last syllable. The French i-er is not imitated in this and other loan-words from the French. Cf. Passagier, 9, 10 and note.

zu Pferd hielt 'was on horseback', lit. 'halted' or 'stopped', here 'was sitting'.

hielten...Mannszucht 'maintained...discipline'.

6. Gerechtigkeit witerfa'hren lassen 'allow justice to be done'.

10. selchen 'the same', 'it'.

12. an with the accus. after a verb of motion (er wandte sich). zu with the dat. might have been used as well.

Bursche, pl. of Bursch, m. 'fellow'. Historically more correct and more generally used is the sing. Bursche 92, 27, pl. Burschen. The word Börſe, f. 'purse' (74, 31) and 'exchange' is of the same origin. The word is derived from the Low Latin *bursa* 'purse', from the Greek βύρση 'hide', 'skin' of which purses were made. The word Burſche 'fellow', M.H.G, 'burse' was first applied to a society of men having a common purse, hence 'a student's club', and hence (only in N.H.G.) a 'member of such a society', 'student', 'fellow'. A diminutive of Burſche is Bürſchchen (72, 26) or Bürſchlein. A similar change of meaning we find in the Engl. 'fellow' (from Icelandic 'félagi'=a partner in a 'félag' (=association)), and the Germ. Frauenzimmer, n. 'lady', 'woman', originally 'room for women' and the French *camarade* which in old French is a femin. noun meaning Stubengenoſſenſchaft i.e. 'all who belong to one chamber' (*camera*), later on 'one belonging to a certain society', 'comrade'.

15. Kleidet Ihr...an...ordnet...geht. The present indicative is often used instead of a strong imperative. Cf. 102, 15.

24. erbat with the accus. or um (Vergebung etc.) bat 'asked for'.

26. aufgewogen lit. 'weighed up', i.e. 'counterbalanced'.

PAGE 76.

1. ein Ci-devant. Un ci-devant (noble) was a title given during the first French revolution to persons who had been formerly princes or nobles.

12. die Ehrenlegion. Cf. note to 49, 1.

14. lieb gewinnen 'to get to like', 'to become fond of'.

16. langjährige Freunte 'friends of many years standing'.

17. ferne heranziehenden 'approaching from a distance'.

20. Tacitus. Cornelius Tacitus the famous Roman historian who lived at the end of the first and the beginning of the second century after Christ.

23. blitzten über den nächſten Hügel herab 'flashed down over the adjacent hill'.

24. 'Allons, enfants' is the beginning of the famous 'Marseillaise' which was written in 1792 by Rouget de l'Isle. Its first two lines run thus *Allons, enfants de la Patrie, Le jour de gloire est arrivé.*

25. noch einige Verhaltungsregeln 'in addition a few directions', not 'some more directions' as it has not been said that the captain had given him any directions before. Verhaltungsregeln, f. pl. (Verhaltung does not exist) stands instead of Regeln für mein Verhalten.

27. 'Marchons, ça ira'. 'Ça ira' is the beginning, refrain and name given to a song of the time of the first republic (1789).

feşte er...hinan 'he galloped up'. This feşen 'to gallop' must be distinguished from the ordinary feşen 'to set', the causative of fişen 'to sit'. The former feşen is derived from Saş, m. with the meaning of 'leap', 'jump', hence it is 'to leap', 'to gallop'. Cf. note on fprengen, 11, 20.

6. nach wie vorher, generally nach wie vor.

7. Kapitän, m. This French expression is no longer in use in the German army, it has been entirely replaced by the old term Hauptmann. In the navy the word Kapitän is still used, mostly in the phrase Kapitän zur See. The commander of every vessel is called Kapitän (instead of the older Schiffskapitän).

12. More usually Ich hätte...fehen mögen 'I should have liked to see'.

14. Hans is an abbreviation of Johannes.

15. zuhorchte 'listened (to their conversation)' is less common than zuhörte.

18. targemacht=gemacht. tar is 'there'. This use of the compound is a South-German peculiarity.
Lintwurm, m. 'dragon'. Cf. the note on Winthund 45, 30.

20. bin ich...gestanden. Cf. the note on 22, 26, but cf. 17, 18.

21. Regiment für Regiment 'regiment after regiment'. On this use of für cf. 29, 25 Schaft für Schaft.

29. In 1804 the first Consul made himself emperor. (1804—1814 (5)).

31. Corsen 'Corsican' referring of course to Napoleon who according to the accepted opinion was born in 1769 at Ajaccio the capital of Corsica. It is, however, by no means improbable that he was born in 1768 at Corte.

17. ein häusliches Verhältniß 'a domestic life'.

17. Tuch, n. instead of the usual Taschentuch '(pocket-)handkerchief'. The ordinary meaning of Tuch (with long u) is 'cloth'.

18. tie Umrisse, m. pl. 'the outline', lit. 'the outlines'.

19. Freund Musicus 'friend musician', 'Sir musician'.

20. ſchlug...an 'bayed', 'barked'.

22. unſanft 'with great violence' stands instead of hart. Cf. note to 1, 15 nicht ſelten.

25. geſeſſen hatte 'had been sitting'. geſeſſen war in Hauff's (and the Swabian) language would be 'was sitting' (usually ſaß). Cf. note on 22, 26.

PAGE 80.

6. in dem Anblick der...Burg 'gazing at the...castle'. Some verb is omitted, e.g. verſunken, although verſunken or verloren is usually construed with in and the accus. (in den Anblick).

vom Mondlicht übergoſſen lit. 'poured over with the light of the moon', hence 'bathed in a flood of moonlight'. Cf. the similar expression 31, 8. On Mondlicht and Mondenſchein cf. note to 31, 7.

15. Albert is here the dative case. Es wurde ihm...unheimlich 'he felt...uneasy'. heimlich is derived from heim 'home'. Hence it takes the double meaning of (1) 'homely', 'comfortable', 'easy'; (2) 'private', 'secret'. geheimnißvoll (80, 12; 19) and Geheimniß, n. 'secret' are likewise derived from heim in the latter sense and so is Heimlichkeit, f. from heimlich, literally 'homely', hence 'secret'. heimlich has now only the meaning of 'secret', and unheimlich only that of 'uneasy'. On heimiſch etc. cf. 6, 31 note.

17. altergrau 'grey with old age'; cf. notes to kampfgeübt, 50, 23 and freudeglühend 36, 16.

26. vora'n...gehen 'to precede him'.

PAGE 81.

2. ſich auf die Beine machen is a colloquial phrase corresponding to the Engl. 'to take to one's heels'.

7. geweſen ſei, the subj. after a verb of observation (ſah). It would be just as correct and is at least as usual to use in such cases the indicative, here the indic. of the past, geweſen war. Hauff is very fond of using the subj. and throughout the book uses it where frequently the indic. is perfectly admissible.

PAGE 82.

7. an 'by'.

20. Zu Pferd lit. 'on horseback', say 'mount'.

5. mach...los and 23 ſchloß...los from losmachen and losſchließen mean both the same thing, the latter verb a little more expressly 'to loose', 'to unchain'.

19. Mome′nt, m. 'moment'. The German word instead of Moment is Augenblick, m. 86, 7. Moment is either masc. or neuter, and to the difference in gender corresponds a difference in meaning. Das Moment means 'the momentum', 'impetus', in German Bewe′ggrunt, m., Grund, m. This difference in meaning and gender of words etymologically the same is explained by the fact that the masc. was adopted from the French *le moment*, the neuter from the Latin *momentum*.

29. trotz tem Schelten 'in spite of the scolding'. trotz is now used as a preposition with either the dative or the genit. case. It is really no preposition but stands for the M.H.G. 'ze trutze' from the noun 'trutz' m.) 'in spite of'. Cf. M.H.G. 'Dir ze trutze' 'in spite of you' (literally 'in defiance of you'), but the simple 'trutz' is also used, e.g. 'trutz allen menschen' 'in spite of all men'. In Mod. German several constructions are possible. Either the adverbial zum Trotze (before or mostly after the dative) is used, or simply trotz in the place of a preposition with either the dat. or the genit. case. The latter is the more recent but is becoming more and more general. Some writers prefer the one case, others the other, some (as Hauff) use both indiscriminately. In the adv. trotzem the old dat. has become fixed. Another meaning of trotz with the dative is 'just as good as', lit. so as to defy, e.g. Er läuft trotz einem Schnelläufer 'he runs as well as a race-runner'. trotz with the genit. occurs in 99, 6; 118, 13.

10. ſpute corresponds etymologically to Engl. 'speed'.

14. ſchon 'no doubt', 'certainly'. This particle often expresses, mostly in a reassuring way, the confidence that something will no doubt come to pass.

19. es fiel ihm ängſtlich auf 'he observed with anxiety'.

22. ter Schrecken 'the fright'. This is M.H.G. 'schrecke', m., the n being due to the influence of the weak oblique cases. The N.H.G. Schreck, m. is an abbreviation of 'schrecke', the N.H.G. das Schrecken which is less frequently used is the infin. of the verb ſchrecken 'to frighten' used as a noun.

30. Hau′shofmeiſter, m. 'major-domo', a compound of three sub-

stantives. Hofmeifter, m. means 'private tutor', cf. 36, 3, but has somewhat gone out of use. The title of Oberhofmeifter is given to 'the lord steward of the household' or to the 'tutor to a prince'.

31. trübfelig 'with a sorrowful countenance'. The word is no compound of felig (cf. 24, 11). It is an adjective formation from the subst. Trübfal, f. 'sorrow'. Thus we have mühfelig, faumfelig, armfelig 88, 11 etc. from Mühfal, f., and the obsolete Saumfal, f. and Armfal, f. Real compounds of felig in use are gott-felig '*blissful* in God', 'godly'; leut-felig '*blithe* to the people', 'gracious to inferiors', 'of popular manners'.

PAGE 85.

15. abfragen 'to extract by questions'.

26. das Wort darauf gegeben 'pledged his word'.

PAGE 86.

10. mehrere 'several'. Some authors write now simply mehre which is historically incorrect and should not be imitated.

15. Rebhügeln, m. pl. 'hills covered with vines' from Rebhügel, m. from Rebe, f. (with long e), 'vine' 89, 16. Cf. 18, 6. Another word of similar meaning is Weinberg (86, 19) 'vineyard'.

18. The phrase introduced by fo is better placed at the beginning of the simile and the phrase introduced by als (17) after.

Büchfen- und Pifto'lenfeuer 'the crack of rifles and pistols'.

21. freudeberaufcht lit. 'intoxicated with joy', hence 'jubilant'.

23. Pfundböllers from Pfundböller, m. a small cannon the balls of which weigh one pound, a 'one-pounder'. The terms Einpfünder, Zweipfünder, Vierundzwanzigpfünder etc. are also used. Böller, m. 'small gun or cannon' is a comparatively recent word; it belongs to the old German 'bolen' 'to throw'.

PAGE 87.

9. fich verbinden 'be connected'. Cf. note to 8, 10.

11. Opernglas, n. or Opernguder, m. 'opera-glass'. Opern from Oper, f. which was as early as the seventeenth century introduced from the Italian *opera* from the Latin *opera* 'work'.

14. geftützt 'resting', 'leaning'.

21. Enfel, m. 'grandson'. There is also Enfel, m. meaning 'ankle' which has no etymological connection with the former.

21. Pritſche, f. 'board' 'lath' is really the wooden sword of a harlequin. It is often cleft at the point in order to produce a rattling noise at each stroke.

25. terb 'powerfully', 'with a good blow'.

PAGE 83.

3. das ewige Einerlei' 'the same eternal round'. Literally einerlei' means 'of the same kind'. Cf. note on the suffix -lei 23, 4.

7. kömmt, but in the following line bekommt is not modified. This is an inconsistency of little importance but it shows how fluctuating the use of o and ö was with Hauff. Cf. note to 10, 20.

10. einſt 'some day'. Historically more correct would be the older eins, eines, as the word is no superlative of ein, but the genit. sing. eines used adverbially. The t is inorganic (perhaps added by some form-association with the real superl. erſt). eines corresponds exactly to Middle Engl. 'ones', now written 'once'. In the same way we find occasionally in older and provincial N.H.G. the form anterſt instead of the regular anters 97, 21.

12. So treibt es ſich herauf und herab 'Thus things go up and down'. Cf. line 20 Treiben.

15. ſich betäuben is here not only 'to deafen themselves' but also to 'forget their troubles', 'to drown their cares in the noise of it'. Cf. such phrases as die Freude betäubt ihn 'joy stupefies him'.

20. Treiben, n. 'life'. The same 89, 6. It is really the inf. treiben 'drive', 'carry on things' used as a noun. Cf. line 12.

21. behende 'quick' is derived from Hand, f. Cf. the Engl. 'handy'.

29. Er hat 'you have'. Er stands here for der Herr, which would be more natural in the mouth of the village girl.

PAGE 89.

14. zieht...heraus (more usually hinaus) that is, into the vineyards. Say 'go forth to work'.

15. ihnen nahm 'took from them'.

18. Treppen 'steps' as the vineyards are constructed in the form of terraces one above the other to which at the side and in the middle of the hill steep steps lead up.

22. der...Thau 'the dew' must not be confused with das Tau 'the rope'.

26. ter qualmente Rauch lit. 'the smoking vapour', say 'the rising smoke'.

27. Fegfeuer, n. (usually Fegefeuer, n.) 'purgatory' from fegen 'to sweep', 'to cleanse'.

Page 90.

5. doch nicht 'not however'. doch is the correlative of the Engl. 'though' and here one might translate doch nicht by 'though not'.

11. es is not necessary in German and remains untranslated.

krank is put at the beginning of the phrase for the sake of emphasis, a very common mode of emphasizing a word in German as in English. Cf. wir 106, 22.

Page 91.

8. unwillig is here not 'unwillingly' but 'with disapprobation'.

14. Ich lasse...tanken 'I beg to return my thanks'.

19. ten Herrn Weltstürmer 'our young revolutionist'.

22. vorschnell 'too quick', 'over-hasty'. Voreilig has the same meaning.

23. hochweise 'very wise', 'very sagacious'. Cf. notes to hochselig 24, 11, hochroth 7, 28 and 112, 15.

28. Thoren from Thor, m. 'fool'. The dat. of Thor, n. 'gate' is strong, viz. Thore.

Page 92.

13. da refers to the time, 'just'. eben might have been used as well.

19. magst Du 'can you'.

30. niederträchtig 'mean', 'base', originally 'with a low tendency'. It is curious that from the same original meaning a very different sense has been developed in many German dialects, viz. the sense of 'kind to inferiors', 'condescending' (herablassend).

Page 93.

5. mich auspfänten 'let all my goods be seized'. aus-pfänten is derived from Pfand, n. 'pawn', 'mortgage'.

9. Was kann tiefer junge Mann dafür 'How can this young man help it?' This is an elliptic phrase, some verb e.g. thun being understood, 'what can this young man do to prevent it?' A similar phrase is Ich kann nichts dazu (scil. thun), daß...'I cannot do anything to it, in order...', 'I cannot help it'.

27. im jeßigen 'in the present' (viz. quarter of the nineteenth
century). Here we see that the date of the story is in the second
quarter of the present century. That it must have been conceived as
taking place after 1825 follows from the fact that General Gourgaud's
criticism (cf. 50, 16) did not appear till that year. Hauff died in 1827.
The story was consequently written about 1826.

PAGE 94.

29. ȝu Rebe ȝu ſtellen, generally ȝur Rebe ȝu ſt. 'to call...to account'.

31. wenn bie A'ctien ſo ſtehen, lit. 'if the shares are at that figure',
'if that is the state of affairs'.

PAGE 95.

2. benn 'unless'. Cf. the passage from the Bible Ȝch laſſe Dich nicht
Du ſegneſt mich benn; or the saying bie Nürnberger hängen feinen ſie hätten
ihn benn. Cf. Goethe, Hermann u. Dorothea IV, 42. This is a very
old construction quite common in M.H.G. Cf. in Iwein 'Swaz lebete
in dem walde, ez entrünne danne balde, daz was zehant tôt' 'whatever
lived in the wood, unless it quickly escaped, was instantly struck dead'.
Originally there stood a 'ne' (=not) in the dependent clause along
with the concessive subjunctive which disappeared in later M.H.G.
particularly after a negative main clause. benn is used with the sense
of 'unless'. In older German bann could be used as well. The construction is really elliptical. I shall not be etc. (but if I am) the old
man would have to...etc. benn in fact makes the second clause of a
conditional sentence of which the first clause is suppressed, being easily
inferred from what has gone before.

19. Anſehen, n. is really the infin. anſehen 'to look at' used as a
substantive. As a noun the word means either the way a man looks,
hence 'appearance' (generally called Ausſehen) or the way in which
a man is looked at 'respect', 'authority'. This is the ordinary meaning of the word and is its meaning in this passage.

PAGE 96.

1. ȝur Unterſuchung ȝieht 'is bringing to trial'.

Pläne, m. pl. This plural of Plan (with long a) is perhaps somewhat more usual than Plane but, the word being one of foreign
importation, the latter without modification would be more correct.
Cf. note on General 49, 3. In Pläne the ä seems however much more

firmly established than in other foreign words in ·an. Kapla'n, m. makes Kaplåne, but Orla'n, m. has only Orlane.

    7. die...vorgebracht würden instead of vorgebracht werden könnten 'which might be brought forward'.

    18. man mußte...besuchen 'they had...to visit'.

    28. mochte gefunden haben 'seemed to have found'.

    30. nachgehängt instead of nachgehangen, cf. note to 4, 30.

PAGE 97.

    2. gewånne or gewönne which latter form is historically more correct and not less usual than the former, 'would win', 'could attain'.

    10. wir...umherzogen 'we...marched about'. The difference between umhe'r and heru'm, though not always strictly observed (especially in the reflective verbs sich umhertreiben and sich herumtreiben 'to rove about') is, that herum signifies a circular motion returning to the point from which it started ('round'), umher a line running in different directions, but not returning to its starting point ('about'). For inst. Er dreht sich herum 'he turns round', but Er blickt umher 'he looks about him'. Erst ging ich um das Haus herum, später ging ich in ihm umher 'I first went round about the house, afterwards I went up and down in the interior'.

    17. satt. The word is constructed in a double way. One says either (as here) einer Sache satt sein or eine Sache (accus.) satt haben. Goethe writes Ich bin des Alltäglichen satt, but one says Er hat jenes Spiel satt. Less good would be Er ist jenes Spiel satt, only in the phrase Ich bin es satt (länger zu warten or something similar) the accus. is common even after sein. The word is found in early German writers meaning 'satisfied', 'satiated'. In the corresponding English word 'sad' a curious change of meaning has taken place. From 'satisfied' 'sated' it came to mean 'weary', 'dejected'. In Latin *sat, satis, satur* are its regular correspondents. The words müde 'tired (of)' and überdrüssig 'weary (of)', are constructed with sein and the genit. Cf. Goethe's line Ach, ich bin des Treibens müde (Wanderers Nachtlied, line 5).

    18. so 'then', 'therefore'.

    25. More usual: für ihn um Anna zu werben.

PAGE 98.

    7. Symbol, m. here 'motto'. The German term instead of this is Wahlspruch, m. (line 9), lit. 'the saying or motto of one's choice'.

24. ſich nur ſo weit...ausgeſprochen habe 'had declared himself even so much as he had'.

29. herrſchte eine Spannung 'a state of tension prevailed'.

PAGE 99.

5. einſilbiger from einſilbig 'monosyllabic' or, as here, 'laconic'.

23. in die Grube fahren is one of the numerous euphemisms instead of 'to die'. Grube, f. a derivative of graben stands instead of Grab, n. 'grave'. fahren has still the old German meaning of 'to move', 'to go', cf. note to 19, 24. Cf. Luther's translation of Genesis 44, 31 ſo würden wir...die grauen Haare unſeres Vaters...mit Herzeleid in die Grube bringen (the same Gen. 42, 38).

24. der Thierberge 'of those of Thierberg', 'of the barons of Thier-berg'. One might say Thierbergs (113, 11); cf. 93, 13 Willis; die beiden Willi 67, 1; but die beiden Willis 99, 30; die Bourbons 108, 7 instead of which one also says die Bourbonen. The usual thing is now to form the plur. of family-names in -s.

28. die Fremden 'the strangers', here 'the visitors' (cf. 98, 13 die Angekommenen).

30. Verſtimmung, f. 'discord', 'ill-humour'. It is almost the same as Spannung, cf. 98, 29. Cf. note on verſtimmt 11, 6.

PAGE 100.

8. ſchien es...nicht über ſich vermögen zu können 'did not seem to be able to prevail over himself'.

10. Freut mich for Es freut mich 'it gives me pleasure', hence 'very glad to see you'.

Platz genommen 'take a seat'. The past partic. standing here as it often does in the place of an imperative or adhortative. Cf. note to 34, 25.

22. Auftritt, m. 'scene' is derived from the verb auftreten 'to step forth', hence 'to step forth on the stage'. As a new scene generally begins with the appearance of a new person on the stage Auftritt comes to mean 'scene'. In a figurative sense the word means 'scene' or 'event'. Instead of Auftritt the foreign word Scene, f. (or Szene, from scène, Lat. scena, Gk. σκηνή) is also used in both senses.

27. bald...bald (30) 'sometimes...sometimes'. Cf. 102, 26 and foll.

PAGE 101.

2. an ten Tag legte 'showed', evidenced'.

3. ergriffen 'excited'.

9. jagte lit. 'chased', say 'brought up at once'.

fie fchien..., fie faßte..., fie fprach...etc. The entire absence of any conjunction, the so-called asyndetic structure of the phrase expresses well the liveliness of the narration. This is continued lines 10 and 11.

10. heftig 'eagerly'.

21. waren, one would expect gewefen wären 'had been'.

22. hätte fie...ftimmen müffen 'must have...moved them'; but lit. 'attuned (their hearts) to', cf. note to 11, 6. ftimmte tie Saiten (27) 'tuned the strings'.

PAGE 102.

1. Rantow beifiel 'it occurred to Rantow'. R. is the dat. case.

15. Du fingft, again the present instead of the imperat. Sing! Cf. 75, 15.

25. Ote, f. is a lyric poem of enthusiastic and elevated style. The following lines are taken from an ode by Casimir Delavigne. It occurs in his collection of odes called *Messéniennes* and is the first ode of the third book; it has the special title *Le départ* (Oeuvres complètes. Paris, 1852. v, 125—133). The poem consists of stanzas of unequal length. The single stanzas which treat of Napoleon's last adieu to France and give a short account of his exploits are very musical and well-sounding but full of pompous expressions and exaggerated phrases. Cf. the Appendix on page 207.

PAGE 103.

1. wenn...gleich. These two words belong to one another but can be separated by a pronoun. Similarly obgleich, obfchon, wennfchon which all have the same meaning, viz. 'even though', can be separated.

23. Saß, m. 'saying'. Cf. note to 8, 30.

25. Der Leopard means England.

hat...tie Bank gefprengt 'has broken the bank', an expression taken from the gambling tables.

30. Sommerkönig refers to Napoleon. Cf. the Introduction.

PAGE 104.

7. Obergeneral is an unusual expression instead of Oberbefehlshaber, m. 'commander-in-chief'. Cf. General *en chef* 56, 10.

8. Bataille, f. 'battle'. The General frequently uses a French expression instead of which the German Schlacht, f. (105, 5) is now always used.

Bataille von Mont St. Jean was the name given to the battle of Waterloo (105, 12) by Napoleon and the French generals on account of the terrible fight on this hill during the whole of the day. Another name of the battle is Schlacht bei Belle-Alliance. B.-A. is a little inn in the midst of the battlefield.

20. Cäsar und sein Glück. In the autumn of 49 B.C. C. Julius Caesar attempted to cross the Adriatic from Epirus to Italy in an open boat. A storm arose and the mariners refused to proceed till Caesar urged them to renewed efforts by exclaiming 'you carry Caesar and his fortunes'.

22. Kameraten, the French old guard the commander of which (General Cambronne) was reported to have said, when they were asked to lay down their arms, 'The guard dies and does not surrender'. This is not true but has nevertheless become proverbial.

30. stolzen Schrittes. The old rule was that the genit. of an adj. took the strong form in case it was not preceded by the article e.g. gutes Muthes, reines Herzens. This old rule is still observed in Modern German with feminine substantives e.g. froher Hoffnung, and with subst. in the plural e.g. hoher Gefühle (voll). But in the sing. of the masc. and neuter the usage is fluctuating and on the whole the weak form preferred e.g. alles and allen Ernstes, gleiches and gleichen Alters. Hauff always has the weak form, cf. festen Schrittes 20, 4; and 23, 27. In adverbial compounds of -falls we find usually the weak form e.g. jedenfalls, allenfalls, keinenfalls, nöthigenfalls (rarely but historically more correct: jedesfalls, allesfalls, anderesfalls). The compound keineswegs 'by no means' has still only the strong form, but one says gerades and geraden Wegs.

PAGE 105.

3. Der Gott des Zufalls. There existed in the old mythology no 'god of chance' but a female deity: Fortuna.

7. befestigt 'fastened', hence 'placed'.

8. ihm...gewachsen lit. 'grown up to him', hence 'equal to him'.

12. Waterloo is a village four miles nearer to Brussels than the heights of St Jean. Here Wellington wrote his despatch.

14. Seien wir..., geben wir zu..., the subj. with the sense of an adhortativus 'Let us be..., let us admit'.

16. nicht, one would expect nichts 'nothing'. Cf. 106, 4.

3. Ðtem, m. 'breath' is a doublet of the usual Athem (better spelt
Atem) and is mostly used in elevated style.   The verb derived from the
subst. has only the a form, athmen 'to breathe', 113, 9.

13. erſte Poſten 'outposts'.

14. Rheinbuntſtaaten 'the States of the Confederacy of the Rhine'.
The great Confederacy of States called ter Rheinbunt was started in 1806
by Napoleon who declared himself its protector.   Its pretended aim
was to secure the internal and external peace of the South of Germany.
In 1813 the war of deliverance put a sudden end to the Confederacy.

ein Ente genommen 'found an end', 'come to an end'. Cf. line 27.

25. eine öte Inſel, St Helena.   Cf. the Introduction.

26. haben ſie...angeſchloſſen 'they have chained' lit. 'fixed with a
lock'.   One thinks of Prometheus, chained to the Caucasus by order
of Zeus.

28. einige treue Herzen.   Some generals and friends shared his exile
of their own free will.

30. Strafe, f. 'punishment', here rather the cause of the punishment: 'justice'.

7. Herr Nachbar 'neighbour'.

8. Attila was the leader of the Huns who devastated with fire and
sword the countries through which his army passed.   He died in
453 A.D.   He lived for many centuries in the saws and heroic songs
of the Teutonic nations (in M.H.G. he is called Etzel).

13. ihn does not refer to Mancher (12) but to Napoleon.

17. Er hat ſich ſeine Bahn ſo erhaben aufgeriſſen 'He has struck out
his path with as lofty aims (as Alexander)'.   Cf. the similar expression
line 24.

20. Seneca was a Roman Stoic philosopher, of great magnanimity
and quiet dignity.   He was tutor of the emperor Nero who unjustly
condemned him to death, but allowed him to kill himself A.D. 65.

30. verſchwunten ſind for verſchwunten ſein werten 'will have vanished'.

16. verloren gehe 'would be lost'.

25. Meiſter, m. is like Engl. 'master', French *maître* (for *maistre*)
a word borrowed from the Latin *magister*.   A strong stress must be laid
on einen.

PAGE 109.

10. türfen...haben 'need to have'. 'To have need' generally answers to German be-türfen, and türfen in most cases means 'to be at liberty to do a thing', cf. 113, 4. But türfen is still found, as here, with a negative and a dependent infinitive where in modern literary German brauchen would be used. The use of türfen in the above sense is now peculiar to the South of Germany.

16. ftand nicht länger an 'did no longer hesitate'. anftehen or Anftand nehmen means 'to pause', 'to hesitate'.

26. Luft, f. (instead of Wunfch, m.) 'desire'.

PAGE 110.

2. ächzte 'groaned' from ächzen which is derived from the interjection ach 'alas' and really means 'to say *alas*'. In the same way weinen 'to weep' is really weh fagen 'to cry *woe*'.

4. nur...voranzugehen really means 'to do *nothing but* go on'. immer in this connection means 'steadily' and nur best remains un-translated.

8. ta hat es gute Wege is an idiom meaning 'that will not happen', 'there is no fear of it'. Es hat gute Wege really means 'There are good (=long, far) ways to that', 'that cannot easily be reached', 'that will not easily (=not at all) be done'.

15. auf gutes Glück (or auf gut Glück) 'at random'.

23. fällt mir bei is the same as (es) fällt mir ein line 25 'it occurs to me', 'I remember'.

28. Geräthe, pl. of Geräth, n. 'furniture'.

PAGE 111.

4. zufammengezimmert 'pieced together', 'made up'.

9. Schrank, m. mostly means 'cupboard', but here it is 'chest'. Cf. line 15.

11. Bald 'soon' stands here with the meaning of faft 'almost'.

19. ihm...aus ter Leinwand entgegenfprangen 'started out of the canvas before him'.

30. One copy of the picture is at Versailles, another at Berlin, in the royal castle.

PAGE 112.

1. worunter=unter welche 'to which category'. Cf. note to 1, 9.

28. um ihn zu belehren 'in order to set him right'.

30. intem er immer...anfah 'while he continued to glare (on)'.

5. ſteht...bie Entſcheitung ʒu (7) 'the decision rests'.

9. er athmete tief auf 'he drew a deep breath'.   Generally aufathmen means 'to recover breath'. Cf. note to 106, 3.

29. ſeine Stirne entfaltete ſich 'the frown left his brow'.

1. woher habt Ihr ihn is a common elliptic phrase for woher habt Ihr ihn bekommen?

7. rete irre 'was raving'. irre means 'astray', 'out of the right way'.

17. Gott ſtraf' mich 'may God punish me' (if my assertion is not true) is a somewhat vulgar asseveration.

19. Buſchklepper, pl. of Buſchklepper, m. 'footpad', 'highwayman'. The word really designates a person who comes running out of a bush. Klepper is derived from the Low Germ. verb kleppen 'to run quickly'. Cf. note to 20, 29.

uns auszogen 'plundered us'.

30. ruchloſer from ruchlos (with long u) 'reprobate', 'wicked'. This ruch (ū) has nothing to do with ruch (ŭ) in geruchlos 'without smell' which belongs to riechen 'to smell'. ruchlos is M.H.G. 'ruochelôs' meaning 'without care', later on 'without consideration', hence 'bad'. The Engl. 'reckless' corresponds to it etymologically.

2. ihm...im Auge 'in his eye'. This is a very common German construction, the so-called dative of interest. The dat. of the person interested being used instead of a possessive genit. or a possessive pronoun. Cf. in French *Je me suis fait mal au pied*, or, without preposition, *Je me suis lavé les mains*.

12. Doch nicht expresses at the same time that the speaker guesses the truth but cannot or will not himself believe in it, 'Surely not', 'You do not mean—'. Cf. note to 1, 19.

20. gram ʒu werten lit. 'to become hostile', say 'to look with aversion on'. The noun Gram, m. (with long a) 'grief' is really the same word; both are related to grimm 'grim', 'fierce'.

PAGE 116.

13. ja doch 'after all'.

15. einstweilen (or vorläufig) 'in the meantime'.

25. kränken 'to wound', 'to grieve'. Cf. note to 40, 15.

PAGE 117.

7. im Grund 'in reality', 'at the bottom'. Cf. the French *au fond*.

21. haftete 'remained fixed'.

22. Gemälde, n. is here the dative case, but we should say er heftete seinen Blick auf das Gemälde 'he fixed his look on the picture'.

Europas, gen. sing. of Europa. In foreign feminine proper names we find a double form of the gen. sing. either in *s* or in *ens* e.g. Eva, Evas or Evens; Aphrodite, Aphrodites or Aphrodítens. Latin inflexion is occasionally, though rarely, found: e.g. Evae. Here Europens would be admissible.

30. auf Thierberg einzusprechen 'to call at Thierberg'.

PAGE 118.

22. mit Rath und That is a common German phrase, 'with advice and energy'. There are many phrases the characteristic of which is as here that one thing is expressed from two different sides by two different words which are connected either by rime or by alliteration e.g. mit Gut und Blut 'with property and life'= 'with all a man can give'. Or one may say of a good man (er lebt) schlecht und recht 'simple and upright'. Cf. schalten und walten 'to rule' etc. A peculiarity of these phrases is that they are so much fixed that the order of the two chief words can under no circumstances be altered, one cannot say mit That und Rath etc. Alliterative phrases, i.e. phrases in which the two chief words begin with the same consonant or with a vowel, are for instance dick und dünn, Wind und Wetter, Wohl und Wehe etc. part of which have their correspondents in English as 'weal and woe' etc. A third category, in which the words connected occur always in the same order and express one general idea but are not connected by means of either rime or alliteration has been mentioned already, cf. notes to Ketten und Bande 53, 12 and to 38, 20 and 31.

24. Hochzeit, f. 'wedding'. Hochzeit (the o being pronounced short in this word and those derived from it) is a compound of hoch (with long o) and Zeit, f. 'time'. It was M.H.G. 'hôchzît' and 'hôchgezît' and designated originally a high festival, either ecclesiastical or secular,

e.g. Weihnachten, Ostern, Pfingsten, Allerheiligen were the four great 'hôchzîte' of the year; great tournaments etc. were also called 'hôch(ge)zîte'. Later on the word took the special meaning of a marriage festival, and hence simply 'wedding'.

30. ins Komische zu ziehen 'to represent in a comical light'.

PAGE 119.

1. zum Vivatschreien abgerichtet 'taught how to give cheers'. abrichten is the regular phrase for training an animal.

2. Braut, f. etymologically the same word as 'bride', is in German only the 'intended wife', 'a person betrothed', never the 'newly-married woman'. Braut had originally both meanings, the latter was subsequently given up. The 'intended husband' is Bräutigam 'bridegroom'. The old meaning of the second part of the compound -gam (Old English 'guma' disguised in 'groom') is 'man', 'husband'.

5. ausgebracht 'proposed', 'given'.

6. Kelchglas, n. is a glass in the form of a chalice, hence 'large glass'.

8. stießen an 'touched glasses'.

10. wohl aus fünfzig 'from full fifty', 'from at least fifty'.

APPENDIX.

(*Messéniennes.* Livre III. No. 1.)

Où va-t-il, ce vainqueur que l'Italie admire ?
Il va du bruit de ses exploits
Réveiller les échos de Thèbe et de Palmire
Il revient ; tout tremble à sa voix ;
Républicains trompés, courbez-vous sous l'empire !
Le midi de sa gloire alors le couronna
Des rayons d'Austerlitz, de Wagram, d'Iéna.
Esclaves et tyrans, sa gloire était la nôtre,
Et d'un de ses deux bras, qui nous donna des fers,
Appuyé sur la France, il enchaînait de l'autre
    Ce qui restait de l'univers.

Non, rien n'ébranlera cette vaste puissance !...
L'île d'Elbe à mes yeux se montre et me répond :
C'est là qu'il languissait, l'oeil tourné vers la France,
Mais un brick fend ces mers : "Courbez-vous sur le pont
    " A genoux ! Le jour vient d'éclore ;
"Couchez-vous sur cette arme inutile aujourd'hui !
    "Cachez ce lambeau tricolore..."
C'est sa voix : il aborde, et la France est à lui.

Il la joue, il la perd ; l'Europe est satisfaite,
Et l'aigle, qui, tombant aux pieds du léopard,
Change en grand capitaine un héros de hasard,
Illustre aussi vingt rois, dont la gloire muette
N'eût jamais retenti dans la postérité ;
    Et d'une part dans sa défaite,
Il fait à chacun d'eux une immortalité.

Il n'a régné qu'un jour ; mais à travers l'orage
Il versait tant d'éclat sur son peuple séduit,
Que le jour qui suivit son rapide passage,
Terne et décoloré, ressemblait à la nuit.——
      (*Oeuvres complètes.* Paris, 1852. V, page 131.)

I. GENERAL INDEX.

II. INDEX OF NAMES.

a. PERSONS.

b. PLACES.

CAMBRIDGE: PRINTED BY C. J. CLAY, M.A. AND SONS, AT THE UNIVERSITY PRESS.

www.ingramcontent.com/pod-product-compliance
Lightning Source LLC
Chambersburg PA
CBHW021959050726
47498CB00006BA/1949